新潮文庫

真冬の訪問者

W・C・ライアン
土屋晃訳

版

アリシアに

真冬の訪問者

主要登場人物

トム・ハーキン……………………保険会社損害査定人
ビリー・プレンドヴィル…………ハーキンの元戦友、没落貴族
モード………………………………ビリーの妹、ハーキンの元婚約者
シャーロット（チャーリー）……ビリーの末妹
キルコルガン卿……………………ビリーの父
サー・ジョン………………………キルコルガン卿の弟
ヒューゴ・ヴェイン………………ビリーの従兄弟、モードの婚約者
モイラ・ウィルソン………………釣り宿を営む未亡人
ショーン・ドリスコル……………ＩＲＡ義勇兵、ハーキンの元部下
ミセス・ドリスコル………………ショーンの母、キルコルガン家の家政婦
イーガン……………………………ＩＲＡ遊撃隊隊長
アバクロンビー少佐………………ＲＩＣ指揮官
リチャード・ケリー………………ＲＩＣ巡査部長
ジェイムズ・ティーヴァン………ＲＩＣ地方署の警部補
ハリー・カートライト……………元英国陸軍軍人
ディロン神父………………………聖アン教会の教区司祭
ヴィンセント・バーク……………ハーキンの保険会社の同僚

I

ふと射《さ》した月影に、長い私道の突き当たりにある〈キルコルガン・ハウス〉が照らしだされた。先ほどまで降っていた雨で花崗岩《かこうがん》の壁は濡《ぬ》れ、屋根は光り、数ある大窓は空を映す鏡のようである。悪天候が過ぎたいまは、微風が牧草地の丈高い草をそよがせている。林のむこうの岸辺から波の巻く音が聞こえる。この家がたてるのは、割れた樋《とい》からひっきりなしに滴《したた》る水音ばかりだった。

大きな屋敷は、これを建てた一族の足跡を表している。建物は海と周囲の田園を望む高台にあった。チューダー朝の臣下として、仮借なき侵略者だったプレンドヴィル家の始祖が土地を収奪したうえ、最初に築いたのは土地を奪われた民からの攻撃を防ぐ稜堡《りょうほ》だった。分厚い壁と高い小窓を持ち、苦境の際には家畜を飼えるように前庭が設けられた。稜堡は、その後敷地全体に建てられていった住居の内側に残っている。そうした古い構造が、ある部屋の不思議な形状であったり、隙間風《すきまかぜ》や軋《きし》みといった現象の原因となっているのだが、プレンドヴィル家の者と数少ない使用人たちはほとんど気づいていない。他所者《よそもの》にとっては奇異に感じられても、当人たちにはごく当たり前のことなのだ。家のありように馴《な》れてしまった彼らは、そんな風変わりなところを心得ている。プレンドヴィル家の人間は建物の一部と化していた。物語に生きる死者たちは壁の内側に閉じこめられている。

壮麗な邸宅に昔日《せきじつ》の面影はなかった。月の光はやさしくとも、屋根のスレートはもはや一様ではなく、ひび割れや石組みの透きが苔《こけ》むしていて、日中には荒寥《こうりょう》とした雰囲気をたたえている。もはや屋敷の行く末は心もとない。たとえこのことに気づいていたにせよ、プレンドヴィル家の者たちはそれをおくびにも出さず、ゆっくりと崩壊に向かう家で長く慣れ親しんだ暮らしをつづけていた。

邸内ではほとんどの者が眠りについている。例外は家政婦のブリジットだけで、執事の厚手の外套《がいとう》を羽織り、玄関広間に腰かけていた。そのかたわらで、日がな一日燃やしていた泥炭《ピート》が熾《おき》となって光を放っている。そこにじっと見入っていた彼女もいつしか眠りに落ちた。

外では海霧が長い浜辺を這《は》い、しだいに岩場、道路、敷地の壁と越えていった。それに紛れて侵入した男たちはライフルを手にし、胸先にブランケットを垂らしている。

寒さに長外套の襟を立て、フラットキャップを目深《まぶか》にかぶっていたせいで、明かりがあったとしても人相は判然としない。すでに二年ものあいだ、彼らは他の者たち同様、国の独立のために闘ってきた。長く血なまぐさい戦争に倦《う》んでいた男たちだったが、それでも〈キルコルガン・ハウス〉に向かっていった。その歩みが霧によって滞ることはない。行先を熟知しているのだ。壁の内側にくずれた箇所を登って木立と、よどむガスのなかに身を隠した。茂みや低く張った枝をすり抜けて邸宅に通じる私道に出ると、指揮官が部下二名を門の脇《わき》に立つ小屋へ行かせた。小屋の住人はなされるがままに縛られ、猿ぐつわをはめられて床に転がされた体勢で、準備にかかる暗中の男たちの気配に聞き入っていた。木の幹を引きずって道をふさぐ音と、遊撃隊の配置を指示する指揮官の静かな声がした。

まもなく音がぴたりとやみ、男たちは霧につつまれた茂みで待機にはいった。銃を握る指はこわばっていたが、彼らは寒さに馴れている。すこしでも温めようと手に息を吹きかけながら、男たちはおそらく過去に知っていた温《ぬく》もりあるベッドのことを思っているのだろう。辛抱強い連中なのだ。

するとと砕ける波と波の合間に、あらかじめ知らされていた西の方角から自動車の音が聞こえてきた。つかの間霧が晴れ、接近してくるヘッドライトの白光が見えた。男たちが身を乗り出して武器を掲げると、頰に寄せたライフルの油と金属の匂《にお》いが鼻を刺す。さらに近づいてきた車のエンジンが車体全体を振動させているらしく、それまでの静寂が破られた。門扉《もんぴ》はあけ放たれたままで、車の速度がわずかに落ちたと思うと、霧でにじんだヘッドライトの二本の光芒《こうぼう》が振り向けられた。霧によって増幅されたのか歪《ゆが》んだのか、エンジン音はさらにけたたましくなり、男たちは車がまっすぐ自分たちのほうに向かってくるような感覚をおぼえた。運転手が私道に引き出された丸太に気づくのと同時に発砲が起き、車は道をそれて門番小屋の壁に突っ込んだ。金属がちぎれる甲高い音がして、聞こえるのは低く噎《む》せるように回るエンジンの音だけになった。

暗闇《くらやみ》で命令を待つ男たちが耳にしたのは、傾いた車の金属が擦れる音のみ。無事だった一方のヘッドライトが門番小屋に反射して、車の長い黒い車体を浮かびあがらせる。ややあって、オープンカーの車内で拳銃《けんじゅう》を握った男が立ちあがった。ふたたびはじまった発砲は、一発ごとに柩《ひつぎ》の釘《くぎ》を打つごとく響いた。

やがて指揮官が銃を構えて自動車に歩み寄った。つづく部下たちの持つライフルがふるえていた。それが寒さのせいなのか昂揚《こうよう》のためなのか、本人たちも気づいていない。車を運転していた男は、一発の弾丸で顔の大部分が吹き飛ばされていたが、男が着ていた暗緑色の制服と肩章の王冠から正体は明らかだった。その隣りで、黒のボウタイを結んだ若い男が倒れている。見知らぬ人間だが無害ではなかった。後部座席にいた女性は話が別で、銃弾は受けておらず、生きてはいたが気を失っている。男たちは車のトランクにあった毛布を女性に掛けてやったが、その場に残って世話をするわけでもない。じきに町から警察がやってくるし、彼らの本来の仕事は終わっていた。

男たちは足早に木立を抜けていった。朝が来るまで歩いて、彼らの帰宅を待つ家で休息を取る。プレンドヴィル家の女のことはあいにくだったが、無事を祈るしかない。まさか車に同乗しているとは思っていなかったのだ。彼女には何より分別があってほしかった。

車の乗客を置き去りにした男たちは、湿った潮の香りに火薬と血の臭《にお》いを漂わせながら、いまもゆっくり流れる霧中に溶けこんでいった。

かつて英国陸軍に在籍したハリー・カートライトは不自然な姿勢で助手席にもたれ、頭と髪が背もたれのむこうに垂れていた。己れの身を護《まも》ろうと、ティーヴァン警部補のホルスターから抜いたリヴォルヴァーを握りしめていた指はそのままで、待ち伏せしていたひとりが死後に銃を取りあげた。出血はさほど多くはなく、一見しただけではわからない。カートライトの顔は大方無傷で、髪の生え際《ぎわ》にあいた小さな穴はカートライトが車内で立ちあがり、撃たれた胸を見おろした直後に小口径の銃弾が穿《うが》ったものだった。最初の一発めの犠牲となった地方署の警部補、ジェイムズ・ティーヴァンの死体はステアリングにもたれかかっている。遊撃隊の男たちはティーヴァンを殺したことに満足していた。町を根城にした王立アイルランド警察《RIC》補助隊の一団による、最近の報復の責めを負わせたのだ。いわゆる補助隊は、熾烈《しれつ》をきわめた西部戦線ののちに無職となった英国の元軍人が大半を占めている。指揮系統というものがろくに存在せず、唯一《ゆいいつ》例に洩《も》れるとすればアバクロンビー少佐である。三日まえ、丘のむこう側にある九棟の住宅の焼き打ちを指揮したのはアバクロンビーだった。アバクロンビーが燃える家から連れ出した住民三人は、翌朝死体で発見された。焼き払われた住居と住人の殺害は反乱にたいするメッセージで、今回の襲撃はそれへの返答だった。両者の間では長らくやりとりがつづいていた。それは明日、その後の数週間とつづいていく。両者にとって、報復で不当な犠牲者が頻繁に出ることなど大した問題ではないのだ。

　後部座席に乗る最後のひとりは毛布につつまれ、わずかな光を避けるかのように片腕を額にあてていた。モード・プレンドヴィルの顔は――ほぼ全体が見えて――穏やかだった。本人とその家族を知る男たちは彼女をいたわった。なにしろ、オナラブル・モード・プレンドヴィルはイースター蜂起《ほうき》の際、パトリック・ピアースやジェイムズ・コノリーと並んで戦った独立闘争の英雄なのである。遊撃隊の男たちが誰より傷つけることを望まない人物だった。

門番小屋のなかでは、門番兼庭師のパトリック・ウォルシュが妻とともに手足を縛られ、小さな台所の板石の床に転がされていた。モード・プレンドヴィルのことで相談する男たちの声を聞き、ウォルシュは妻とふたり、子どものころから知る雇い主の娘を助けたい一心で手の縛《いまし》めを解こうとした。夫婦で悪態をつきながら縄の結び目をいじくりまわしたが、それが遅々として進まず、時はむなしく過ぎていった。

門からは見えなかったが、木立のむこうの〈キルコルガン・ハウス〉の窓がひとつ、またひとつと黄色い明かりに染められていった。銃声を聞きつけ、寒い玄関広間に集まったプレンドヴィル家の人々の不安そうな面持ちが蠟燭《ろうそく》の灯に浮かんだ。モードの妹シャーロットが、家の客だったハリー・カートライトはカードの夕べからもどったのかと訊《たず》ね、まだ帰っていないとの返事に表情を曇らせた。召使いのブリジットが呼びにいったビリーは自室にはいなかったが、そのうち厩舎《きゅうしゃ》のほうから現われた。それからしばらくして、ビリーの父親であるキルコルガン卿《きょう》、シャーロット、ビリー、そして家政婦の息子ショーン・ドリスコルが門まで出向いていくのだが、彼らがためらっていたのは、おそらく事情がよくわからなかったからだろう。それでもまだ望みはあった。

彼らが逡巡《しゅんじゅん》する間に、もしもティーヴァンのつぶれた車のそばに立つ者がいたなら、木立を抜けて近づいてくる人影を目撃したはずである。霧と闇のせいで、それが男か女か、若者か老人かといったことは判断しづらかったにせよ、行動に迷いがないことには気づいたはずだ。時間をかけながらも明確な意図をもって行動して、この人里離れた場所で銃声を耳にするのは、在宅するプレンドヴィル家の人間だけと知っているらしかった。パット・ウォルシュと妻のことはものの数にはいらない。夫婦は待ち伏せた連中が縛りあげている――こういうことを実行する際の常套《じょうとう》手段なのだ。

プレンドヴィル家はさしあたって脅威ではなかった。屋敷は私道の奥にあって、銃を持つ者を相手に、家の人間が暗闇に飛び出してくることはあり得ない。あるはずがない。当然、町のRICの本署には通報するだろうが、交換を通すことになるので時間がかかる。署はクロスリー・テンダーのトラックを何台も所有していて、それを全速で走らせれば十五分の距離だが、まずは巡査たちを起こして人員を編成しなければならない。しかも現場へ向かうときには気をくばり、第二の襲撃にさらされる危険を考慮しながらということになる。つまり邪魔がはいる可能性はごくわずかだった。

小屋の内では、パット・ウォルシュが呻《うめ》き声をあげつつ、ようやく手の結束を解《ほど》いた。やがて耳にした足音はほとんど砂利を擦ることがなく、その正体が警察でも主家の人間のものでもないことを覚《さと》った。ウォルシュは手首をさすりながら妻とささやき交わした。その後は黙りこくった。

人影が車に近づいていくと、残ったヘッドライトが消えて深い闇を残し、やおら塹《ざん》壕《ごう》用の灯火が車から犠牲者へ、そして門番小屋の窓へと柔らかな黄色の光を投げかけた。静けさのなかで動きはなかった。

カートライトの生死が確認されたが、そのやり方はおざなりなものだった。カートライトは可哀《かわい》そうなことをした。今回の件には関わりがなかったのだ。ティーヴァンは調べるまでもなく、その死にはなんの痛痒《つうよう》もない。つぎに覗《のぞ》きこんだのはモード・プレンドヴィル——彼女がここにいるとは意外だったが、それも致し方ない。脈を確かめようとモードの手首を取ると、若い女性の目はかすかにふるえたが意識はもどらなかった。

横たわるミス・プレンドヴィルをひとしきり観察したのち、その人物は心を決めたようにティーヴァンに向きなおった。警部補の持ち物を手際よく徹底的に調べていったが、成果はなかったらしい。カートライトのほうも調べたが、それを進める人物に厭《いや》がるそぶりは見えなかった。血と死に馴れていたのである。あまつさえ、気づかれないような工夫もしていた。不注意に跡を残さないように、薄いキッド革の手袋をはめている。はずしたボタンは留めなおす。内ポケットを探るのに開いた上着はそうやって元にもどした。

カートライトとティーヴァンの所持品を一度、二度と調べてから、その人物は車に注意を向け、グラブコンパートメントとサイドポケットをあけ、座席の下を調べた。トランクに書類ケースを見つけてすばやく中身を探った。そうしてからモード・プレンドヴィルに注目した。

モードは黒いベルベットの長い旅行用コートに身を包み、左手で小さなイブニングバッグをつかんでいる。コートにはポケットがあったが、バッグのほうが見込みがありそうだった。モードの手からバッグを取るのは慎重を要したが、バッグは開いていて、この人物が探していたものが見つかった。まさか彼女が持っているとは思いもしなかったが、それも頭に入れておくべきだったのだ。空にしたバッグを若い女性の手にもどし、ためらいがちに後ろを振りかえって霧にかすむ暗闇に目を凝らすと、しゃがんで灯火を消した。

なんともいえない気分だった。はっきりした物音は聞こえない。風はやんで葉や枝を揺らすこともない。海霧はほとんど動いていない。にもかかわらず、そこに誰かが――何かがいる気配があって、思いがけない甘く爛《ただ》れた匂いがする。一瞬、青白い女性の姿が霧中を動いてくる気がしたが、あらためて見直すと誰もいなかった。身顫《みぶる》いが出た。大きな屋敷と海岸沿いの道、それにプレンドヴィル家の物語は以前に聞かされたことがある。今夜はこの場所を襲う初めての悲劇ではなく、プレンドヴィル家は何世紀も通じて不幸な一族だった。呪《のろ》われていると言う者もいるが、それはあくまで戯言《たわごと》で、時は過ぎていく。後に残ったものがあるべき姿であることを確かめようと、いま一度灯火がともされた。この人物は煙草《たばこ》をつけると、取りかかった仕事にもどった。

そこで黄色の光が、見あげてくるモード・プレンドヴィルの双眸《そうぼう》と驚きに開かれた口を捉《とら》えた。気づかれたか。この人物はそう思ったのだろう。なぜならポケットから小型拳銃を抜くと、動揺するモード・プレンドヴィルの視線からわずか数インチの距離まで近づけて発砲したのである。一発で充分だった。ジレンマはもはやジレンマではなかった。

この人物は傍目に感情を出すことなく、来た道を引きかえしていった。パトリック・ウォルシュの台所から洩れるすすり泣きは、運よくその耳に届かなかった。

門番小屋の死者に話ができたなら、来ることのない未来への希望を語っていたかもしれない。愛を口にしたかもしれない。彼らは愛し、愛されていた。彼らを愛する者たちは悼《いた》み、愛していなかった者たちは嘆かず、この先嘆くこともない。いずれ記憶から消され、忘れられていく。

だがこの場所では霧が海から迫りくるたび、風がヘザーを揺らすたび、彼らのささやきをかならず運んでくる。

たとえ生者がそれを聞くことがなくても。

2

トム・ハーキンがパブを出たのは深夜零時近くで——遅すぎた。あまりに遅すぎた。霧が濃くなることを忘れていた。まるで濡れ炭みたいな味がする。しかも市は最近、英国の夜間外出禁止令に抗議して十一時半に電気を落としている。ハーキンは磨かれた自分の黒いブーツが踏んだ戸口から洩れる、半円の黄色い光を見おろした。川から立ちのぼってじわりと足もとに絡《から》みつく霧に、いまから発《た》とうとしている闇の旅路が思いやられる。外套の襟を立て、ベルトをきつく締めても、寒さが肌まで忍びこんできた。

「幸運を祈る」とマローンが言った。たった数フィートしか離れていないのに姿がぼやけている。

ドアがしまって明かりが消えると、ハーキンは溜息《ためいき》をついた。それはとにかく間違ったブーツを履いてきたせいだった。三歩進むと派手な靴音がした。これでは爪先立《つまさきだ》ちで歩かなくてはならない。バレリーナさながら。霧中を四マイル先のボールズブリッジまで行けば、ゴム底のブラウンの靴が待っている。そこまで行けたらの話だ。通りに出たとたん、なにも見えなくなった。勘をたよりに道沿いを川まで行かねばならない。他人の足音に耳をすまし、マローンに渡されたリヴォルヴァーを使うことを半ば覚悟しながら。握った銃の重みを思いだして顫えが出た。

英国の支配に抗するこの戦争は、ハーキンがフランスで戦った戦争とは規模が異なっていた。いまはひと握りの相手との闘いだが、人を殺すという意味では同じだった。家までの間には哨兵《しょうへい》が立ち、警邏隊《けいらたい》がいて検問所がある。警官も兵士も銃の引き金に指を掛けているだろう。さいわいダブリン城に本拠を置く政府の高官のはからいで、ハーキンは外出禁止時間内の外出許可を得ていた。許可証を示すことができれば問題はない。だが霧のなか、闇に聞こえる足音が、銃を持っていない男のものと特定できない場合はどうなる? 相手を持ち場に帰そうと、自らおもねってその場におとなしく立ち、発砲せずにいたとしても結果に自信は持てない。思い起こしていたのは先日の夜、ギネスの醸造所での夜勤から自転車で帰宅途中に撃たれた仲間のことだった。

その男も許可証を持っていた。

霧が冷たく湿った膜となって、顔と服にまとわりついてくる。玉石が足もとを滑らせる。急ぎ足で歩いて身体《からだ》を温めたい誘惑に駆られたが、ゆっくり進めば耳が利《き》くし、大きな音もたてずにすむのだ。街はひっそりしていたが静まりかえってはいない。港のほうから川を伝い、こもった霧笛がわびしく響いた。通り過ぎた家からは人声がしていたし、蓄音機の音も聞こえてくる。

ハーキンは思案した――サックヴィル・ストリートは避けたほうがいい。中央郵便局の外には哨兵がいるし、オコンネル橋は絶えず警護されている。ケイペル・ストリートならと思ったが、そちらの方角からまぎれもないクロスリー・テンダーの走行音がして、ハーキンはそれを避けるように進路を変え、平行する狭い通りを行くことにした。どこかでクロスリーが停まり、怒号が聞こえた。イギリス人の声だったが、自分が呼び止められたわけではない。それでも戸口に隠れて息をひそめ、クロスリーが走り去るのを待った。そして川のほうに向かっていくトラックの音を追った。おそらく補助隊《オクシーズ》だ。彼らのアクセントはどちらかといえば士官たちのそれで、英国から集められたＲＩＣの別動隊、〈黒と褐色《ブラック・アンド・タンズ》〉を構成する別階級の人間のものではなかった。やがてトラックの音がしなくなっても、それが距離の離れたせいなのか、ふたたび停車したからなのか区別がつかなかった。霧は音を変化させることがあるだけに、歩きだすまえに安全を確認しておきたい。

ハーキンはマローンを呪った。会合に三時間遅れたマローンを待つしかなかった。マローンがもたらし、いまはハーキンの上着の胸ポケットにあるリストを補助隊の巡邏警官に調べられたら、それは死刑宣告にも等しい。そう思うと全身が熱くなった。頭上のどこかで赤ん坊が泣きだし、子どもを寝かしつける母親の声が聞こえる。零時を告げるクライスト・チャーチ大聖堂の鐘が鳴った。それが鳴りやむと補助隊の気配が消えた。ハーキンは戸口を離れると、誰何《すいか》されたときの答えを胸に、危険を告げる兆候をうかがいながら、まえと同じゆっくり着実な歩みを心がけた。

川を渡らなくてはならない。左手にあるオコンネル橋は危なすぎるし、右手に架かるグラッタン橋はクロスリーに封鎖されている可能性がある。追いつめられた気分で思いついたのが、歩行者用の狭いヘイペニー橋だった。他にくらべたら警備がいない確率が高い。通りの端まで行くと湿った悪臭がして、すぐ先に川が流れているのがわかった。いま立っている場所から橋がどの位置にあるかも定かでないまま、ハーキンは聞き耳を立てた。街のことはよく知っているつもりだが、方向感覚を失って焦《あせ》りに駆られ、土手を見つけるまで進むべきか、安全を確信できるまでその場に留まるべきかを決めかねて立ちつくした。

まだ迷っていると、左のほうから低い声が聞こえてきた。イギリス人の声だ。言葉までは聞き取れないが、誰かが応答してマッチを擦るのがわかった。ハーキンは息を詰め、車のドアの開閉する音に聞き入った。補助隊だ。来た道を引きかえしたくなったが、足が舗道に貼《は》りついて動かない。こうした恐怖はフランスで経験して、いずれおさまるのはわかっている。むろん完全にではなく――恐怖のスイッチは勝手に切れるわけではないが――動いたり考えたりはできるようになる。彼は強いて肺に空気を入れるとすこしずつ息を吐きながら、補助隊の連中が交わすささやきに耳を凝らした。

するとライフルのボルトを引く音がした。

戦慄《せんりつ》にとらわれてその場を動けずにいると、柔らかな手に肘《ひじ》を取られる感触があって驚いた。その手にやさしく押し出されて抗《あらが》うことができなかった。どうやら助けようとしているらしい。ほんの数フィート離れたあたりでクロスリーのエンジンが回りだし、ハーキンは導かれるままに足を速めていくと、まもなく数歩先に鋳鉄製の橋の狭い入口が見えた。衛兵の姿はない。左のほうで、クロスリーのヘッドライトが点灯した。自分の空《うつ》ろな靴音が橋に響くのを聞きながら、それがエンジン音にかき消され、補助隊の耳に届かないことを祈った。後ろを顧みると、オーモンド・キーの路上にある二本の光は霧にぼやけていたが、橋詰からせいぜい五十ヤードしか離れていない。ふたたび支援者に背を押され、クロスリーが停まる方角から聞こえてきた叫び声にはっとして、ハーキンはできるだけ急いで、しかも音をたてずに橋を渡り切った。助けてくれた相手に礼を言おうとして振りかえると、そこに人の姿はなく、女性の香水のかすかな匂いだけが残っていた。

記憶にある香りだった。もう何年もかいだことはなかったのに。

3

見わたすかぎりの泥と水。悪臭を放つ一面の焦《こ》げ茶に変化をもたらすのは、黄灰色の死者の顔と泥にまみれた生者の蒼白《そうはく》な面差し、そして頭上にひろがる鉄色の空ばかりである。水は泥の濃さと色をふくみ、泥は水の稠度《ちょうど》を持つ。違いはない。どちらにしても溺《おぼ》れてしまうだろう。降りしきる雨が鉄甲に当たり、その雫《しずく》が濡れそぼったトレンチコートにしたたる。ふるえていたのは寒さと雨と、それにもちろん恐怖のせいだった。彼が受けた命令は、定期的に射《う》ちこまれるドイツ軍の砲弾によってそこらじゅうに開いたこの穴を保持することにある。どうもそれは第二線の塹壕のようだが、ほぼ原形をとどめていない。破れた土嚢《どのう》や踏み板がそこここに散乱して、目の先には顔が半ば埋もれ、左腕をどこかにやったドイツ軍伍長《ごちょう》の泥だらけの軍服が見える。埋まって平たくなった塹壕は、要塞《ようさい》というより窪《くぼ》みに近い。本当に塹壕にいるのかわからなくなったりもする。ところどころ、完全に塞《ふさ》がれている場所もあった。彼の中隊は遺跡を発掘する考古学者さながら、これ以上の土に埋もれないように必死で掘っていた。だが、ドイツ軍はこの塹壕の位置を知っている。ここに大砲の照準を合わせ、五分おきに砲弾を射ってくる。負傷者が担架で運ばれていく。死者はその場に置き去りにされる。いずれ泥に葬《ほうむ》られていく。

彼は腕時計を覗こうとしたが、それが手のふるえでままならない。ようやく読めた時刻が十二時半。ダブリンの昼時。ダイニングルームの食卓で、母が父と向きあって腰かけているころだ。そんな場違いな思いを頭から締め出そうとした。

塹壕沿いに進んで一時間。再度前進する頃合いだ。身体から力が抜けていく恐怖をおぼえて深く息を吸い、大地と腐敗の臭いを鼻と口に満たす。それがせいぜいだった。片膝《かたひざ》を反対の膝の前に出し、そうやって百ヤード進んでは百ヤード後退する。できるのはそれだけなのだ。唾《つば》を呑《の》みこもうにも口が渇いている。彼は無意識のうちに動こうとしていた。

全員が死ぬか負傷した他の士官たちが幸運に思えてくる。彼はこの短い旅が無益で、すこしばかりの変化も起こせないのを知っていたが、これが隊の任務なのだ。泥が降ってきて、前進せざるを得なくなった。止まったままでは泥に襲われ、近くに人がおらず、自力でどうにもできなければ相手の狙《ねら》いどおりになる。部下の横を過ぎるたびにうなずいて声をかけ、おたがいに大丈夫と偽っては先を進む。二十名がまだ無事で、前回の点呼からは三名減っていたが、予想よりましだ。部下たちがどうやってここまで生き延びてきたのかわからない。およそ不可能に思えた。彼は塹壕の端まで行って足を止めた。左側に展開しているはずのグロスター連隊は離脱していた。ひょっとして退却したのだろうか。

ドイツ軍が攻めてきたら、はたして何ができるか。泥のせいで、ライフルは棍棒《こんぼう》か銃剣の役にしか立たない。少なくとも、ドイツ側も条件は同じはずだった。また砲弾の飛来する音が聞こえて、彼は泥に顔を埋めた。砲弾は塹壕から遠くない場所で炸裂《さくれつ》し、泥と破片を――金属と木片と、衣服と肉を――雨と降らせた。さっき言葉を交わした泥だらけの兵士が噎《むせ》び泣きをはじめた。笑顔で慰めようにも、それができない。彼も同じように恐れおののいていたのだ。仮に思考と感覚と視覚を遮断できれば、わずかのあいだだけでも理性を保っていられるかもしれない。だが恐怖に中断はない。

彼は中隊どころか、かろうじて小隊の体裁を取りつくろう生存者の脇を通って引きかえしていった。部下たちがひたと視線を向けてくる。時計を見るときの手がふるえているのに気づかれてしまう。頭から足先まで泥まみれになり、胸壁といえそうな盛り土にもたれたドリスコル軍曹の死体を過ぎようとしたとき、薄いブルーの目が開いて凝視された。生きていた。二十一歳。彼は驚きを押し隠してドリスコルにうなずきかけながら、この地で死者と生者を隔てるのは、泥をかぶった顔にのぞく青い光だけと知った。他の者たちから目をそむけたのは、骨に張りつく紙のように薄い皮膚を見たくなかったからだ。つぎの砲弾が来ても——その吼《ほ》えるような飛来音からして榴弾《りゅうだん》だった——彼は動かず、身を庇《かば》おうともしなかった。それが無意味であることに卒然と気づいたのである。すると爆風を受け、一瞬重力が失《う》せたように舞いあがると空中で回転していた。八方に飛び散る泥を目にしながら落下した。

地面に落ちたとき、泥は濡れた枕《まくら》のような感触がした。

目を開くと——何時間も経《た》ってからなのか、わずか数瞬後のことなのかもわからない——頭は空っぽになっていた。手がかりはないかとあたりを見まわしたが、動かすのは頭だけなのに全身に痛みが走った。見えるのは泥だけ。

しかもひとりきり。

4

「ハーキン大尉《たいい》?」

年のころは十五歳の若い少年が電報を手にしている。ハーキンはなぜ自分がここで、兄から受け継いだボールズブリッジの小宅の玄関に立っているのかが理解できなかった。口にはまだフランスの泥の味がある。悪夢が現実に変わっても厭な気分だった。だがいまここには電報を持ち、塹壕のドリスコル軍曹と同じ洗いざらしのブルーの瞳《ひとみ》をした少年がいる。

「ぼくだ」思いのほか、かすれて高い声が出た。「ミスター・ハーキンだ。最近はもう大尉じゃない」

一語を口にするのに努力が要る。相変わらず感覚がもどってこない。電報を受け取ろうとした手がふるえているのに気づき、背中の後ろに隠した。少年は怪訝《けげん》そうな顔で、例の薄い色の瞳で様子をうかがってきた。ハーキンはうつむき、モザイク模様の

タイルに置いた青い血管が浮く素足を見た。足の爪《つめ》が伸びて、やけに黄色がかってい
る。とりあえずはドレッシングガウンを羽織っていた。少年はというと、郵便局の青
地に赤のトリムがはいった制服をきちんと着こなしている。筒形帽を斜にかぶるのも
計算のうえなのだろうか。ハーキンは剃刀《かみそり》を当てていない頰を親指でさすった。
「いま何時だ?」知っておいたほうがいいと思って訊ねた。
「朝の十一時、です」
〝です〟が不明瞭《ふめいりょう》だった。
「調子が悪くてね」ハーキンは言い訳のつもりで言った。「メイドの姿が見えない。
たぶん遊びまわってるんだろう」
「で、あなたはトーマス・ハーキン大尉なんですか?」と少年に問われて、ハーキン
は怒りが沸き立つのを感じた。
「ミスター・トーマス・フランシス・メアリー・ハーキン、王立ダブリン・フュージ
リア連隊所属の元大尉、目下ここに居住している。きみは電報を渡す気があるのかな
いのか?」
いつもながら〝メアリー〟にはうんざりさせられる。〝フランシス〟もあまり好き
ではなかった。信心深い母親の子に付きまとう災厄だ。少年のぎょっとした顔を見て、

ハーキンは罪の意識をおぼえた。

「未払いでもあるのかな?」と声をやわらげて言った。

「ありません」少年の口調がていねいになった。メッセージが手渡された。「ですが、返事をお待ちしないと」

それはそうだろう。手にした封筒は薄いものだったが、その紙をさわったとたん、ハーキンは中身がろくなものではないことに気づいていた。電報配達の少年もそれを知っている。電報局は電文をすべて読み、内容に悪い報《し》らせがあれば配達夫に言いふくめておく。が、実際のところ、これがハーキンには都合がよかった。愛国者のアイルランド人がまえもって電報に目を通すという因習は、彼にはとても有用だったのだ。ハーキンは少年の訝《いぶか》しげなまなざしを意識しながら、封筒の蓋《ふた》の内側に指を入れて裂いた。たたまれた紙片を開くと、十二語からなるメッセージがあった。うち二語はからかいで、残りは衝撃だった。

親愛なるメアリー。モードがIRAの襲撃で殺害さる。キルコルガンでの葬儀迫る。来られたし。ビリー。

最初はなにも感じなかった。塹壕で四年をすごしてきただけに、ハーキンには死にたいする免疫《めんえき》のようなものがあった。はるか昔のことだったモード・プレンドヴィルの記憶が浮かびあがってきた。腕のなかにいたモードの温もり、重ねた唇。香水の匂い……ゆうべの香水の記憶が鼻腔《びこう》に満ちていくにつれ、世界の軸がゆっくり傾いていく。思わず壁に手を置いて身体を支えていた。モード・ブレンドヴィルは同じ香りをまとっていた。ある銘柄のコロン。まえはその名前を憶《おぼ》えていたのに、いまは思いだせない。息を喘《あえ》がせたハーキンは、少年の瞳に同情を見ていた。

「鉛筆はあるか?」ショックから多少立ちなおると、そう口にした。少年はベルトに留めた革製の四角いホルスターを開き、鉛筆とあらかじめ開いておいた小型の帳面を出した。

「いいか?」ハーキンは自分の声が詰まるのを意識した。

少年はうなずいた。

「参列する。トム」できれば〝トム〟に下線を引きたかった。〝メアリー〟は使い古されたジョークなのだ。ハーキンは昨夜の霧でまだ湿っていた外套に三ペンス硬貨を見つけ、それを渡して少年を送り出した。

ドアをしめると玄関にたたずみ、ゆうべの出来事を思いかえした。あれは想像の産物だったのだろう。たしかにこの何カ月かは、夢がより現実味を帯びていた。霧中の女がモードであるわけがない。そう思って気を取りなおしたものの疑問は残った。

ハーキンは暗い居間に行った。明かりといえば、引いたカーテンの隙間から射しこむ薄日だけである。落ち着かない気分を抱えながら、電報を封筒にもどしてマントルピースの上に置いた。そこで背後に空咳の声を聞き、自分がひとりではなかったことに気づいた。ハーキンは息を呑んだ。突然、口が渇いた。武器を探し、左側にある暖炉用の道具のなかで光を放つ火かき棒を目にした。その位置を心に留めて侵入者に向きなおった。グレイの三つ揃《ぞろ》いのスーツ、そのボタン穴にカーネーションを挿した大男が、大きな片手にカップとソーサーをのせた恰好《かっこう》でくつろいでいる。ふと死んだ兄のマーティンが、お気に入りの肘掛け椅子《いす》に腰かけているのかと思って、恐怖にうなじをつかまれた。だが目を上げた大男の顔は、邪気のなさをそれなりに表している。ごついハンマーで岩を削り出した頭像を思わせる。

「勝手に邪魔したよ。ノックするのも面倒だ」男は手にしたカップをハーキンに向けた。「お茶も自分で淹《い》れた。あんたもべつに気にしないと思ってね。まだポットに残ってる――注いでさしあげようか？」

ふるえる息を吐くとともに、ハーキンの緊張は抜けていった。

「ヴィンセント？」彼は挨拶《あいさつ》のつもりで名前を呼び、そこにヴィンセント・バークが良からぬことをたくらんでいるとばかりに疑いを込めた。それも当然だろう。「おまえか……別の誰かかと思った。鍵《かぎ》はかかってなかったか？」

大男の口が開いて笑みをつくった。

「かかってた。おれは練習するのが好きでね」

ハーキンは無言で、錠を新しくしたほうがいいかと考えた。変えたところで大差はないだろうが。

「そんな真似《まね》はしてほしくないな。ドアが施錠《せじょう》されてたら、住人があけるのを待つのが礼儀だ」

「自分で鍵をあけられるなら、待つこともなかろう？」バークはしばしハーキンを見つめると笑みを消した。「お茶を淹れてやろう。気分がよくなるぞ」

バークがキッチンに向かうと、ハーキンはその間にカーテンを開き、冬の陽射しを招き入れた。肌寒い空気にふれて、メイドのキャスリーンが母親を訪ねていることを思いだした。見まわした部屋は、戦争まえに兄のマーティンとここに腰をおろし、政治のこと、自動車のことなどをとりとめもなく話していたころと変わらない。蠟燭の灯に照らされて、ピアノの前に座るモードとマーティンの顔が不意に思い浮かんだ。あの晩から生き残ったのは自分だけなのだ。顔を擦《こす》りながら、ハーキンは涙が目を刺すのを感じた。

もどってきたバークが約束どおりに紅茶のカップと、ショートブレッドをのせたソーサーをよこした。バークはハーキンがお茶をひと口するのを見守った。

「ゆうべはマローンが遅れたそうだな」とだしぬけに言った。

ハーキンはうなずいた。

「霧が出てたのか？」

ハーキンは肩をすくめ、昨夜のことを振りかえった。川のそばで不思議な手に肩を押され、モードの香水の匂いがただよってきた。身顫いが出そうになるのをこらえた。あれは気の迷いにすぎない。

「バチェラーズ・ウォークで手入れがあって、挙げられそうになって身を隠したらしい。それで尾行されないように回り道をした。街じゅうにサツが出ていて、あそこまで行き着けたのは運が良かったって話だ。こっちから出向いて事情を聞くわけにもいかなくてね。もう外出禁止の時間だったから」

大男は考えこむと曖昧《あいまい》にうなずいた。

「やつはリストを持っていたか？」

ハーキンは玄関へ行き、外套のポケットから封筒を抜き出した。封筒の中身は、王立アイルランド警察補助隊の候補生百六十三名の入隊情報をまとめたもので、各自のイギリス内の自宅住所も記されていた。補助隊はアイルランド共和軍《IRA》のメンバーの家を好んで焼き打ちにする。このリストは同じやり方での報復を可能にするものだった。

バークは封筒を開き、内容に目を通すと口笛を吹いた。

「おれだったら、外出禁止時間内にこいつを持ち歩くのはかんべんだな。とにかく、よくやった。あのパブには、あんたが表に出てからガサがはいってマローンが捕まった。おれたちにとって、とりわけマローンにしたら、リストを持ってなくて幸運だった」

ハーキンはこの報らせが持つ意味を考えた。マローンはおれの住む家を知っている。おれの本名を知っている。

「やつはあてにできるのか?」ハーキンがそう言ったのは、何より自分を安心させるためだった。そして思いなおした。「どうなんだ?」

「それなりにな。もちろん尋問はされるだろう。あんたはしばらく頭を低くしといたほうがいい。ダブリンから離れるとか」バークが口をつぐむと、あのわざとらしい無邪気な表情がもどった。「じつはボスからの提案がある」

そこでハーキンは唐突に、なぜだかわからないが、この提案がモードに関係しているのではないかと察した。

「つづけてくれ」

「あんたは戦争のまえからモード・プレンドヴィルを知ってるんだろう？　家族のことも。かなり親しかったとボスは思ってる」

「彼女のことはよく知ってる。兄貴から電報が来た」

「じゃあ、こいつは偶然じゃないんだな。ボスはけさ、サー・ジョン・プレンドヴィルからの電話を直接受けた。サー・ジョンは、彼の姪《めい》がＩＲＡに襲われて殺されたことに腹を立ててる」

ハーキンはゆっくりと首を振った。

「電報にもそう書いてあった。しかし、そんなはずはないだろう？　モードは……そう……モード・プレンドヴィルだぞ」

「まったくだ。ボスも戸惑ってる。イースター蜂起の英雄を、遊撃隊が一斉射撃で殺す？　英国人どものの思うつぼじゃないか」

「状況はつかめてるのか？」

「あんまり。遊撃隊は現場を離れるとき、モード・プレンドヴィルは気絶していたが生きていたと主張してる。五分後に単発の銃声が聞こえたそうだ。言い換えれば、他人が撃ったってわけだ。とはいえ、やつらがやった可能性もある」

ハーキンはピアノに目をやった。あの夜、モードが指を置いた場所を見て、彼女の柔らかな頰笑みを想《おも》い起こしていた。

「で、おれはこれのどこに顔を突っ込んだ?」

「サー・ジョンのことは知ってるのか?」

「よく知ってる。おれは戦前、彼が自治政府の議員だったころに私設秘書をやってた」ハーキンは間を置き、バークの表情を探った。「おれがモードと婚約してたのはボスも知ってるはずだ」

バークはうなずいた。

「ボスが話してたよ。お悔やみを言ってくれと。それにお詫《わ》びをな」

「お詫び?」

「ボスはあんたが現地へ赴き、サー・ジョンと話すことを望んでる。調査をする必要があるし、だったらあんたがうってつけだろうとね。けさの時点で、ミス・プレンドヴィルにはサー・ジョンの名義で生命保険がかけられてる。書類は追って届く」

ハーキンはうなずいた。少なくとも書面上、ハーキンはオール・アイルランド保険会社の損害査定人である。そこは現実に保険業務を扱う実体のある会社だが、一方で諜報《ちょうほう》活動をおこなう総司令部の隠れみのとなっていて、ハーキンはその古参のメンバーだった。

「なるほど。つまり、おれは損害を査定しにいくわけか」

「そのとおりだ。もし他人のしわざなら、それに対処したうえでさっさとずらかる」

「で、遊撃隊のしわざだったら？」

バークは穏やかならざる顔になった。

「ボスがこの仕事にあんたを選んだのは、あんたが分別ある人間だからでね。こいつは簡単にはいかない。遊撃隊はあっちでは活発に動いてるし、われわれも連中が活動をつづけることを求めてる。その反面……」ボスの言葉を正確に思いだそうとしたのか、バークはしばらく口を閉じていた。「銃が不足しているのを忘れないように、念を押してくれと言われた」

ハーキンはバークの困惑する顔を見て微笑した。バークは知らない。それはアイルランドでは限られた人間しか知らないことなので当然だが、サー・ジョン・プレンドヴィルはIRAのために、ニューヨークからトンプソン短機関銃二百挺《ちょう》を輸入しようと奔走していた。その貨物が二週間ほどで到着する予定になっている。

「申しわけないが、あんたに頼むしかないとボスは言ってる」とバークは言った。

「でもあんたは家族を知ってるし、モードのことを知っていた。それに数日でも街を離れるのはいいことさ」

ハーキンはマローンが逮捕されたことを思ってうなずいた。

「もしやつがしゃべったら？」

「万が一には備えがあるし、あんたが姿をくらますのも計画の一部だ」

5

目にガラス玉を入れたフォックスのストールを首に巻く老婦人が列車を降りていき、ハーキンは身体を伸ばした。コンパートメントを独り占めできてほっとしていた。老女にじろじろ吟味されるのもそうだが、死んだキツネに見入られるのは気分のいいものではない。彼は戦争で自分と同じように傷ついたシガレットケースを取り出し、座席にくつろいだ。

そのケースはぼろぼろだった――凹《へこ》みの一個一個に塹壕や戦闘の、あわやという場面の物語がある。良い話はひとつもない。たまたまモードから贈られた品で、なぜか手を離れない。内側には銘が刻まれていたが、努めて読まないようにしている。書いてあることはわかっていたし、潮流に引きこまれるような寂しさに襲われる。窓外に目をやると、早朝の薄明かりのなかを濡れて沈んだ畑が過ぎ去っていく。思うにまかせない指で――もう何週間もそんな調子だった――さほど苦もなく煙草をつけると、煙の輪が黄色の灯がともる車内に漂い、やがて消えていった。汽車が西へと向かい、陽が昇るにつれ、村と街も、石壁も囲いも、納屋《なや》も背の低い小屋も、すべてが大きく荒《すさ》んでいくようだった。まるで戦争が田舎を席捲《せっけん》したようなありさまだが、その印象はあながち間違いではない。といっても、ここでは生垣と路地の戦いだ。もう二年もつづく戦争は、すでに厳しい時期に馴《な》れていた人々にも辛《つら》いものとなっている。近ごろは飢えて絶望した人間が大勢いるが、戦争に勝つまでそう時間はかからないだろう。

英国当局は知ってか知らずか、問題が噴出しつつあった。

あいにくの天候をついて、汽車は起伏ある地勢を縫って走りつづけていた。雨が鞭《むち》打《う》つごとくに車窓を叩《たた》き、機関車の蒸気が風に流され、雨に煙る付近の丘が見えたと思う瞬間、列車は白煙に包まれ、孤独に疾走していく。べつにかまわない。風景には興味がない。代わりに物思いにふけると、心はやはりモードのことに立ちかえった。

モードの死については、待ち伏せを画策した部隊の記録や、補助隊の関係筋から流された報告書によって事情が明らかになりつつあった。補助隊の報告書のほうが詳細なものだが、両者の見解は一致していた。襲撃の際、モードは車上にいて、一発の銃撃で死亡したという。補助隊の報告書にはさらに詳しく、銃弾はモードの左目のすぐ上の額からはいり、火薬の残滓《ざんし》が至近距離からの発砲だったことを示しているとあった。補助隊は、すべての死はＩＲＡがもたらしたと結論づけている。彼らはモードが同胞の手で至近から頭を撃たれたとする理由には興味がないらしく、また銃を撃った犯人がモードの顔をまっすぐ見据えていたという状況も考慮に入れていない。人殺しに多少のおぼえがあるハーキンからすると、これは異常なことだった。経験上、人はできることなら、殺そうとする相手の目を見つめまいとする。死刑囚が目隠しをされるのは、銃殺隊のためでもあるのだ。塹壕内でおこなわれる決死の戦いの最中ですら、降伏しようという敵兵を殺す場合は背後から撃つ。銃を撃った犯人はモードを憎んでいたか、あるいは冷血な殺人鬼だったにちがいないが、はたしてモードをそこまで憎む者などいるだろうか。

最後にモードと会ったのは六年まえのことだった。顔を思いだそうとすると逃げていく感じもあったのに、死という現実によって、付きあっていたころの思い出が波のように押し寄せてくる。新聞に載った写真が助けになった。戦争まえの一枚で、カメラからわずかに視線をそらしたモードの横顔が写っていた。その写真のおかげで記憶がよみがえってくる。ダブリンの舞踏会で踊ったこと。彼女が兄とハーキンが共有していた大学の部屋を訪ねてきたこと。キルコルガンの浜でピクニックをしたこと。肩にもたれてきたモードとふたり、海を眺めていると陽射《ひざ》しが肌に暖かかった。その後、家につづく私道を歩いてもどるとき、黒い窓がふたりを見つめてきた。どの窓も、そのむこうには家の霊がいる。ハーキンは汽車のスピードで雨が流れ、車窓のガラスに長い線を引いていくのを見つめた。なぜプレンドヴィル家が世界の果てに建ち、花崗《かこう》岩《がん》の壁が大西洋の嵐《あらし》や雨との終わりない闘いに明け暮れるあの冥《くら》い屋敷に棲《す》みつづけるのかがわからない。モードは最後の四年をそこで暮らした。イースター蜂起《ほうき》で怪我《けが》をしたモードは独立闘争から、そしてトム・ハーキンという彼女を愛する男から身を退《ひ》いた。

驚いたことに、ひと筋の涙がハーキンの頬を伝った。

汽車の旅があの家に向かって一マイル、また一マイルと近づくごとに、何もかもが現実離れしていく気がする。すでに雨はやみ、田園に低く立ちこめる朝霧にこの世界がぼやけていく感じがあった。逆にハーキンの心の目には、あの屋敷とモードが鮮明に映じるようになっていた。

おそらく寝入っていたのだろう。目覚めるとトンネルの闇《やみ》のなかで、窓をかすめていく煙と小石が車内灯の明かりにぼんやり見えた。向かいに男がふたり座っていた。ひとりは窓際《まどぎわ》、もうひとりはドア側に席を占めている。薄暗がりに馴れたハーキンの目に、彼らが着ている長外套《なががいとう》がカーキブラウンで、破れて泥がこびりついているのが見えた。帽子も鉄甲もかぶっていないが、毒ガス攻撃にやられて顔に白い包帯を巻かれ、目と口のあるはずの場所が血で染まっている。息を呑んだハーキンは、恐怖に胸をつかまれるのを感じた。

しばらく男たちのことを見つめた。彼らが実在しないのはわかっている――手を伸ばしたところで、そこには空気しか存在しないだろう――だからといって、それが現実でないことにはならない――少なくともハーキンにとっては。男たちに視線を注いでいると、腐りかけた肉の甘ったるい臭《にお》いが鼻についた。顔をそむけたいのにできない。彼らには見えているのか。名もない墓に捨てられた彼らは、生き延びた自分のことをどう思うのか。

目をつむり、そしてあけたときには、列車はまた開けた田園地帯を走っていて、男たちは消えていた。コンパートメントのドアのガラスに自分の姿が映っている。黒い瞳、白い顔、口もとの傷痕《きずあと》。半ば死にかけているように見える。

煙草をつけようとした手がまたふるえている。駅に差しかかった列車は減速していた。プラットフォームに、補助隊の小隊がメキシコの山賊のように弾薬帯を掛け、完全武装で待機している。この段階でも、ハーキンは彼らが危険をもたらすのではと警戒していた。ホルスターに挿したリヴォルヴァーの銃把に手を置き、プラットフォームに立つ市民を邪険にしながら闊歩《かっぽ》していた補助隊は、やがて列車に乗りこむと乗客たちに矛先を向ける。一等車のコンパートメントにいたハーキンは、彼らの眼中にはいらないようにと願った。一等の切符を買えるのは忠実な市民であり、現状をすんで肯定する類《たぐい》の人間に見られる。だからこそこの旅の仕方を選んだ。たとえ目をつけられても、仕立てのいいスーツに襟の堅いシャツを着て、葬儀の参列者にでも思われたらそれでいい。なお因縁をつけられたら――そこは己れの身を守る事実がある。王立フュージリア連隊に所属し、フランスで三年をすごしたこと。大尉。戦功十字勲章。あるいは戦地で見知った相手がいるかもしれない。なにより、ＩＲＡの情報将校という現在の姿を知る者はいまい。

むろんマローンがしゃべっていなければの話だ。

マローンのことを考えていると背筋に季節はずれの汗が流れた。ハーキンは目を閉じ、短い祈りの言葉をつぶやきながら、運がよければ、逮捕の理由は深夜の飲酒程度のことになると考えなおした。

コンパートメントのドアが引かれる音に顔を上げると、そこに深緑のチュニックに古びたカーキ色の乗馬ズボンをはいた中年男の灰色の瞳があった。くたびれたタモシヤンター帽を粋《いき》な角度でかぶった男は、まえもってホルスターのボタンをはずし、さらにリヴォルヴァーを抜きやすい位置にしていた。ハーキンは抜かないでくれと祈った。

「書類を」と補助隊の男がヨークシャー訛《なま》りで言った。

ハーキンは内ポケットから出した書類を差し出した。隊員はそれを仔細《しさい》に眺め、ハーキンは相手が共通の軍歴を認めるのを待ったが、その話は一向に出てこない。

「ハーキンか？」

「ああ」

「旅の目的地は？」

ハーキンは行先を告げた。

「住んでるのか？」

「いや、家はダブリンだ。葬儀に出席する」

補助隊員は目を上げた。

「誰の葬儀だ？」

あんたには関係ないと答えようか迷っていると、列車内の離れた場所から怒声が聞こえてくる。どうやら補助隊はうやむやにすませる気はないらしい。

「新聞に出た。キルコルガン卿《きょう》の娘で——」

言葉をつづけようとしたが、補助隊員にさえぎられた。

「その女は知ってる」男はハーキンの書類に目を据えた。「おまえは女の友人か、それとも家族か？」

その問いには棘《とげ》があった。なにしろ共和主義者としてのモードの活動は知れ渡っている。わざわざ昔の許嫁《フィアンセ》だったと言うこともないだろう。

「戦争中は彼女の兄貴と従軍した。フランドルや方々で」ハーキンは補助隊員の胸にある勲章にうなずいてみせた。「あんたは？」

隊員は即答せず、そこにあるものを忘れていたかのように胸に目を落とした。

「いっしょだ」男はそう言ってハーキンに冷たい視線を浴びせた。「質問をこっちでしていいか？」

「もちろん」

「おまえが一等車にふんぞり返って、こっちは書類を調べて、それでおまえの同郷人に撃たれるってのはどういうことなんだ？」

ハーキンは開きかけた口を閉じた。その質問にたいして、後腐れのない答えは出そうになかった。

補助隊員は冷笑を浮かべた。

「答えられないって？　そりゃそうだろう。おまえらはどいつもこいつも同じさ。けど、昔の戦友に免じてひとつ教えとくよ。行った先ではおとなしくしてろ。おれたちもそっちへ行くし、黙って引きさがったりはしないからな」

男はハーキンの膝に書類を放ると、ドアを叩きつけた。

ハーキンは長く浅く息を吐いていき、つぎの呼吸に集中した。車外では雨が霧に変わり、見る間に列車を包みこもうとしている。草原の緑を黒く、他のすべてを薄い灰色に塗り変えていった。

別世界にはいろうとしている心持ちがした。

6

列車は速度を落とし、最後に音高く制動をかけると揺れながら停止した。その駅の記憶はあったが、影と渦をつくりながら窓をよぎる霧のせいで反対側のプラットフォームはろくに見えない。終点に到着したものの、プラットフォームが二本のターミナル駅で補助隊を避けるのは困難で、ハーキンはそのまま座って待った。連中の後から行くなら難しくはない。騒々しく下車していく彼らの怒号や笑い声が、霧に呑まれて船の汽笛のように聞こえてくる。大半が元士官の集団にしては、案外規律が行き届いていない。連中の最後尾が出ていくと、駅自体が安堵《あんど》の溜息《ためいき》をついた感があった。

さらに一分待ってから、ハーキンは立って荷物棚からスーツケースを下ろし、トレンチコートを着て首までボタンを留めた。手のふるえはいまも止まらなかったが、その程度のことは問題なくできる。気をしっかり保とうとベルトをきつく締めた。

駅舎の鋳鉄製の屋根の下にも霧が伸び、等間隔に吊《つ》られたガスランタンの周囲に光輪をつくりだしている。プラットフォームからは人気がなくなったが、列車の端からふたつの黒い影が近づいてくる。それもゆっくり時間をかけて。どこかで運転士が車輪の検査をする、ハンマーを一定のリズムで叩く音が聞こえる。霧のなかから現われた人影は駅長と守衛で、ふたりはハーキンのように居残っている客がいないか確認していた。帽子を取った駅長に、ハーキンはホンブルグ帽をさわって返礼した。ホンブルグをかぶっていると何か違いが、車輛《しゃりょう》の等級もわかるのだろうか。作り笑いを浮かべたハーキンは出口に向かいながら、ドッグフード、煙草《たばこ》、それに指名手配されたIRAの男たちのポスターを眺めて深く息を吸った。まだ生きた心地がしない。補助隊の男と出くわした動揺がつづいていた。地面に目をやると足の運びが乱れている。そこに声がして身をすくめた。

「ハーキン大尉？　荷物をお持ちしますか？」

ハーキンは顔を上げた。目の前に立つ男は、ツイードのスーツに軍靴《ぐんか》を履いていた。フランドルで知っていた人間とよく似ている。

「ドリスコル軍曹か？」と訊《たず》ねる自分の声に、ハーキンは怯《おび》えを聞き取っていた。仲間たちもろとも吹き飛ばされる直前のフランドルの塹壕《ざんごう》を思いだした。一瞬、またも幻覚かと思った。「おまえは死んだぞ」

　ドリスコルは自らの姿を見て胸と腰を叩いてみせた。

「たぶん、まだ生きてますが」

　心底ほっとしたハーキンは涙がこみあげるのを感じた。それを隠そうと顔をそらした。

「おれはあの塹壕にいた全員が死んだと思った。それが間違いでよかった」

　ドリスコルは、ハーキンが天気のことでも口にしたかのように微笑した。

「大尉が私のことを憶えてらっしゃるか自信がなくて」

　ハーキンはどうにか心を落ち着けた。

「きみのことはよく憶えてる。ジョン……ドリスコル……軍曹」と発した声に、ためらいがあるのを意識した。「野戦病院で、生きていたのはおれだけだと救護班に聞かされた」

　スーツケースがドリスコルの手に渡ってしまうと、ハーキンはそれを後悔した。腕にかかる重みこそ実在のもので、それがないと現実とのつながりが途切れる気がした。しかもドリスコルは明らかに足を引きずっている。ドリスコルは肩をすくめた。

「いいえ、私と数名は無事でした。大尉を運んだのは救護班じゃなく、私たちです。

あそこに大尉を残していくわけにはいきません」

「ありがとう」

ハーキンは身内に気まずい笑いが沸くのを感じて、それを押さえこんだ。ドリスコルは礼儀正しい笑顔を浮かべていたが、裏には何かがある。いまなお見逃していることが。彼らに運ばれたとき、自分はどんな状態にあったのか。さいわいにして意識がなかった。

「何人も生き残ったのか？」と彼は訊《き》いた。

「数名です。大尉の想像より多いかもしれませんが。一カ月も経たないうちに、私たちは塹壕にもどりました。そのあと、私は尻《しり》に銃弾を食らって、回復してからは補給係と軽い任務に回されました。塹壕にもどれずに悲しくはなかったけど」

ハーキンはうなずき、そして沈黙が訪れた。

「道中はいかがでした？」とドリスコルが言った。

戦友の口ぶりにからかいの気味があり、おかげでハーキンの気持ちに張りが出た。ドリスコルとは、ハーキンが接触するつもりでいた人物――地元の義勇軍大隊の情報将校の名前でもある。それにもちろんのこと、ショーンという名はアイルランドではジョンにあたる。

「きみはおれが探そうとしてるショーン・ドリスコルなのか？」

「同じです」歪《ゆが》んだ笑みを見せた男の薄青の目は優しげだった。「私はずっとショーンでしたが、徴兵係の軍曹がジョンと書いて、四年間それで通しました。いまはキルコルガンで働いてます。主人のビリーに言われてあなたを迎えにきました」

これで関係がはっきりした。なぜか報告書や命令書には、地元の情報将校がプレンドヴィル家で働いているとは書かれていなかった。ハーキンは生きてダブリンに還《かえ》ることはないと思われていたのかもしれない。

「よし。道々話そうか」

7

ドリスコルは外に馬車を待たせていた——駅の黄色の灯が、濡《ぬ》れた黒馬の背を金色に染めている。息を吸うと、塩に海藻の香りが混じった海の味がする。線路を越えた先の通りと町の記憶はあったが、いまは灰色の暗翳《あんえい》に沈むおぼろげな姿しか見えない。ハーキンはドリスコルがスーツケースを荷物棚にくくりつけ、ぎこちなく馬車に乗るのを見ていた。

町をゆっくり抜けていくあいだにも、霧はむしろ深くなっていく。馬の蹄音がくぐもった谺《こだま》のように響いた。数軒ある店やパブが島のごとく浮かびあがり、どこかの教会の悲しげな鐘の音が、あるときは背後から、つぎには正面から聞こえてくる気がした。通りのむこうから、ミルク缶を満載したロバの荷車がやってくる。縁なし帽をかぶった農夫が、引き綱を手に空《うつ》ろな顔を向けてくるのを見て、ハーキンははたしてこっちが見えているのかと不安になった。

たぶん馬が道を知っているのだろう。進むペースに淀《よど》みがなかった。逆に時が遅くなっていく感じがする。両側にある建物どうしの間隔が広くなり、しだいに生け垣や低い壁がふえると、これからどこまで行くのか、どこまで来たのか見当がつかなくなってくる。馬車に揺られてうたた寝しそうになる感覚だけがあった。

「この先に検問所があります」

かろうじて聞こえたドリスコルのささやきに、ハーキンはたちまち疲れを脇《わき》へやった。道に柵《さく》が渡され、その奥にライフルで武装した外套姿の男たちの影と装甲車の輪郭が見える。ドリスコルが手綱をしぼっていくと、馬はまだシルエットにすぎない男たちの十フィート手前で脚を止めた。長い静寂がつづく間に、ハーキンは知り合いだった義勇軍のメンバーがまさにこんなふうに検問で止められ――のちに路地裏や小道の脇で見つかったのを思いだした。そこで、おれは英国軍の元将校だ、恐れることはないと己れを鼓舞した。

むろんマローンが口を割っていなければの話だが。

オイルスキンのマントを羽織り、巡査部長を表す厚手の白い袖章《そでしょう》を付けた大柄な警察官が近づいてきた。尖《とが》った帽子の庇《ひさし》の下で目の表情はうかがえず、ハーキンは大きなセイウチひげの動きで相手の意図を酌《く》もうとした。

「おはよう、ケリー巡査部長」

巡査部長はドリスコルの挨拶にうなずきを返すと、帽子をあみだにしてじっとハーキンに見入った。ハーキンが見た男の目は聡明《そうめい》さをたたえ、そこに敵意はなかった。

「あんたのお客は誰だ、ショーン？」

「ハーキン大尉だ。若主人のミスター・プレンドヴィルと戦争に従軍した。葬儀のためにダブリンから来られたんだ」

巡査部長は穏やかにハーキンを眺めた。

「汽車でいらっしゃったんで、ハーキン大尉？」

そのまま通されなかったことに驚いたハーキンは、将校の声色を使い——軍隊で求められる感情を抑えた口調で——歯切れよく答えた。

「そうだ、しかし最近はミスター・ハーキンだ。何か力になれることはあるか、巡査部長？」

ケリー巡査部長の帽子は雨に打たれ、顔が濡れていたが、それを気にするふうもない。感情のうかがえない相手の顔に、ハーキンは胸騒ぎをおぼえていた。普通なら、彼が元将校だと知った警察の反応はある程度変わってくる。

「こっちに来る汽車で、誰かに会いましたか、ミスター・ハーキン？」

ハーキンは、この質問の裏に特別な意味はないかと相手の顔を探ったが、意地の悪さといったものは伝わってこなかった。

「誰にも。マリンガーで降りた老婦人以外には。そのいくつかあとの駅で補助隊の小隊が乗ってきたが、それぐらいだ」

「連中がここに来たのは、じつはティーヴァン地方警部補の葬儀に出るためでしてね。あなたも参列するんですか、ミスター・ハーキン？　ティーヴァン地方警部補の葬儀に？」

予想外の質問だったが、そのあまりにさりげない問いかけには裏がありそうに思えた。

「残念ながら、ティーヴァン警部補のことは知らなくて……」と切り出したハーキンだが、その先をどうつづけようか悩んでいると、巡査部長が言葉をはさんできた。

「いい人だった。われわれと同じアイルランド人で。埋葬のときに、付き添うわれわれ以外、たいして人が集まらないんじゃないかと思って。たとえば、ここにいるショーンは当然の敬意も払おうとしない。そうだろう、ショーン？」

見るまでもなく、ドリスコルが不快を募らせているのをハーキンは感じた。

「おれにはプレンドヴィル家の用向きがあるし、ミスター・カートライトのご遺体を家族のもとに返さなきゃならない。亡《な》くなったのはティーヴァン警部補だけじゃない」

「そりゃそうだ。しかしミス・プレンドヴィルが死ななくても、ジム・ティーヴァンの葬式でおまえを見かけるとは思えない。ちがうか、ショーン？」

巡査部長は低声《こごえ》で、その会話が検問所の背後に控える人間たちの耳に届いたかどうかは怪しい。おそらく仲間に聞かせたくなかったのだろう。そう思うと、やはり敵意はないんじゃないかという気がしてくる。どんな行動に出るべきか、ハーキンは判断に迷った。ここは声を荒らげて状況を打開すべきなのか。結局、ドリスコルにならって無言を通した。

「ま、あなたの書類を見せろとは言いませんよ、ミスター・ハーキン。たいそう立派なものでしょうから。必要なら、あなたの居場所はわかってる」巡査部長はドリスコルに向きなおり、さらに声を落とした。「これから数日、町で厄介事がなくてもおれは驚かないね、ショーン。おれだったら余計な手出しはしない」そして諭すようにドリスコルのことを見つめるとうなずいた。「おふくろさんによろしくな」

脇に避《よ》けた巡査部長がバリアを上げろと叫んだ。過ぎしなに見た警官たちはティーヴァンの死に戦意をなくしたのか、放心した様子だった。検問所を離れると、ドリスコルが肩越しにうなずいてきた。

「母の従兄弟《いとこ》です。なんていうか、彼はわれわれには強引な真似はしません。命令されたことをやる程度で。このあたりの王立警察《RIC》はだいたいそんなもんです。補助隊《オクシーズ》や〈ブラック・アンド・タンズ〉となると話はちがいますが」

「で。ティーヴァンは？」

ドリスコルはしばらく考えこんでいた。

「部隊の狙《ねら》いはあの男じゃなかった」と答えて、涙を流す者などいないとばかりに肩をすくめた。

「彼らが狙っていたのは？」

「アバクロンビー少佐。町の補助隊を指揮する男です。撃たれたのは二十回以上。そいつが車に乗ってるはずでした」

8

西へ進むと霧がしだいに晴れて、右手には草より低木が生える石だらけの丘が、左手には百ヤード足らず先に、まばらな木々を通してときおり灰色の岸辺に寄せる白波が見えた。風が強くなり、低い空には靄《もや》を払いのけてくれそうなむら雲が出ている。

黙って道を進むうちに、板材が黒焦《くろこ》げになり、いまも屋根の藁《わら》を燻《くす》ぶらせたまま道路脇にかろうじて立つ小屋を通りかかった。水漆喰《みずしっくい》の壁が煤《すす》で汚れていた。そこに集まった人々の顔は重く沈んでいる。屋内から女の泣き叫ぶ声がして、小さな荷車の上に、家から無事に運び出されたわずかな家財が積んである。集まった男たちのなかに、ドリスコルに会釈《えしゃく》をよこす者がいる一方、ハーキンには冷たい敵意を示す者がいた。ひとりは歓迎の言葉を洩《も》らすと背を向けた。彼らはその暗い目と、汚れて頬がこけた顔に恨みをたたえていた。ハーキンは長い黒の外套と縁なし帽を眺めながら、ドリスコルのかたわらに座るホンブルグにトレンチコートという自分が、彼らには敵に見えるのだと気づいた。

「何があった？」ハーキンはその場を通り過ぎると訊いた。

「あそこには部隊の若者が住んでました。家のなかで泣いてたのは母親です」

「息子のほうは？」

「ゆうべ、アバクロンビーの一味に挙げられて。けさ、十字路で発見されました」ドリスコルの声音から、その義勇軍の兵士が死んだことは明らかだった。「例の汽車に乗っていた補助隊のやつらも、今夜になれば外に出てきます。地方警部補は家五十軒分の値打ちがあって、事態が落ち着くまでは、やつらに出くわしたらとんでもない目に遭いますよ」

道は岩がちの海岸沿いを曲がりくねってつづき、一、二マイルも行くと、片側に海草が縞模様《しまもよう》をつくる長い浜と、反対側にキルコルガン所有の高い壁が現われた。ドリスコルが壁に出来た穴を顎《あご》で指した。木の根に掘られて、石積みが道の縁に向けて崩れていた。

「こちらには戦争まえからいらしてないでしょう？」

「ああ」

「あれからキルコルガンは変わりましたよ」とドリスコルは言った。「この数年は大変でした。維持していく金が残ってなくて。一応お伝えしときます」

ハーキンは門の両脇に立つ高い柱に蔦《つた》がびっしり絡《から》まり、その上で飛び立とうと翼をふくらませている鷲《わし》の彫像をがんじがらめにしているのを認めた。ドリスコルが手綱を引き、馬をゆっくり止めると振り向いた。ふたりは言葉もなく馬車を降り、ハーキンは足の悪いドリスコルにつづいて門を抜けた。

写真には銃撃を受け、門番小屋の壁にぶつかったティーヴァンの車が写っていたが、すでに撤去されていた。残っているのは銃弾が石に当たった白い痕跡《こんせき》と、板を打ちつけた窓に染《し》みたエンジンオイルだけだった。木立を抜けていく私道の先に、冬枯れの枝を通して大きな邸宅が見える。ハーキンを見おろすあの窓に海と岸辺が映じていた。

「何があったか話してくれ」

ドリスコルは門番小屋を離れ、私道から月桂樹《げっけいじゅ》の並木のほうに押しやられた丸太に向かっていった。

「連中はこれで私道を封鎖しました」

ハーキンはうなずき、すこし歩いて木立にはいった。枯れ葉と苔《こけ》のなかに、真鍮《しんちゅう》の薬莢《やっきょう》が散乱していた。

「ＲＩＣはこいつを回収しなかったのか？　捜査の段階で？」

ドリスコルは声をあげて笑った。

「捜査ですって？　連中に言わせれば、もう事件は解決してますよ。死体と車を運んで写真は何枚か撮ったけど、やったのはそれぐらいだ。待ち伏せを仕掛けたのがわれわれだとわかってるのに、わざわざ面倒なことをやりますか？」

ドリスコルの言うとおりだ。義勇軍が活発に動いている地域では、ＲＩＣは以前の警察としての体をなしていない。ハーキンは周囲に目をやった。

「どうしてこんなことになった？」

「イーガン同志と部隊は一時間ほどまえに到着しました。門番小屋を確保して位置につき、道を封鎖した。車が近づいて、ティーヴァンはバリケードに気づいたんでしょう。進路をそれて壁に衝突した。応射はあったけど散発だったし。手際のいい仕事でした、ミス・プレンドヴィルが車に乗っていなければ」

ハーキンは銃手が配置されたあたりを見ながら、襲撃のありさまを頭に描いた。一斉射撃の音が聞こえてくるようだった。銃火にさらされたモードの恐怖も想像できた――闇にまぎれて、義勇軍が車の近くにひそんでいたのだ。コルダイトと血の臭いがよみがえってきて、いつもの吐き気をおぼえた。ハーキンはドリスコルから二、三歩離れ、気を鎮《しず》めようとした。

「でも彼女は攻撃で死ななかったんだな?」と肩越しに言った。

ドリスコルはうなずいた。

「そう聞いてます。ティーヴァンとカートライトは死んだか瀕死《ひんし》の状態で。モードは車が壁に激突して気絶したのかもしれないけど、まだ息はあって目立った傷もなかったって。彼らはじきに家の者が出てくると思って、できるだけ彼女の居心地をよくしてやってからそばを離れたそうです。彼らが離れた数分後に銃声が一発して。私も聞きました」

「すると、その一発が彼女を死なせたわけか?」

「そのようです」

「きみは〝そう聞いた〟と言ったな?」

うなずいたドリスコルは表情を曇らせた。

「事故があったとき、私はここにいませんでした。母の家にいたので」ドリスコルはキルコルガンのほうを顎で示した。「屋敷の裏手の、壁で囲われた庭のむこうにあります。私は発砲の音で初めて襲撃のことを知りました。まえもって知っていたら、ここはやめてくれと頼んでます。海岸沿いの道には、私と関わりがないあつらえ向きの場所が十カ所はありますから」

「きみのお母さんの家？」

「母はキルコルガン卿の家政婦です。私はここで育ちました。いまは屋敷の仕事を手伝ってます。都合がいいんですよ。旅団の用事があるときには遠出もさせてもらえるし」

「つまりきみは情報将校でいながら、何が起きるか知らなかったわけだ。車がキルコルガンに来ると、イーガンはどうやって知った？」

ドリスコルは深く息を吐き、考えをまとめるのがひと苦労とばかりに眉根《まゆね》を寄せた。

「旅団では情報将校は私ひとりじゃありません。攻撃した部隊には、情報将校のマット・ブリーンがいました。将校たちは私もふくめて情報交換をしてますが、どこを標的にいつ攻撃するかは部隊が独自に決めます。ほかとは相談しません。実際的じゃないし、しないほうが安全ですから。彼らが近くにいるのを私は知らなかった。イーガンは東の丘にいるんだと思ってました。四十マイル離れた」

「しかし彼らはきみの情報に従って動いたんじゃないか？」

「いいえ。たしかにあの晩、ハリー・カートライトとモードがカードをやりにサー・ジョンのお宅へ伺うのは知ってました。モードが一泊して朝にお帰りになるはずだったこともです。カートライトは早朝の列車でダブリンへ行くって話で、誰かの車に乗せてもらえればその晩のうちにもどる予定だったけど、ティーヴァンとアバクロンビーがサー・ジョンのお宅に同席して、そのひとりが車に乗せるなんてことは、私は知りませんでした。でも部隊は知ってた。たとえ私が知ったって、それを彼らに伝えるようなことはしません。プレンドヴィル家を危険にさらすわけにはいかない。ぜったいに。それに家の軒先で補助隊《オクシーズ》を襲撃させるなんて身の毒だ。こっちに目が向くでしょう。いま補助隊は古い救貧院を根城にしてますけど、連中はそれが気に入らない。で、代わりに閣下からキルコルガンを借り受けようという話が何度か出たんです。ずいぶんまえに、閣下は金を受け取ろうとしてモードに反対されたんですが、正門で襲撃があって、それが閣下の背中を押したかもしれません」

「閣下は金を受け取るのか？」

ドリスコルは肩をすくめた。

「さあ」

ハーキンは検問所でのケリーとの会話を思いかえした。ケリーはドリスコルを知っている様子だった。だとしたら他の連中もドリスコルを知っているのではないか。もしドリスコルが自分の身の危険を察していたとして、せめて一、二週間でも姿を隠さなかった理由は何なのか。

「じゃあ、誰が部隊にアバクロンビーのことを知らせたんだ?」

「ブリーンには、町の司祭を通じて伝言を送る情報提供者がいました」

「その情報提供者は誰だ?」

ドリスコルは顎に手をやり、親指で肌をさすった。

「知りません。ブリーンはそいつの正体を他人に明かさなかった。それでもと言われれば、たぶん王立警察《RIC》の人間です。ブリーンからの情報には、この地域の軍や警察の活動についての詳細とともに、大きな攻撃にたいする警報もふくまれてました。おかげでイーガンは幾度も難を逃れた。私の想像では、はいった情報をすぐに知らせてくるからには、少なくとも巡査部長でしょう——でも、誰であっても不思議じゃない。私の知るかぎり、金とかは絡んでいません。とにかく真っ当で、アバクロンビーの動きが耳にはいってくる人物です」

ハーキンは検問所と巡査部長の警告を思いだしていた。

「それがケリーだってことは?」

ドリスコルはまたも肩をすぼめた。

「ケリーなら、ブリーンより私のほうに言ってくると思います。つながりがあるんで」

ハーキンは考えをまとめようとした。もし部隊の記憶が正しく、モードが襲撃の直後、別人の手によって殺されたのだとしたら、犯人は襲撃に関わっていたか、あるいは襲撃があるのを知っていたことになる。当然、第三の可能性もある。屋敷にいた人間だ。

「手始めに、マット・ブリーンから情報源が誰かを聞き出す必要がありそうだ」

顎を撫《な》でるドリスコルのしぐさは、もはやハーキンには馴染《なじ》みとなりつつあった。悪いニュースの前触れだ。

「それは難しいかもしれません。さっき通り過ぎたのがマットの家です」

ハーキンは女の泣き声と、集まった人々の敵意を思い起こした。

「通ったときに、そのことを話す気はなかったのか？」

「やつの名前を言ったところで何になります？」

それもそうだった。

「拷問《ごうもん》されたのか？」

ドリスコルはうなずいた。

「死体を見ました」

「彼がしゃべったんじゃないかと不安にならないか？　きみの身にも同じことが起き

るんじゃないかと？」

しばらく目を合わせてきたドリスコルは、やがて顔をそむけた。その件で議論するつもりはないらしい。

「私はここで必要とされてます」とドリスコルは言った。そしてほんの短い沈黙ののち、「情報源を見つけるんであれば、ディロン神父を通さないと。聖アン教会の教区司祭です。町からすこしはずれた場所にある小さな教会ですが。司祭にはきょうの午後、会って話をするつもりなので――どっちみち、二時の汽車を出迎えなきゃなりません」

ハーキンはあたりに目をくばった。聞こえてくるのは海辺から届くカモメの啼《な》き声と、足を踏みしめるたびに砂利が鳴る音だけだった。この場には好きになれない雰囲気が漂っている。凶事が起きたというのはもちろんだが、もっと別の何かがある。屋敷を見あげると、そこに灰色の花崗岩を背にした空ろな黒い窓がある。

「神父と話してみないとな」

ドリスコルはうなずいた。

「なんとかしてみます」

「例のカードの集いだが。ほかに誰が出席していた？」

「ここでバリナンの間で釣り宿をやってるモイラ・ウィルソン――バリナンにはサー・ジョン・プレンドヴィルの住まいがあります。この道をずっと行ったところに住んでるユースタス夫妻」ドリスコルは西の方角を指さした。「町からはドクター・ヘガティ、署からティーヴァンとアバクロンビー、モードとカートライト、それともちろんサー・ジョンご本人も」

「アバクロンビーが当初の計画どおりに、車でふたりを送らなかったのはなぜだ？」

「別の用件で呼び出されたんです。彼とティーヴァンは別々の車に乗って、ティーヴァンが送ることになったんでしょう」

「泊まるはずだったモードの気が変わった理由に心当たりはないか？」

「それはサー・ジョンに訊ねていただかないと」ドリスコルは大きく息を吸って吐き出した。「失礼ですが、こんなことをしていったい何になるんです？　部隊はモードを殺してないし、いくらあなたが彼女の死を調べても、誰の意見も変えられやしない」

ドリスコルの視線を受けとめたハーキンだが、結局軽く肩をすぼめてみせた。

「モード・プレンドヴィルは、一九一六年の中央郵便局の焼き打ちで最後まで現場に残り、蜂起が終わっても最後まで降伏しなかったひとりだ。同志に殺されただなんて、彼女はそんなふうに記憶されるべきじゃないだろう。細かい詮索《せんさく》に耐えられる証拠が見つかるんであれば、それは見つけてやらないといけない」

「だったら、あの人がRICの警部補の車に同乗していたって事実はどうなんですか。彼女は間が悪くその場に居合わせた。きっと本人だってあなたにそう話すはずだ。われわれの仲間は彼女を殺さなかった、簡単にやれたかもしれないけど」

ハーキンは辛抱強く頬笑んだ。

「話したように、彼らが殺してないなら、おれはやった犯人を見つけなきゃならない」

ドリスコルが猜疑《さいぎ》の目を向けてきた。

「何をするつもりですか？　あっちこっち質問してまわるんですか？　警察に厭《いや》がられるだけだ」

「何年かまえに、サー・ジョンがモードに生命保険をかけた。おれは証券を発行した保険会社で働いてる。その書類一式を持ってる。やつらに嫌われようが、おれを止めることはできない」

ドリスコルは唖然《あぜん》としていた。ハーキンは肩をすくめた。

「実在の会社だ。やましいところはなにもない」ハーキンは門番小屋のほうに顎をしやくった。「あそこの人間はどうした？　まずは彼らの話を聞いてみたい」

「パトリック・ウォルシュとその奥さんです。ふたりは縛りあげられてなにも見てません」

「だが、物音は聞いてるかもしれない」

ドリスコルはうなずいたが、見るからに乗り気ではなかった。

「ふたりはここ数日、町の反対にある兄弟の家に身を寄せてます。様子を聞いておきます」

「それから、できるだけ早く指揮官のイーガンと話したい」

「メッセージを伝えます」

ハーキンはひとり家に向かって何歩か足を進めた。コートが肩にのしかかる。疲れていた。おれはよりによってここで何をしているのかと思った。

「で、銃声を聞いたあとのことだが」ハーキンは力を振りしぼってつづけた。「何が起きた？」

「私は指図を受けるまえに屋敷まで行きました。それからビリーと私と、シャーロットとキルコルガン卿とで門まで行ったんです」

「ほかに銃声はしなかったのか？」

「単発のもの以外は。待ち伏せの襲撃があった数分後です」

「その銃声を聞いたとき、ほかの誰かといっしょにいなかったのか？」

「ちょうど屋敷にはいるところでした」

「屋敷に行くまでどれくらいかかった？」

ドリスコルはまごついていた。

「服を着換えなきゃならなかったし、母から表に出るなと止められて。すこし時間がかかりました」

「正確には？」

「たぶん五分です。時計を持ってないので」

「でも、ほかの連中はもういたんだな？　きみが行ったときには？　キルコルガン卿とビリーとシャーロットが？　召使いたちは？」

「もう、そんなにはいません。母は小屋にいて。執事のマーフィーは、このごろはあまり役に立たないし、あとはメイドのブリジットです」

ハーキンはいま一度周囲に目をやった。

「ほかに話しておきたいことはあるか？」

ドリスコルはまたしても顎を撫でた。ハーキンは待った。なぜかドリスコルはばつが悪そうにしていた。

「ひとつだけ」ドリスコルはそう言うとハーキンから目をそらした。「ビリーが〝白衣のレディ〟を見たんです。襲撃の直前に。幽霊を」

ハーキンは自分の眉が吊りあがるのを感じた。見つめかえしてきたドリスコルの顔に困惑がひろがっている。

「そう、あなたの考えてらっしゃることはわかりますが、プレンドヴィルの人間が死ぬまえに、〝白衣のレディ〟が現われるという話があるんです。そんな言い伝えが」

「それで、〝白衣のレディ〟とは……？」

「プレンドヴィル家の方に訊かれたほうがいい」

馬車のほうに引きかえしながら、ハーキンは私道脇の下生えに白い切れ端のようなものを見つけた。身をかがめると、それは半分ほど吸われた煙草の吸い殻で、雨が染《し》みていたがラベルは読み取れた。巻き紙に金箔《きんぱく》で小さな楯《たて》が浮き彫りにされ、〈ペラ――ニューボンド・ストリート〉の文字がある。ハーキンは眉をひそめながらポケットにハンカチを探り、そこに吸い殻を包むとドリスコルの後を追って馬車に向かった。

9

玄関の扉を開いたのは、大きすぎる執事の上着を着た年輩の従者だった。どうやら身体《からだ》のほうが縮んでしまったらしい。ハーキンはマーフィーのことを憶《おぼ》えていたが、記憶と照らし合わせると、目の前にいるのはマーフィーの小型版なのである。執事はハーキンの背後をちらっと見るとあたりに潤《うる》んだ目を走らせ、紫色の唇を不安げに舐《な》めた。

「マーフィー、また会えてよかった」

「あなた様も、ミスター・ハーキン」マーフィーはそう言って、ふたたびハーキンのむこうに視線をやった。「ダブリンからここまで、まさか歩いてこられたのでは?」

もはや老衰といえるほど弱って見える執事だが、ハーキンの身体の向きを難なく変えると、馴《な》れた手つきで榴散弾《りゅうさんだん》の破片をハーキンの肩に食いこませるようにしてコートを脱がせた。

「ドリスコルが駅まで迎えにきてくれたんだ」

「それはもちろん。もちろんですとも」

ハーキンはあたりを見まわした。中央の長いホールの照明といえば、屋敷正面の窓と屋根にめぐらせた高窓から射《さ》す光が頼りだった。その日はあいにく曇天で、見あげた窓のガラスは長年の汚れで曇っている。そのせいで屋敷の内部には陰鬱《いんうつ》な影が溜《た》まり、家具類を暗く沈めていた。壁際《かべぎわ》に死んだ動物が並んでいる。目が馴れると、トラ、ライオン、そして小さな群れをなすレイヨウの首が見えた。わずかな明かりに、剝《む》き出した歯とガラスの目が光っている。

「道中は何事もなく?」マーフィーはハーキンを邸内に導きながら問いかけた。

「ああ。霧を除けばね」

マーフィーの後を歩いたハーキンは雄ジカ、邪悪な顔をした複数のキツネ、アナグマの横を通り過ぎた。なぜかボーダーテリアもいた。枝角には蜘蛛《くも》の巣が張り、蛾《が》に食われた穴には継ぎが当たっている。殺された動物たちが向けてくるまなざしには非難と哀愁があり、キツネの場合には怒りがある。

「それはそれは。けさもここからたった五マイルの山から、イーガンの山賊たちが下りてきましたので」

不意にハーキンの頭に、先ほどの会話がよみがえってきた。部隊に関するあの情報は正しいものなのか。

「この近くまで？」

「あれは一帯を恐怖におとしいれています」マーフィーは憂《うれ》いのある声で答えた。

長い廊下の突き当たりの階段に動きがあった。暗がりから二頭のウルフハウンドが飛び出してきた。灰色の毛に覆《おお》われた犬たちは舌を垂らし、大理石の床に足を踏み鳴らす。好奇心に駆られて近づいてきた二頭の小さいほうがハーキンの股《また》を嗅《か》いだ。犬は濡れたウールと林床の匂《にお》いがする。

「やめなさい、フィアクラ」とマーフィーは気がなさそうにそう言った。「ミスター・ハーキンから離れて、いい子だから」しかし犬を引き離そうとするでもなく、ハーキンは自分で犬を押しやった。

「あなたが好きなのよ」と声がする。

顔を上げたハーキンは微光のなか、階段を降りてくるモード・プレンドヴィルの姿をたしかに見た。亡霊の青白さを放っていたが、市松模様の床にヒールを鳴らして近づいてくる彼女は生身の人間だと思った。

「幽霊を見たような顔をしてるわ」彼女は面白がるように目を細めている。

彼女がモードではないことがわかった。だが同じ澄んだ緑の瞳《ひとみ》をしている。やっとのことで、モードには妹がいたのを思いだした。

「シャーロットか」

ハーキンはフィアクラをさらに強く押したが、犬はそれを気にするでもなく、ピートの火が燃える大きな暖炉のほうへ歩いていき、その真ん前で高級な犬らしくポーズを取った。

シャーロットに手を握られると、そのしっかりとした感触がうれしかった。最後に会ったのはたぶん彼女が十五のころだから、二十三歳になったはずだ。

「楽しい旅ができて、ミスター・ハーキン？」

ハーキンはかろうじて礼儀を示した。

「モードのことでは、心からお悔やみを申しあげる、ミス・プレンドヴィル。ひどいことになって」

シャーロットはかすかに頰笑んだ。

「ありがとう」

初めて会うかのようにハーキンを見据えたシャーロットだが、ふたたび口を開くと声は沈んでいた。

「チャールズのほうがいいわ」と言った。

「チャールズ？」

「シャーロットよりも。おたがい堅苦しい関係をやめるなら、チャーリーでもいい」

10

ダイニングルームは屋敷のほかと同じように暗く、三枚ある大窓からは突風に荒れる黒い海と、さらに黒い不穏な空が見える。ハーキンは五人用に設《しつら》えられた長テーブルの端に腰かけていたが、二人分の席は空いたままだった。一本だけの蠟燭《ろうそく》の灯で、銀器が鈍く光っている。壁際には大理石の柱が何本も立ち、背後にある玄関ホールのものより大きな暖炉で、燻ぶるピートが音をたててはぜる。黄色いシルクの壁紙に、プレンドヴィルの祖先たちの肖像画が一列に並んでいる。長い鼻をもつ傲慢《ごうまん》そうな男たち、その時代時代の優美な着こなしをした色白の女たち。前かがみで上座に座るキルコルガン卿《きょう》は、豊かな銀色の髪に半ば閉じかけた目、鼻はやはり長く、口もとと顎の広い部分がひげで覆い隠されている。シャーロットがハーキンの向かいの座を占めた。ときおり窓を叩《たた》く雨に燭火《しょっか》が揺れた。

「わが家には発電機があるんだが」とつぶやくキルコルガン卿の前に、マーフィーがボウルをどすんと置いた。中身のスープが跳ねた。「電灯用などに。しかし、ロンドンからは修理の人間を送ってこない。いまのような状況では、命を懸ける価値もないと言ってね。それで蠟燭にしているというわけだ」

テーブルの上に吊《つ》られたシャンデリアの厚く埃《ほこり》に覆われた電球を見あげて、ハーキンは最後にここに来たとき、電球は点《つ》いていたか思いだそうとした。点いていなかった気がする。そんな思いが表情に表れたのか、チャーリーが盗み見してきた目をそらした。

「お父さま」

「わかってる」キルコルガンはハーキンに向かってうなずいた。ひげの下には笑みがあったかもしれないが、ハーキンにはわからなかった。「電気の話もなんだかうんざりしてくるが。明かりがないと暗すぎるだろう。そこらじゅう陰になってな」

会話がはずまない。気づけば、意識はまたしても空いた席に向いている。チャーリーはハーキンの目の動きを見逃さなかった。

「もうすぐ登場するわ。マーフィー、ビリーを見かけなかった？」

肩をすくめたマーフィーは、返答はそれで充分と思っているふうだった。やがて客人がいることを思いだしたらしく、ハーキンに愛想笑いをしてみせた。

「外出するなどもってのほかと申しあげたのですが、耳を貸してくださいませんで」と言ってから、思いなおしたように「ミス・シャーロット」と付け足した。

「このスープは何だね、マーフィー？」キルコルガン卿が中身を探るようにして訊《たず》ねた。

マーフィーは自分が運んでいるボウルに目を落とした。

「本人に訊《き》いてまいります」

ハーキンの前に最後のボウルを置いて、マーフィーは脇の扉を出ていった。召使い用の階段を降りていく足音が聞こえた。執事がいなくなると、室内の陰が近づいてくる感じがする。スープは屋敷の外観と同じ灰色だった。

「マッシュルームね」とチャーリーが言う。「もちろん、ほかにもはいっているけれど、わたしはマッシュルームだと思うわ。きょうは火曜日だし」

ハーキンはうつむいて笑顔を隠した。厨房《ちゅうぼう》から階段を上がってくる足音がする。笑いがこみあげてくるのは、一種の不安からだと自覚している。この家が悲しみにあることを肝に銘じた。

ハイカラーの黒いドレスを着て、髪を後ろに引っつめた三十代後半の魅力ある女性が、部屋にはいってくるなりテーブルに向かって立った。黙っていても、その物腰からはじっと耐えているといった様子が伝わってくる。女性の登場に、キルコルガン卿は若干の戸惑いを見せた。

「きみの邪魔をするつもりはなかったんだが、ミセス・ドリスコル」

「それがわたくしの務めなので。お料理のことでご質問がありましたか?」

「ただ、何のスープかと思ってね」

「おわかりになりませんか?」

「マッシュルームかな?」

ミセス・ドリスコルの厳しい表情からはなにもうかがい知れなかったが、いずれにしても、彼女はその質問を喜んではいないのだとハーキンは思った。

「マッシュルームのお味がしましたか?」

「したな」キルコルガン卿はためらいがちに答えた。

「それでは、ほかにご用事はございますか?」

「いまのところは結構だ、ありがとう」

ミセス・ドリスコルが出ていくと一家は顔を見合わせ、この会話をめぐって議論がはじまると思いきや、そこに厨房への旅に出ていたマーフィーが息を切らしてもどってきた。マーフィーはゆっくりと慎重にテーブルをめぐり、定かではない理由から空いた席のフォークを取りあげると、ふたたび屋敷の奥へ消えていった。チャーリーが父親に訳ありげな視線を向けた。

「ああ、しかしあれは独りでやっていけるのか?」とキルコルガン卿が言った。「それに、われわれはもう馴れている」

「ダブリンにお嬢さんがいたんじゃない?」

「彼女のことは毛嫌いしてる。むこうはむこうで好意を持っていない。やれることはなにもない。とにかく、ミセス・ドリスコルの耳には入れないことだ。こちらから仄《ほの》めかそうものなら戦争になるぞ」

ハーキンに向きなおったシャーロットの緑の瞳に影が差した。

「ミスター・ハーキン、マーフィーの衰えに気がついたでしょう。このまえ会ったときにくらべて」

ハーキンは返答に迷っていた。そして微笑した。

「すこし小さくなったかな」チャーリーの深刻な顔を見て、もしや誰も気づいていなかったのかと思った。「年も取った。でもそれは当たり前のことなんじゃないかな?」

「まったくそのとおりだ」と言ったキルコルガンはしばらく黙りこんだのち、目を閉じてスプーンを口に運んだ。ひげにスープのクリーム色の跡がついた。

中央のホールに長靴《ちょうか》の音が響き、中央階段を昇ってくる重い足取りが聞こえる。途中で何かが床に倒れる物音がした。足音にはそれを気にする気配がない。

「ビリーだろう」キルコルガン卿の顔にふと不満の色がよぎった。「あいつはきっとびしょ濡《ぬ》れだ。着換えが要るぞ」

案の定、一分ほどでネクタイの結び目をいじりながら登場した男は、髪の毛と顔を外の雨で濡らしたまま、寒さに頰を紅潮させていた。ドライツイードのジャケットを着ている。

「立つな、メアリー」男はそう言ってハーキンにうなずいた。「気づかれないように、こっそり忍びこむつもりなんだ」男が目を向けた父親は、低声で何事かをつぶやいた。

「でも、まったく気づかれないってわけにもいかないか」

ハーキンは友の笑顔に応じたが、すべてが順調でないことはすぐに見てとれた。強いて陽気にふるまう感じがあって、乱れたブロンドの髪の下にのぞくビリーの目は暗かった。最初はゆるんでいた口もとが引き締まるのを見て、ビリー本人はそれに気づいているのだろうかと訝った。ろくに知らない仲なら、ビリーはいまにも泣きだすんじゃないかと思うはずだ。

「会えてよかった」そんな言葉の含みで、ハーキンはすこしでもビリーに慰めを伝えようとした。

「メアリーって？」とチャーリーが訊いた。

「ああ、たいへん変わった名前だ」ビリーにうわべの陽気さがもどった。「その深皿にスープは残ってるか？　自分で取って、可哀《かわい》そうなマーフィーの人生を多少でも楽にしてやりたいと思ってね」

　ビリーは配膳台《はいぜんだい》まで行くと、深皿の蓋《ふた》を取って匂いをかいだ。

「マッシュルーム？」と問いかけて、テーブルから返事がないとみると自分でスープを注ぎだした。ハーキンは取り分け用スプーンが磁器に当たる音を聞いた。手がふるえるのは自分だけではないらしい。

「メアリーはぼくの二番めの名前だ」ビリーの手のふるえから、みんなの気をそらせたいと思っての発言だった。「母が信心深くて」

「やつのもうひとつの名前はフランシス」とビリー。「これも女の子の名前だな」

「iを使うほうのフランシス」とハーキンは言い足した。「聖フランシスにちなんで。彼は歴史の記録によると女の子じゃない。ぼくの堅信名ってことになる」

　またも気まずい沈黙が流れ、ハーキンはこの場にカトリックがひとりだけという特異な状況に思いを致した。この国にカトリックが不足しているわけでもあるまい。

「あなたは信心深いの、ミスター・ハーキン?」チャーリーが妙に明るい笑顔で訊ねた。

からかわれているのだろうか。答えを考えるかたわら、ハーキンは心の目で延々とひろがる泥と水と壊れた物を見ていた。それに壊れた人間も。その絵があまりに現実的で、額と首に汗が噴き出るのを感じた。喉《のど》もとに込みあげるマッシュルームスープを無理に呑みこんだ。

「いや」

蠟燭の黄色い光があるにもかかわらず、ビリーの顔から色が失《う》せていた。一陣の風が窓を揺らし、雨をガラスに吹きつける。ハーキンは機関銃の銃撃を思いだしていた。ビリーもその問いに同じ反応をしたのだろうか。

「ビリーの話だと、きみは保険会社に勤めているそうだな」沈黙が耐えがたいほどになり、キルコルガン卿が口を開いた。

その話題のたどり着く先を思うと、会話の接《つ》ぎ穂としては奇妙な選択という気がした。それでも話をそらすには悪くはない。

「オール・アイルランド保険会社です。わりと新しくて、アイルランド人が所有するアイルランド人向けのビジネスです」

「なるほど」と相づちを打ったキルコルガン卿の声音に、ハーキンは疑問を聞き取っていた。もし自分がこの場にいなければ、キルコルガンはシンフェイン党について不平をこぼしたのではないか。

「それで、モードはそちらの保険にはいっていたわけ?」とチャーリーが言った。ハーキンはチャーリーのまなざしに疑念のようなものを認めた。「不思議な偶然だわ」

「そうでもない。きみの叔父さんは社の発足当時の投資者のひとりだった。引きをはじめるにあたって、さまざまな種類の保険に加入されたはずだ。会社を軌道に乗せるためにね。そこには身近な親族の生命その他の保障をする保険がふくまれて、それが継続されている」

「なんだって?」とビリーが声をあげた。興味をそそられ、いきなり暗い雰囲気をかなぐり捨てていた。「われわれ全員が?」

「きみは別だ、ビリー」ハーキンは言った。「当時のきみは保険にはいれなかった」

「もっともだ」とビリー。「戦争とやらのおかげで」

ハーキンは友の目から力が消えるのを見た。話の行き着く先はわかっていた。

「それはともかく、もはやビリーからお聞きおよびかもしれませんが、私は保険会社から、モードの死を簡単に調査する指揮をとるよう言われています」

ビリーは誰とも視線を合わさずひたすらスープに目を注いでいたが、家族の関心が集まっているのはハーキンにもわかった。

「またサー・ジョンも、葬儀に参列する予定の私が迅速に調査をおこなうのは理にかなっていると考えられている」要領を得ない周囲の顔を見て、ハーキンは付けくわえた。「こうした状況では調査をするのが決まりです」

「どんな状況？」というチャーリーの問いが、重苦しさをはっきりと伝えてくる。

「変死」と口にしたそばから、ハーキンはその身も蓋もない言葉を後悔した。そして「保険の業者からすれば」と、まるで自分自身とオール‐アイルランド保険会社を免責するかのように言い足した。

キルコルガン卿は反応を見せたものの、じっさいには聞こえていなかったのかもしれない。

「で、あなたはどうしてその保険会社にお勤めすることになったの？」とチャーリーが訊いてきたが、それがとっさの思いつきであることをハーキンは見抜いていた。

「除隊後に、きみの叔父さんから勧められた。仕事を探していたときに、サー・ジョンが紹介の労をとってくださった。まえにぼくが私設秘書をやっていたのは憶えているだろう。それもあって声をかけてくれたんだと思う」

この返事はすらすらと口をついて出た。あらかじめ予期していた質問で答えは用意してあった。キルコルガン卿は椅子《いす》の背にもたれ、眠るように目を閉じたが、やがてスープの筋がついたひげをふるわせ、その下から唸《うな》るような声を出した。

「モードの死が誰のしわざなのか、何か答えはあるかね、ミスター・ハーキン？　私にはまるで思いつかない」

「ＩＲＡが発表した声明では――」

ハーキンの言葉はキルコルガン卿の哄笑《こうしょう》にさえぎられた。楽しげな笑いではなかった。蔑《さげす》みがふくまれている。

「つまりきみは本当の犯人を見つけだそうとしていると、そういうことかね、ミスター・ハーキン？　反乱こそ責められるべきとは思わないんだな？」

ハーキンは慎重に言葉を選んだ。

「報告書はどこかに非難を向けるというだけではありません。私が受けた指示は状況を再検討せよ、というものです。ご承知のとおり、私はモードを大切に想《おも》ってきました。もしはっきりした結論に達するのであれば、私はそこに属する責任から逃れるつもりはありません」

キルコルガン卿は窓外の黒い雲と風雨を眺めた。暗い室内で、卿の顔立ちはぼやけていた。

「よしんば別の人間があの娘《こ》を殺したとわかったとしてだ、ミスター・ハーキン。だからどうなんだね？」

11

軽食がすむころには雨が過ぎ、邸内の草原のところどころに水気を帯びた陽光が躍っていた。ハーキンはビリーに肘《ひじ》を取られ、誘われるがまま海辺に向かった。西からはすでに、つぎの黒雲の群れが近づいてきている。雨が海藻の香の混じる寒気をやわらげていたが、ダブリンの煤《すす》がすこしずつ肺から剝《は》がれ落ちていく感じがする。慌《あわ》てることもなかった。ふたりは黙って歩き、ハーキンにはその静謐《せいひつ》がありがたかった。波がひっきりなしに打ち寄せるなかを、最初は風に向かって進むと砂や塩が降りかかってきた。潮が引いていく頃合いで、汀《みぎわ》に残る白い泡の筋をたどっていき、岩場にぶつかって後ろを振りかえると、波に洗われた砂地に足跡だけが点々とつづいている。崖上《がけうえ》に建つ屋敷の花崗《かこう》岩《がん》の塊りがなければ、人の気配もなく、自分たちだけが世界に残されたような気にさせられる。

「あいつは完全に回復してなかった」ビリーが低声《こごえ》で言った。

ビリーが話しかけてきたのか、あるいは独り言だったのかがわからない。ハーキンはそれがはっきりするまで待った。

「たんなる怪我《けが》じゃなかった」とビリーはつづけた。「イースター蜂起《ほうき》は激しい闘いだったからな。砲弾や銃弾が飛び交って死者も多かった。あれがどんなに人をおかしくするかはおれたちも知ってる」

「ああ」ハーキンは列車に乗り合わせた、毒ガスでやられた兵士たちのことを思いかえした。

「あいつはおまえに婚約解消の手紙を送ったとき、自分は正気じゃなかったって言ったよ。後悔があるって。だからどうにかなるというわけでもなくて、おれはおまえには話さなかったし、あいつが自分で決めたことを悔やんでたとも思ってない——結局は伝え方の問題さ」

モードの手紙が届いたとき、ハーキンはソンムで戦っていて、もはや死を覚悟していただけに、それが救いになった。モードとアイルランドが別世界に存在するものとしか考えられなかった。もどれる見込みなどない場所と感じていた。モードのことはたしかに愛していたけれども、そのころはもう戦争にがんじがらめにされていた。終戦から二年余りが過ぎて、ようやく自分を取りもどしたような気がする。それでもときおり、悪夢や白日夢に悩まされるのだ。

「彼女に何があった？」ハーキンはいまさらながらに興味をおぼえた。「最後まで闘いの場に残って、怪我人の手当てをして、ライフルの弾込めをしてたのは知ってる。壁に脱出用の穴があくと、いっしょに行ったことも」

ビリーはひとしきり間を置いた。

「肩を撃たれてね。父が牢《ろう》から出してやり、ここに連れもどして静養させたんだが、受けた傷は肉体だけじゃなかった。たぶんあいつはバスティーユ監獄の襲撃みたいなのを思い描いていたんだろう――旗が打ち振られ、歓声があがるような場面をな。ところが現実はどこの戦争も同じで、それがあいつを揺さぶった。抵抗もつづけられないと思った。自分は仲間を裏切ってしまったんだと。しかもアーサーとおれはおまえとフランスにいたから、あいつはふたつに引き裂かれるような思いをしてた」

ハーキンは〈アイリッシュ・タイムズ〉に載った告知を思いだしていた。

アイルランド近衛《このえ》連隊オナラブル・アーサー・プレンドヴィル少佐　一九一九年十二月十二日、〈キルコルガン・ハウス〉にて死去。

哀れなアーサー。休戦の六日まえに負った傷がもとで、一年あまりのちに世を去った。ありとあらゆる意味のない死のなかでも、もう終わりが歴然とした戦争最後の日々に命を落とすというのはあまりにも酷《むご》い話である。ハーキンは友から顔をそむけずにはいられなかった。赤剝けたビリーの顔はひりつく風とは無関係だった。

「その後、あまり調子は良くなかったらしいな」波風に負けじと多少は声を張りながらも、ハーキンはできるだけ穏やかな調子を心がけた。モードの具合については小耳にはさむ程度だった。それでも運動においては、彼女は見習うべき模範でありつづけた。「その最初の数カ月が過ぎても、尾を引いていたのか?」

「そうだ。でもこれは言っておく。去年あたりは良くなってたんだ。アーサーが死んでからはな。アーサーが生きてるころは大変だったよ。もう長くはないって、みんなわかってた。でもアーサーが逝《い》っちまうと、みんなほっとしたのさ。モードもときどきおまえのことを訊いてくるようになった」

「おれのことを?」

「どうしてるかとか──そんなことを」

「最近になって変わったのか?」ハーキンは好奇心を隠すことができずにいた。

「そんなはずもないか。おまえとのことは……」ビリーは言葉を選んでいるようだった。「……気まずい思い出だ」

「じゃあ、誰かと付きあってたのか？　面倒をみてくれるような相手と？」

「さあ。おれが知ってるのは、あいつが引きこもるのをやめたってことさ。たまにダブリンまで出かけるようになった。学校の友だちとパリにも行った。たぶんチャーリーがよく知ってる」

「でも本当なのか？」

「誰かが色恋沙汰《ざた》を起こすと思うか？　キルコルガンで？」ビリーは鼻を鳴らした。

「静かなもんだな」とハーキンは言った。ビリーは笑顔で応じた。

「こっちで社交の呼び物といえば、毎月叔父の家で開かれるカードの集いへの招待だった」ビリーは海岸沿いを西の方角に顎《あご》をしゃくった。「ただし、おれはこのごろカードには疎《うと》いし、ジョン叔父とはうまが合わない。結果的には運がよかった」

「あの人は相変わらずか？」

「ジョン叔父か？　すこしはおとなしくなったが、変わらず聖人ぶってる。おまえにはは責任があるとかなんとか言われる。もしあの晩出かけていってたら、あの人はおれを問い詰めて、がっかりしたって言っただろうな」

ふたりはポケットの奥まで手を突っ込んだまま、しばらく立ちつくした。ハーキンは鼻の先の感覚がなくなり、いまにぽろりと落ちるんじゃないかとさえ思った。

「なんでここにいる?」

「金だ。金がない。家と土地の残りはあっても、最近は地代も払ってもらえない。どうしようもない」

「仕事はあるだろう?」

「ロンドンかダブリンならね。でも戦争が終わってから、おれはここにいたかった。散歩したり馬に乗ったり、とにかく撃たれないことを楽しみたかった」ビリーはハーキンに目をやって頰笑んだ。「それがほら、こっちでも人が撃ち合いをはじめた。おまえの言うとおりだな。ここを出たほうがよさそうだ。独り立ちして」

「サー・ジョンはどうなんだ?」

「ああ、たしかにジョン叔父は金を持ってる。裕福だったアメリカ人の奥さんが亡《な》くなってすべてを手にした。でも、そいつは独り占めだ。父は壁の上の屋根を維持する小金まで、叔父に無心する始末でね」

「ドリスコルの話だと、内乱のあいだは補助隊が借りたがってるそうじゃないか」

ビリーは屋敷を顧みた。

「モードがいなかったら、あそこはとっくにIRAに焼き打ちされてるだろう」

たしかにそうだ、とハーキンは思った。モードが死んだいまとなっては、なおさらその可能性がある。

「襲撃があった晩のことを話してくれないか?」

髪を掻《か》きあげたビリーに、ハーキンは緊張と寂しさを見て取った。

「話すことはあまりない。モードは六時半ごろ、ハリー・カートライトとカードの夕べに出かけていった——ジョン叔父が迎えにきたんだ。モードはむこうに泊まる予定だった。気が変わったんだろうな。たぶんアバクロンビーがいたからだ。やつと同じ屋根の下にいるだけで不愉快だったんだろう」

「しかし、結局はティーヴァン警部補の車に同乗した」

ビリーは首を振った。

「あいつはわざわざティーヴァンの車に乗ったわけじゃない。でもティーヴァンのことは昔から知ってた。近くに住んでてまともな男だった。アバクロンビーはまったく別で、やつは獣だ。おれもやつのことは避けていたが、モードはやつの何から何まで毛嫌いしていた」

二軒の家が近いことを思うと、その夜の段取りが気になった。

「珍しいことじゃなかったのか？　モードが泊まるのは？」

ビリーは肩をすくめた。

「ここでは珍しくない。夜になると道は安全じゃない。地元の義勇軍が穴を掘って封鎖して、警察や軍を分断するような真似《まね》をするからな。そこにまた、われこそ権力といわんばかりの補助隊がいる。どうしたって人は昼間に移動することになる」

「で、モードとサー・ジョンは？　ふたりは仲がよかったのか？」

「やたら親しかった。まえからそうだし、最近はもっと距離が近づいてた」

「おまえは？」

「モードとおれか？」ビリーはまごついていた。「あいつは妹だ」

そこに返す言葉はほとんどなく、ハーキンはただうなずいた。

「おまえとサー・ジョンのことさ」

ビリーがあげた笑い声はしわがれていた。

「おれたちの間はいまも難しいままだ。あの人がわれわれを戦いに駆り立てたことは忘れようにも忘れられない。アーサーとおれは最後は志願したけど、自分では戦う気がない戦争へ他人を行かせようというあの熱意はどこかおかしい。そんな年を取りすぎてるわけでもないのに。ウィリー・レドモンドは五十五歳で出征したんだ。ジョンは四十一だった。それでいて愛国的な尽力があったからと爵位《しゃくい》まで受けた。つまりそう、おれたちは親しい仲じゃない。せいぜい、おたがいに我慢しあってるってところさ」

ハーキンは相づちを打った。アーサーとビリーのことはともかく、アイルランドの自治と望ましい独立を達成する確実な方法だというサー・ジョンの説得がなかったら、はたして自分や仲間たちは入隊したかどうか。

「ハリー・カートライトは？」

「学校の同級生だ。暴動をその目で見る気でいた。いいやつだったよ。せっかく戦争を生き延びたのにな。自分は運がいいってよく話してたんだ」

ふたりは微笑した。ビリーの死んだ友人に思いが行かなかったからではない。若者の命が無駄に断ち切られたことに言葉を失っていた。

「モードとは親しかったのか？」

「いや。モードが誰かと付きあってたとしても、あいつじゃない。あいつはモードのタイプじゃなかった。仔犬《こいぬ》みたいなやつでね。何にでもはしゃぎまわるんだ。モードはわりと気に入ってたが、でもちがうな」

「つまり彼女はサー・ジョンの家を——何かしらの理由で出た……それで？」

ビリーは妹の誤った判断を振り捨てようとするように、悲しそうに首を振った。

「おれが最初に気づいたのは銃撃だった。道で奇襲に遭ったんじゃないかと思って、ハリーが巻き添えを食ったかもしれないと心配になった」

「銃撃は激しかったのか?」

「作戦を遂行するには充分にな。おもにライフル射撃だった。四、五十発? 朝になって、警察が車を運んでいくまえに現場を見た。三〇三口径弾が中心で、あとモーゼル銃の薬莢《やっきょう》もあった」

「寝てたのか?」

ビリーは視線を避けた。

「散歩だ」彼はハーキンから目をそらした。「最近、よく眠れない。夜は厩舎《きゅうしゃ》に行くのが好きでね。馬の気配を聞くのさ。馬の寝息を聞くのが好きなんだ。理由は訊くな」

「いいだろう」ハーキンは内乱が起きる以前のことを考えていた。自分も、陽が昇るまでダブリンの街路をほっつき歩いていた。

「それで何をした?」

「この場所を動くな、何が起きたって警察にまかせておけと自分に言い聞かせた」

「でも、そうはしなかったわけだ」

「ああ。ハリーが送られてくることになってるのを思いだして家にもどり、ショットガンに弾を込めてから様子を見にいった。四人で。おれ、ショーン・ドリスコル、父とチャーリーだ。結局、銃は持ち出さなかった。ショーンの意見でね。父も賛成だったと思う。丸腰で出ていったほうがいいって」

「銃声がやんだあとの、例の最後の一発は？」

ビリーがしゃべるのを眺めていたハーキンは、友人の表情が突如変わったことに驚いた。死をもたらしたあの夜の出来事を思いかえしていたからか、それとも別の理由があるのだろうか。

「そうだった。数分後だ」

「全員がおまえと邸内にいたのか？」

「おれが銃声を聞いたのは、家に向かって歩いてるときだ。そのあと、そんなに差がなくショーンが来た」

「どれくらいの差だ？」

「一分か二分。そんなもんだ」

ハーキンは黙りこむと、ビリーのすぐ後につづいたというドリスコルの言葉を思いだし、もしかすると時間の食い違いは重要なことかもしれないと考えていた。ドリスコルとはまた話す必要がありそうだった。

「銃声はどんな音だった?」

「武器の種類ってことか? 間違いなく拳銃《けんじゅう》だが、ウェブリーみたいな大型じゃない。それがモードを殺したのかと訊かれれば、そうだと答える。だからって、撃ったのはIRAじゃないってことにはならない」

犯人に見おろされて、ティーヴァンの車の後部座席に横たわるモードの姿が頭に浮かぶ。ハーキンの腹の内に怒りがたぎっていた。そいつは平然とモードを殺したのだ。落ち着きはらって。

「ドリスコルが、不思議なことがあったと言った。襲撃の夜に」ビリーの表情は動物の、おそらくは思いがけず穴にはまったウサギのそれだった。「たしか〝白衣のレディ〟と言ったな」

「〝白衣のレディ〟か」とくりかえすビリーの顔には救いのようなものが見えた。「くだらない。家の迷信さ。たしかにおれは何かを見たが、そいつは想像の産物だ。いっしょにいたドリスコルはなにも見てない」

「彼はおまえの後から来たんだろう?」

ビリーが視線を投げてくる。

「それよりまえの話だ。おれが厩舎に行くと、あいつが通りかかった。しばらくふたりで歩いた。戦争からこっち、あまり出てこないのさ、トム。しかもドリスコルはおれとちがって頭が堅い」

「おまえは何を見たんだ？」

「木々の間に何かを。おそらくシカだったが、そのときはよくわからなかった。レディは朽ちた花の匂いをさせてるって話でね、おれも一瞬何かの匂いを感じたんだが、なんとも言えない。モードが死んで、こっちで早合点したってことなんだろう」

ビリーが真実を話そうとしない訳を不審に思いながらも、ハーキンはうなずいてみせた。時計を引き出して時刻を確かめ、深々と息をついた。ほかにも会わなくてはならない人物がいる。

12

メイドに案内され、サー・ジョンを待って腰をおろした〈バリナン・ハウス〉の書斎はみごとなもので、壁は廻り縁を施した高い天井にあとすこしで届きそうな書棚で埋められている。革と紙の匂いがして、こういった室内にありがちな、印刷された無数の文字により隔絶されて深閑とした雰囲気が漂う。聞こえるのは、部屋の半分を占める幅広のパートナーデスク上で時を刻む時計の音だけである。しかも鋳鉄製のラジエーターのおかげで暖かく、このラジエーターが発する熱が、夏のキルコルガンでも感じることがなさそうな暖をもたらしている。二枚ある長い上げ下げ窓の外にひろがる厳寒の風景が、百マイルも離れて見える。この部屋の設えこそ所有者のひととなりを語っていると思いながら、ハーキンは努めてくつろごうとした。待たされるだろうと多少の覚悟はしていた。それがサー・ジョンのいつものやり方なのだ。

十分後、家の主《あるじ》がようやく姿を見せると、ハーキンはその男の端正な容姿をあらためて思いだしていた。彫りの深い顔立ちとハニーブラウンの目が、着ているツイードのスーツとよく似合っている。すでに四十代後半に差しかかっているはずだが若々しく、サー・ジョンは冬のさなかでもどことなく陽灼《ひや》けして見えた。あるいはラジエーターのせいかもしれない。

サー・ジョンは微笑を浮かべたが、そこには幸福のかけらもなかった。

「会えてよかった、トム。ずいぶんひさしぶりだ。もっとましな状況であればな」

「モードのことはお気の毒でした」と言ったハーキンに、サー・ジョンは半眼で会釈《えしやく》を返してきた。見えなくなるほどきつく唇を引き結んだ。やがて発した言葉はくぐもっていて、ハーキンはそれを聞き取ろうと腰を浮かせた。

「ひどい話だ」

サー・ジョンは気を取りなおすと、ハーキンを立ちあがったばかりの椅子にもどし、向きあった肘掛け椅子に腰を据えた。足を組んで膝《ひざ》の上に置いた両手を握りあわせ、相手がここにいる理由を忘れてしまったかのようにひとしきりハーキンのことを見つめた。

「吸うかね?」とだしぬけに、心ここにあらずといった調子で口にした。上着のポケットから、ゴールドのヒンジが付いた青いエナメルのシガレットケースを出した。金持ちの装身具である。

「私はけっこうです」ハーキンは言った。「ありがとうございます」

だが、煙草《たばこ》の香が鼻孔に満ちると渇望《かつぼう》を感じた。

「屋敷のほうはどんな具合だ?」

「ご想像のとおりかと。モードの死に関して、保険会社の調査でこちらに来たと話しました」

「それで受け入れられたのか?」

「ご想像のとおりです」ハーキンはきっぱりと言った。

サー・ジョンはうなずいた。

「むこうが誰あろう、きみをよこしたと聞いて驚いた。しかし有利な点もある。なにせきみはモードを知っていて、われわれはきみを知っているわけだからな」

「そこがボスの付け目でしょう」

「駅まではドリスコルが迎えに出たのか? きみの上司の話だと、彼は義勇軍の将校だそうだが」

「来てくれました」

「あれが関わっているとは驚きだ」サー・ジョンは言った。「フランスに出征して、もう戦いで腹が膨れたかと思っていたが」すぐにハーキンも義勇軍将校であることを思いだしたらしい。「もちろん、きみたちの大義への献身は称賛されるべきものだ」浮かべた笑みはわざとらしいものだった。「あれとはフランスで会ったのか?」

ハーキンの思いは塹壕《ざんごう》に立ちもどった。

「同じ砲弾で吹っ飛ばされました」

サー・ジョンの目つきが鋭くなるのを見て、その反応の意味が気になった。たぶん、つまらない冗談を聞かされていると思ったのだろう。ハーキンは話題を変えたほうがいいと考えた。

「彼の母親はご家族のところで働いているとか?」

「家政婦だ」

「父親は?」

「ドリスコルが生まれてすぐに死んだ」さらにサー・ジョンは、まだ答えの出ていないハーキンの疑問にたいして口にした。「彼女の両親は屋敷で働いて、彼女はあの家で育った。ダブリンで仕事に就いてむこうで結婚したんだが、亭主が死んで帰ってきた。以来、あそこにいる。ドリスコルはこっちで育った。子どものころからビリーのすぐそばにいて、ふたりはずっと仲がいい。ドリスコルがフランスへ行ったのは思うに——ビリーが出征することになったからじゃないか」

ハーキンも、ふたりが将校と叩《たた》きあげの兵士の関係を超えて親しかったことを憶《おぼ》えている。つまり、プレンドヴィル家に害をおよぼすまいとするドリスコルの主張は信《しん》憑性《ぴょうせい》が高い。あるいはその逆か。

「彼は屋敷で何の仕事をしてるんですか？」

「必要なことはなんでもだ。母親とふたりで、あの場所をどうにか維持している。兄は近ごろ関心を失っていてね……アーサーが死んでからは。屋敷の状態は、きみもその目で確かめただろうが」サー・ジョンはひと呼吸置くと言った。「ふたりはよくやってる」

ハーキンは豪華な室内を見まわさずにはいられなかった。サー・ジョンは結婚してほどなくアメリカ人の妻を狩猟の事故で亡くし、その結果裕福になって、いまや反逆と化した〝自治〟に首を突っ込む時間的余裕も出来たのである。サー・ジョンが困ったふうもなく肩をすくめてみせたのは、ハーキンの顔にそんな思いを垣間見たからにちがいない。

「兄の許しがあればこちらも手を貸すんだが、キルコルガンのような家は収入と積極的な運用が必要だ。それがどちらもない」

「ビリーはどうなんです？」

「ビリー？　養う口がひとつふえただけだ。あいつの頭からは責任というものが抜け落ちてる。無関心もはなはだしい」

余計なこととはいえ、もし誰かが誰かに借りをつくるなら、その相手とは、〝自治〟は帝国を護《まも》った若いアイルランド人が流した血で購《あがな》うものと考え、ビリーとその兄弟を戦地に送った名高い民族独立主義者サー・ジョン・プレンドヴィルではないだろう。借りをつくったのはサー・ジョンのほうだ。その同じサー・ジョン・プレンドヴィルがトンプソン銃二百挺《ちょう》をIRAに渡し、自身が正しいと信じる理由でふたたび若者たちの殺し合いを助長しようとしている。

「私に何をしろというんですか？　モードの件では」

他意のない質問だったが、ハーキンは自らの声にかすかな苛立《いらだ》ちを聞きつけ、サー・ジョンの銃が無事輸入されるのを確認するという重要な任務があったことを思いだした。

サー・ジョンの表情が険しくなった。

「モードはIRAに殺害された。その責任を誰かに取ってもらいたい」

「何かしらの罰があたえられることを期待している、とそういうことですか？」

「きみはそのために来たんじゃないのか？　それぐらいお願いしてもよかろう」

「もし義勇軍のしわざではなかったとしたら？」

サー・ジョンはまさかとばかりに鼻を鳴らした。

「だったら犯人を突きとめるんだな。襲撃の現場にたまたま誰かが迷いこんで、うっかりモードを撃ってしまったというのも考えにくいが」

「隊は彼女を殺す動機もないし、無実だと言っています」

ハーキンは怒りを抑えようとしたサー・ジョンの顎が引きつるのを見た。

「なんにしろ、野放図な攻撃であの娘を死なせた責任はある」

ハーキンはゆっくりとうなずいた。

「これから調査をします。人の命を取るまえには、あれこれ質問しなくてはならないことをご理解ください。つまりはっきりさせておくと、それがあなたのお望みってことではないんですか？　目には目をというのが？」

サー・ジョンの陰気な顔に、怒りが滲《にじ》み出てくるようだった。

「そうなった場合」ハーキンは声に感情が出ないように注意してつづけた。「立ち会われますね？　仕事の現場に？」

サー・ジョンは眉《まゆ》をひそめた。

「きみの言わんとすることもわからないではないが」

「私はただ、あなたからの依頼の内容をはっきりさせておきたいだけで。いずれにしても、目下私が確信しているのは、ティーヴァンの自動車が襲われ、そこに同乗していたモードが死んだという事実だけです。そのふたつの事件に、見るからに奇妙な関連があるかはわからない。仮に隊が彼女を殺したのだとしても、彼らには話をでっちあげる必要などありません。こんな言い方もなんですが、モードは運悪くその場に居合わせた」

　口を開こうとしたサー・ジョンを、ハーキンは片手を挙げて制した。会話をするうちに残っていたわずかなエネルギーも消耗しかけていたが、冷静さは失わないようにした。速射能力がある四五口径のトンプソン機関銃を持ち込めば、意図しないかたちで市民の犠牲がふえるという危惧《きぐ》をサー・ジョン本人に伝えたい思いはあったが、それは押しとどめた。笑顔に謝意をこめようとした。

「私はモードを殺した犯人を見つけ、片をつけるつもりです。お気づきのとおり、まずは生命保険のことがありますから、大っぴらに訊《き》いてまわることができる。あなたにたいしても、いくつか質問があります」

　意表をつかれたサー・ジョンは重々しくうなずいた。

「もちろんだ」

「モードは誰かと会っていましたか？　恋愛関係で？」

サー・ジョンの目が膨らんだように見えたのは、それが穏やかではいられない質問だったのだろう。が、サー・ジョンは感情を抑えて静かに答えた。

「姪《めい》の恋愛について、私は関知していない。しかし答えはノーだ。そういった関係の相手がいたとは知らないな」

「誰と仲が良くて、誰と悪かったかは？」

サー・ジョンは溜息《ためいき》をついた。

「ここはじつに小さな共同体だ。町には商人もいるが、社交上の付き合いはない。かろうじてドクター・ヘガティと、その娘のミセス・ウィルソン。彼女の夫のロバートはカンブレーで戦死して、彼女はここときルコルガンの間で釣り宿を経営している。宿には古くからの上客が付いていて、たまに顔を合わせる。あとはユースタス夫妻と、兵舎にいる陸軍将校が何人か。われわれが友人とみなした連中の多くは土地を売るか、事態がおさまるまでと引っ越していった」

「ティーヴァンとアバクロンビーは？　あの晩、ここにいましたね」

サー・ジョンは肩をすくめた。

「私としては王への忠誠も示しておかねばならない。それに連中はまあまあブリッジができる」

「その連中と、モードはうまくやっていたんですか？」

「アバクロンビーのことは嫌っていたが、ティーヴァンのことは受け容《い》れていた。警部補はこのあたりで〝内乱〟が起きるまえから評判もよく、モードはその当時から知っていた。アバクロンビーとなると話は別だ」

「しかし、彼女は彼らとカードをやった」

サー・ジョンは不満そうにしていた。

「あいつはアバクロンビーが来るのを知らなかった。カートライトに付きあうことが優先だった」

「それならビリーのほうがよかったのでは？　カートライトとは友だちだったのでしょう？」

サー・ジョンは肩をすくめた。

「ビリーはこのごろ私のところには寄りつかない。カードにもな」

「この数週間、何か普段と変わったことはありませんでしたか？　諍《いさか》いとか、家に滞在した客人のこととか？　何か？」

「とくにない。ハンプシャーから母方の従兄弟《いとこ》が何度か来てるが、きみも昼食で会っただろう」

ハーキンは空いていたテーブルの席のことを思いだした。

「時間に間に合わなかったんだと思います。その方のことを聞かせてください」

「ヒューゴ・ヴェインだ。軍馬の買い付けでこっちに来る。最近は道中も危なくて客も少ないから、来れば大歓迎を受ける」

「民間の業者ですか、それとも軍属？」

「戦争中はグロスター連隊の少佐だった。物資調達方面でどこまでやったか知らないが、階級は持っているはずだ」

言われてみれば、ヴェインの名に思い当たるところはあった。その職務についても。おそらく最近、馬を買うということでヴィンセント・バークと同僚が接触したスパイのひとりだろう。ヴェイン少佐について調べるには、本部に伝言を送るのが得策かもしれない。

「カードをやった晩のことを聞かせてください」

「小さな集まりだった。カートライト、町からドクター・ヘガティとその娘だとさっき話したモイラ・ウィルソン――彼女はモードとダブリンで親しかった。ユースタス夫妻、ティーヴァン警部補、アバクロンビー少佐、それにモードと私だ。ミセス・ウィルソンのところに泊まっていた常連の女性たちも参加の予定だったが、気が乗らなかったらしい。年配の方たちだ」

ハーキンは、話が結びついたことに驚いて年上の男を見つめた。

「ミセス・ウィルソンとは、モイラ・ヘガティのことですか?」

「そうだ。むろん、きみもダブリンで彼女のことを知っていただろうな。同じ時期に大学に通っていたんだから」

ハーキンは茫然《ぼうぜん》として頭を振った。モイラ・ヘガティのことは当然憶えている。鮮明に憶えている。

「彼女はロンドンへ行ったんだと思ってました」

「そうだ。そこでロバート・ウィルソンと出会った。戦争まえにふたりでもどってきて釣り宿を建てた」

やがて気を落ち着けたハーキンは、カードの晩のことに話をもどした。

「私の理解では、モードはその晩、この家に泊まることになっていた。予定を変えたのはなぜですか?」

ハーキンはサー・ジョンが深く荒れた息をつくのを見つめた。

「よくわからない。かなり夜が更《ふ》けてからの気まぐれだったような気がする。アバクロンビーが先に帰っていった——町に用事ができたと言ってな。彼がカートライトを送る手はずになっていたのがいなくなり、代わってティーヴァンが乗せていくと言いだした。モードはそこに同乗することにした。なんだか機嫌が悪かったものだから、私からは残りなさいと説得はしなかった。あのとおりの頑固者だ。きみもここまで来てわかっただろうが、距離も短い。泊まっていけとしつこく言えばよかった。夜間の道は安全じゃない。それがあって他の連中は泊まっていった」

ハーキンはサー・ジョンの顔に後悔がよぎるのを見た。はたして自責の念に駆られているのだろうか。

「彼らは何時にここを出たのですか?」

「アバクロンビーが帰っていったのが十時すぎだ。モードは零時直前まで残っていた。ティーヴァンがあの娘とミセス・ウィルソン、そしてカートライトを送っていった。他はここに残った」

「モイラ・ウィルソンもいっしょに?」

「帰り道だからな。橋のたもとにある建物を通ってきたはずだ」

その家のことは憶えている。道まで長い芝生がつづいていた。ミセス・ウィルソンにしてみたら、自宅がキルコルガンの先ではなく手前にあって幸運だった。モードの旅は？　車で数分。この世からあの世へ行くのに充分な時間だ。

「口論とか？　揉《も》め事は起きませんでしたか？　彼女とアバクロンビーの間で？」

「いいや。私たちは食事をしてカードをやった。しかし、あの娘が少佐を厭《いや》がっていたことは間違いないだろう。ティーヴァンが運転するということで、危険を冒す気になったのかもしれないな。どんな状況にあっても、あいつがアバクロンビーの車に乗るとは思えない」

ハーキンはその答えを噛《か》みしめるように吟味した。

「あとでミセス・ウィルソンと彼女の父親にも確かめてみましょう。ユースタス夫妻にも話をうかがおうと思います。アバクロンビー少佐にも」

アバクロンビーの名を口に出すと、サー・ジョンの表情が目に見えて張りつめた。

「私からはアバクロンビーには近づかないよう勧めておくぞ、トム。あれは何をしでかすかわからない男だ」

彼は首を振った。

ハーキンは肩をすくめた。

「私は信用ある保険会社の損害査定人です。むこうは拒むことなどできないはずです。

警察の捜査に関して、こちらに渡せる情報があるかもしれない」

サー・ジョンは片手を挙げた。

「警察の捜査？　そんなものがまともにあったとは思えないが。連中はイーガンの部隊が関わっているというだけで満足なんだ。事実がおのずと物語っていると。きみと私は旧《ふる》い友人どうしだ、トム。だからこそ、アバクロンビー少佐のことはくれぐれも慎重に進めるように伏してお願いする」

そんな率直な懇願ぶりにハーキンはうなずいたが、サー・ジョンが当の相手とカードに興じていたと思うと、その懸念《けねん》には首をひねりたくなる。理由は釈然としない。ハーキンは元陸軍将校にもかかわらず、現にカトリックで中流階級の出身である。アバクロンビーからすれば、ハーキンは潜在的な敵ということになる。サー・ジョンは自治政府の信認を得ていながら、プロテスタント支配に属する一員であり、それゆえ信を置かれている。こう考えていくと、カトリックが圧倒的多数の国において、いずれアバクロンビーやその同族たちは打破されるのではないか。

「きみはおそらく地元の義勇軍とも話をするんだろう？」とめどないハーキンの思考を断ち切るようにサー・ジョンが訊いた。

「そうなると思います」

サー・ジョンはズボンの縫い目に指を走らせ、目を合わせることなく切り出した。

「言うまでもないが、連中には銃の件というか、物資調達における私の役割を伝えてはならない。とくにドリスコルにはな」

「そこは配慮します」ハーキンはそう言いながら、サー・ジョンが己れの関与を知られたがらないもうひとつの理由が、ハーキンがモードの死に関して、何らかの罰を要求するかどうかにあるのではないかと考えた。やがて、より差し迫った問題があると思い至った。「その積み荷のことですが、ほかに誰か知っている人間はいますか？地元に」

サー・ジョンが鋭い目を向けてきた。

「モードの死は積み荷とは関係ない。まったくの無関係だ」

ハーキンは無言の時をやりすごすと答えた。

「私がここにいるのはともかく、銃のせいもある」

しばらく黙りこんでいたサー・ジョンの視線を、ハーキンは冷静に受けとめていた。

サー・ジョンはやおらうなずいた。

「関わっている人間はごく限られている、とくにアイルランドでは」

ハーキンにうながされ、サー・ジョンは積み荷のことを知る男女の名を挙げていった。アメリカにふたり、パリにひとり、アイルランドに数名。首尾よく事を運んできたサー・ジョンだったが、例外は積み荷のことを知るふたりの女性のうち、ひとりがモード・プレンドヴィルであることだった。

「しつこいようですが」ハーキンは自分の声が普段と変わらないことに驚いていた。「モードが関わっていたんですね？」

「ああ」あからさまな事実を認めるようなその口ぶりには、もっとまえから気づくべきだったのだ。「あの娘はときどきに手を貸してくれた」

これはハーキンが初めて耳にする話だった。荷の発送にパリでの交渉と支払いが必要なことは知っていたが、その手配はサー・ジョンがおこなっていたらしい。モードが学校時代の友人とパリに旅したというビリーの話が思いだされた。

「彼女はパリに出かけていたとビリーから聞きました。それは積み荷と関係があったのですね？」

サー・ジョンは重苦しい表情を見せた。

「一度か二度か。私も協議のたびに毎回行けたわけじゃない」

「この話はもっとまえにされるべきだったのでは？」

サー・ジョンは一瞬、言葉に詰まったように見えた。

「きみの上司は知っていた。彼がきみに伝えるつもりがないのに、私から話すいわれもないだろう」

ハーキンはふと考えこむと、ヴェイン少佐という謎《なぞ》の人物が何度かこちらを訪れている事実に思いをめぐらした。その名前が頭に引っかかっていた。

「ヴェイン少佐は何度こちらにいらしてますか?」

「三度だ」

ハーキンはその答えを声に出してくりかえした。

「こちらはダブリンから相当距離がありますし、部隊が活発に動いてる地域ということもあって、列車への攻撃を引き合いに出すまでもなく、英国将校にとっては危険な旅になる。たしかに家族かもしれないが、近しい間柄ではないんでしょう? 彼には何か別の目的があったと考えられませんか?」

サー・ジョンは、身体《からだ》から空気が抜けたようになった。

「どうやらモードを追っかけていたらしい」

13

モイラ・ウィルソンのゲストハウスは最近建てられたものだったが、近づいていくと窓枠からペンキが剝《は》がれかけているのがわかった。ハーキンはすこしためらったすえにドアをノックした。ドアをあけたのは厚手のツイードジャケットを着こんだ女性で、手には血の付いたナイフを握っている。片眼鏡越しの澄んだブルーの瞳《ひとみ》で、訝《いぶか》しそうにハーキンのことを睨《にら》みつけた。背丈はハーキンと変わらず、黒髪を後ろで束ねている。片眼鏡がハーキンの視線を追ってナイフに向けられた。女性は顔をしかめた。そうしたところで、透き通った肌の滑らかさが際立《きわだ》つだけだった。

「魚よ」女性は言った。「はらわたを抜いてたところ、いるのはわたしとメアリーだけだし。元気そうね」

「きみも」

女性は誰かがいるとばかりにハーキンの背後に目をやった。

「きっと葬儀のことね」

「何が？」

「もうずっと会ってない人たちと顔を合わせるんだから」

ハーキンは事情とは裏腹に笑顔を浮かべた。

「九年になるか」

女性はハーキンを見つめながら考えている。

「それじゃ利《き》かないわ。キルコルガンに泊まるの？」

「ああ」

「よかった」女性は片眼鏡でハーキンのことをためつすがめつ眺めた。「荷物を持たない男性客なんてめったにいないから。わたしなりの決め事があるのよ」

「決め事がなかったら、世の中はどうなる？」

「そう。その点で意見が一致してよかったわ」彼女はそれを忘れていたかのように、握ったままのナイフを持ちあげて目を凝らした。「ごめんなさい、血に染まった武器を持ったままだった。出直してくる」

女性は廊下の奥に引っこんだ。金属の当たる音がして、やがてもどってきた彼女は空手だった。エプロンで拭《ぬぐ》った両手に血が残っていないか確かめると、満足した様子で、目に力をこめて片手を差し出してきた。ハーキンはその手を取った。

「あなたを血で汚さないでよかった、もうほとんど付いてない。魚の臭《にお》いがすこしはするかもしれないけど」彼女は手を鼻にやった。「すこしじゃなかったわ」

ハーキンはそれにどう答えていいかわからず、彼女の後から広い廊下を進んだ。全面がオーク材で深緑の壁紙が貼《は》られている。高そうに見える壁紙だった。ドアのすぐ内側にクマの縫いぐるみがある。山高帽を斜にかぶり、掲げた腕には傘を提げている。ハーキンは自分の帽子を掛ける場所を探したが、見つからないままクマの空いた手に引っかけた。

「そこでいいかな？」

「いいんじゃない」彼女はクマの腕をさわった。「バーティよ。この家の門番なの」そして愛情を込めてクマを叩いた。

「ふつう、一月は閉めてる」彼女は質問を先回りして言った。「常客もいるんだけど、一年のこの時期に観光客の予約はないし、事情が変わらないかぎり一年じゅうだめね。釣り人が恋しいわ。近ごろは自分で魚を捕まえなきゃいけない。とにかく、ろくにおもてなしができないけど許して」

「ミセス・ウィルソン？」二階から年老いた声がかかった。

彼女はハーキンに身を寄せ、聞こえよがしに言った。「いまもインドで暮らしてるって思いこんでるおば様たちがいて、わたしはそのひとりひとりの召使いにされてるわけ。住人がいつもこんなふうに人をこき使ってるんだったら、インドで反乱が起きないのが不思議なくらい。お茶を召しあがる？　客間で。そうね、五分待てる？」

「ぼくのことで気を遣わないでくれ。挨拶《あいさつ》に寄っただけなんだ」

ハーキンを真顔で見つめた彼女は、客間とおぼしき部屋に通じるドアを開いた。

「五分よ。そしたらあとは気を散らさないから」

彼女はいま一度頬笑むと、階段に向かって叫んだ。

「いま行きます、レディ・ブレイニー。いますぐ」

ハーキンは客間の大きな窓に寄り、潮が引いた浜のすぐ先に姿を見せた平たい岩を眺めた。その岩の上でアザラシが身を転がした。アザラシは寝ようとしているらしく、それが好もしく思えた。ハーキンは身近な椅子《いす》に腰かけて目を閉じた。

目をあけたのは、低いテーブルに紅茶のトレイが置かれる音がしたからである。目の前にメイド服を着た若い女性の後ろ姿があった。いきなり振り向いた彼女はしかめっ面《つら》をしている。

「眠ってらっしゃるのかと思いました」と非難がましく言った。

「目をつぶっていただけさ」

眉を吊《つ》りあげる娘を見て、ハーキンは淫《みだ》らな目つきをしていると疑われたのかと思った。頬が赧《あか》らむのを感じた。

「メアリーだね」と沈黙に耐えられずに言った。

メアリーは怪しむような目でハーキンを見ながらカップを手渡してきた。

「お茶をどうぞ。ミセス・ウィルソンはじきに参ります」

ハーキンは部屋を出ていくメアリーを見ていた。メアリーは下半身をトレイで隠すようにして見かえしてきた。短いながらも気まずい出会いだった。

周囲に目をやると、室内の大部分を二台の長椅子《チェスターフィールド》が占めていて、背の高い書棚に折りたたみ式のカードテーブルが立てかけてある。その表面の羅紗《らしゃ》には煙草の焼け焦《こ》げが何カ所も出来ていた。手前のソファのかたわらにあるカンタベリーラックに雑誌が入れてあったが、新しいものはなさそうだ。何脚かある肘掛《ひじか》け椅子のひとつに編みかけのニットが置き去りにされている。多少くたびれているとはいえ、気分の安らぐ部屋だった。高齢の女性たちに気に入られるのもわかる気がする。

ドアが開き、ハーキンが顔を上げるとモイラと目が合った。

「わたしに質問があるって、サー・ジョンから聞いたわ」

「電話があった？」

「あなたが来るちょっとまえにね。キルコルガンに帰る途中に寄るだろうって。メアリーがお茶を出してくれたみたいね。よかった。あの子のやることは想像がつかないの」

「気が利く子じゃないか」

モイラは意外そうな顔でハーキンを見ると腰をおろし、ティーポットの蓋《ふた》を取ってなかを覗《のぞ》いた。

「そう思う？　ときどきわからなくなるの。外見は慎《つつ》ましやかだけど、なかなか気性が激しくて。何をしでかすかわからないところがあるのよ」

ハーキンは微笑した。モイラはあまり変わっていない。

「きみはロンドンにいるんだと思ってた」

「しばらくはいたけど」

「モードはきみがもどってきたとは言わなかった。ビリーからもきみの名前は出なかった。なぜかわからないが」

モイラはにっこりした。

「知ってたら会いにきた？」

モードが半マイル足らずの距離に暮らす場所へ、はたして訪ねていくことはあっただろうか。

「手紙を書いたかもしれないな。ぼくらは気の合う友だちどうしだった」

その言葉に考えこむモイラの笑顔に、茶目っ気がのぞくのをハーキンは見逃さなかった。

「わたしは、あなたがどこにいるのかずっと知ってたような気がする。当然、婚約のことも知ってた。婚約が解消されたこともね。わたしから書くべきだったのかもしれない。でも結婚して、結婚したら昔の恋人に手紙を送るもんじゃないって言われるじゃない。ロバートが気にしたかどうかはわからないわ。とても穏やかな人だったから」

ハーキンは驚いてモイラのことを見た。彼女とは親しく、大学では同じ友人の輪のなかにいたけれども、たぶんそれ以上の関係ではなかった。話題を変えることにした。

「きみのその片眼鏡……」と言いさして、その先をつづけるのが間抜けに思えてきた。

「わたしの片眼鏡？」モイラはくりかえした。

「つまり、珍しいなって」と再度切り出して口をつぐんだ。そして口を開かないように我慢した。

　モイラが身を乗り出した。

「秘密を話してさしあげましょうか？」

　頰にさしたかすかな熱が妙に気にかかっていた。

「きみさえよければ」

「わたしの左目は右より若干視力が弱いんだけど、本当は片眼鏡なんて必要ないの。ただ気に入ってるだけ」

「そうか」

　モイラは長い爪《つめ》でレンズをたたいてみせた。

「ちょっと海賊の気分にひたれるし。海賊って眼帯をしてるじゃない、で、それはともかく……どうぞ質問を」

　ハーキンは深く息を吸って考えをまとめた。

「モードが死ぬまえの晩のことを思いだしてほしいんだ」

「関係があるの？」

　ハーキンは肩をすくめた。

「関係があるかどうかは聞いてみないとわからない」

「たしかにね」

モイラは来客の面々、夕食の献立、誰と誰がカードをやったかなど会の事細かなことまでを記憶から呼び起こした。彼女の説明はサー・ジョンのそれと一致していた。

「もちろん、あの晩アバクロンビーが来るとわかっていたら、わたしは行かなかったし、モードも来なかったんじゃないかしら。ジョンの目論見《もくろみ》はわからない。人家を焼き打ちするのは補助隊《オクシーズ》だけじゃないし、それにここに火をつけられたら、うちのご婦人方の行き場所がなくなるわ」

その点について、ハーキンは異を唱えたかった――IRAは女性ばかりが住む家にはけっして放火しないと主張したかった――だが、それはできそうにない。いまは双方の報復が激しさの度を増している。

「ティーヴァン警部補が来るのは知っていたのか？」

「ジム・ティーヴァンとなると話は別よ。彼は山のむこうの出身でね。このあたりの全員と知り合いなの。すべてが収まったあとも、ここで暮らすしかないんだってわきまえてた。アバクロンビーはわたしたちのことを、屈服させなきゃならない敵の集団だと思ってる」

「アバクロンビーは先に帰ったんだね？」

「兵舎から電話がかかってきたのよ。運よくね。めったに怒らないモードが、あの夜は怒ってた。それもアバクロンビーにだけじゃなく――ジョン・プレンドヴィルにも。うまく隠していたけど」

それは初めて聞く話だった。ハーキンは身を乗り出した。

「どうしてそれがわかる？」

モイラ・ウィルソンは顔をしかめた。額には、まるで皮膚が骨に貼りついているかのように薄い皺《しわ》も寄らなかった。

「夕食のちょっとまえに、わたしは庭に出ていた」モイラは自分の手に目を落とした。

「わたしがたまに安葉巻《チェルート》を吸うのは憶えているでしょう」

ハーキンはポケットにシガレットケースを探ると、それを開いてモイラに向かって差し出した。モイラはそれを覗きこんだすえに一本を取った。

「誰か来たら、わたしからこれを取りあげてね」

「ぼくも一本やるつもりだから」

「これの何がいいんだかわからないけど。チェルートを二本いっぺんに吸うこともけっこうあるわ」

ハーキンが火をつけてやると、モイラ・ウィルソンは紫煙を吐き出した。

「ろくな習慣じゃないけど、人は誰しも弱みがあるから。それで、わたしは雨を避けて、人目につかないように壁に寄りかかっていたんだけど、そしたらジョンの書斎から言い争う声が聞こえてきた。モードとサー・ジョンの」

「何のことで？」

「モードは、こんな目に遭わされて裏切られた気がするって話してた。わたしはアバクロンビーが来てることを言ってるんだと思ったわ。モードはアバクロンビーの活動を当然認めてなかったわけだから」

今度はハーキンが眉をひそめる番だった。

「聞いたのはそれだけか？　ほかには？」

モイラ・ウィルソンはすこし戸惑った顔をした。

「わたしはその場を離れた。個人的な会話だったし」

ハーキンはモードとサー・ジョンの口論について筋道を立てようとした。なにせサー・ジョンからは、モードが何に苛立っていたのかわからないという発言があったのだ。

「ふたりとも怒っていたのか、それともモードだけが？」

「そう、ふたりとも。でも、たぶんモードのほうが怒ってた。ふたりとも話を聞かれたくないんだろうって気がした。ほら、プレンドヴィル家みたいな人たちが人前で言い争うときって、ずいぶん遠回しに話すでしょう。ちょっとそんな感じがした」

「モードはあとからきみにその話をしたのか？」

「まったく。でも、ふたりきりにはならなかったから。夕食をして、カードをやって、それからティーヴァンが送ってくれた。わたしが最初に降りて、その後のことはあなたも知ってのとおり。それにしても、モードは元気がなかった。気遣いがほとんどなかったし、それは彼女ひとりじゃないけど」

「ほかに誰が？」

　モイラは溜息をついた。

「ジム・ティーヴァンはアバクロンビー少佐を嫌ってたし、逆に少佐のほうも好意を持ってなかったと言っていいと思うの。夜のあいだずっと、おたがいやり合っていたわ。ふたりで打ち合わせみたいなことをして、それが決裂したのね」

「ティーヴァンとアバクロンビーが？」

「わたし、そう言わなかった？」

「打ち合わせみたいなことっていうのは？」

「わからない。わたしが行ったときにはもう終わっていて、ふたりしてものすごい剣幕だった」

「ふたりはなんで揉めたんだろう？」

「これはあくまで推測だけど、ティーヴァンがアバクロンビーのやり方を短絡的だって思ってたことは知ってるわ」

ハーキンは納得してうなずいた。補助隊はアイルランドとの結びつきがほとんどなく、戦争を純粋に軍事的な観点から見て、自分たちの行動が長期的におよぼす効果というものをまるで考えていない。つぎの質問はより繊細な事柄だったが、繊細な訊《たず》ね方といったものは思いつかなかった。

「モードは誰かと付きあっていたと思う？」

モイラはその長い指でティーカップをやさしく叩きながら考えていた。

「なくはないと思うけど、可能性は多くないわ。彼女にお似合いの若い男性は戦争で死んだか、〝内乱〟のあいだはわきまえて別の土地で暮らしたりしてるから」

「彼女にお似合いの？」

「わかるでしょう。土地を持ってる貴族とかそういう人たち。モードは跳ね返りかもしれないけど、農夫の息子と駆け落ちしようなんて気はなかった」

「あいつはおれと駆け落ちした」とハーキンは言った。

「あれは駆け落ちってわけじゃないし、あなたはそこらへんの農夫の息子じゃなかった。なんなら、あなたの教養とか優秀な成績とか器量の良さを端から挙げてみせましょうか？　すぐに思いつくわ。でもね、キルコルガン卿《きょう》はモードがあなたを振ったことを喜んでいたはずよ」

「それはそうだろう」ハーキンは笑った。そしてモイラの言葉を頭のなかで反芻《はんすう》するうち、ふたたび頬が熱くなってくるのを感じた。「でも、あいつはきみとも仲が良かった。気取り屋じゃなかった」

モイラは小首をかしげ、探るような視線をハーキンに向けた。

「しょせん町医者の娘なのにってこと？」

「そういう意味じゃない」

彼女は頬笑んだ。

「わたしにとってよかったのは、ロバートと結婚したこと——あなたの言うとおり、モードは他の人とはちがってた。ロバートもそう。つまり、彼が無神論者だったってことなの。無神論者ならわれわれとの結婚も許されるし、それに、わたしたち自身がほっと息をつけるわ。そうじゃなければ、一生罪を背負っていくことになるじゃない。誰にも祝福されずに。ロバートの母は一年半も息子と口をきかなかったし、わたしの母は急死したわ」モイラはすこし間をあけた。「正直、母はもうかなり具合が悪かったんだけど、わたしもこれ以上釣り合わない相手とは結婚できなかった。無神論者ならいいかって？　母の理想はわたしを聖職者と結婚させることだったけど、それには現実的な問題もあるしね」

ハーキンは大佐の制服を着た兵士のポートレイトが玄関にあったのを思いだしていた。あとでよく見てみることにした。

「大変だったんだろうな」ハーキンは切り出した。

「彼が死ぬまえ、死んだあと？」

「どっちもだ、本当はご主人を亡《な》くしてからのつもりだった」

かすかな笑みは乾き切った紙のように脆《もろ》いものだった。

「昔はこれもなかなかの商売だったの」彼女は話題を変えた。「来るのは素敵な人たちだったし。みんな好きだったわ。いまはわたしとご婦人方だけ」

物思いに沈むモイラ・ウィルソンの姿に、ハーキンは邪魔をしてはいけないと思った。やがて視線を合わせてきた彼女の目に、ふたたび力がみなぎっていることに気づいた。

「モードにはときどき訪ねてくる従兄弟がいたけど、それを除けばプールはとても浅かったわ」

「ヒューゴ・ヴェイン？」ハーキンはしつこく言い寄るその従兄弟のことが気になっていた。

「その人」

「ふたりの間に何かあったと思う？」

モイラはひとしきり考えていた。

「可能性はあるわ」

14

キルコルガンまで歩いてもどる途中、ハーキンは明日午後の葬儀に集まる友人や家族で屋敷がいっぱいになるというドリスコルの話を思いだしていた。モードたちが死んだ場所を通り過ぎるころには、すでに東の丘は暗くなっていた。足を止め、木立をめぐる風の音と自分の呼吸音に耳を澄ました。その場には事件自体が、あるいはそれに近しい何かがよみがえってきそうな雰囲気がある。すぐそばにモードの存在を感じるのは思い過ごしなのかと自問していると、思いはヘイペニー橋での出来事に飛んだ。あれがじっさい、モードが死んだ時刻に起きたことだとすると、自分が本気で問い質《ただ》したいのか、答えが欲しいのかわからない疑問が浮かんでくる。

私道に沿って屋敷に目をやると、暗がりのなかで下の窓に灯がともり、動きがわかるような気がした。そのまま眺めていると、ややあって近づいてくる人影が見えた。背の丈はハーキンと同じぐらいで、目的地に達するのを厭がるようにぐずぐず足を運んでいる。

「お邪魔していいかな?」男は近くまで来て言った。慇懃《いんぎん》で冷たい声からして、育ちの良いイギリス人らしい。顔立ちがととのって鼻筋が通り、口ひげをたくわえている。ハーキンは同意のしるしにうなずいただけで、ふたりは油膜と削れた花崗岩《かこうがん》を見つめた。

「彼女がこんな目に遭うとはあんまりだ」と男が言った。「みんながみんな」ティーヴァンと彼に関するわずかな知識を考えあわせても、その発言に抗《あらが》うことはできない。戦争ではどちら側にもかならず善人がいる。溜息を洩《も》らしたハーキンは、男がそれを肯定と受け取ったことに気づいた。

「きみがハーキンか」男はそう言って振り向いた。

「で、あなたがヴェイン」

「屋敷にもどらないか?」

枝を張った木々の下は暗く、ふたりの靴音が密閉された空間で増幅されたように聞こえた。

「けさには間に合わなかったんですね?」沈黙が気詰まりになって、ハーキンは訊ねた。

「ダブリンで至急人と会う用事ができてね。そうじゃなければ、きみと同じ旅程になったかもしれない」

木陰を出ると若干明るくなり、ハーキンはヴェインのことを一瞥《いちべつ》すると、ダブリンでの会合の件をわざわざ口に出す必要はあったのかと考えた。するとヴェインが何かを確かめようとするように身を寄せてきた。

「こんなことを言うのもなんだが、きみには見憶《みおぼ》えがある」

ハーキンは平静をよそおってポケットに煙草を探した。

「私に？」と答えて、ヴェインの顔をうかがうふりをした。「お会いした記憶はありませんが、そんなこともあるかもしれない」

「きみは王立フュージリア連隊にいなかったか？　第一大隊に？」

「すこしのあいだですが」驚きに胃が引き締まった。「あなたは？」

「グロスターだ。たぶん戦地で会ってるんじゃないか？　きみの第一大隊とは行動を共にしたことが一、二度ある。たしかパシャンデールで。きみはあそこにいなかったか？」

いまの質問の抑揚の付け方が、ドイツ軍が射程を測ろうと砲弾一発を射《う》ちこんでくるやり方を思わせた。この男はおれがパシャンデールにいたことを知っている、とハーキンは確信した。おそらくはビリーから情報を得ているはずだが、警戒は解かずにいたほうがいいだろう。

「パシャンデールのことはあまり記憶にないんですよ。少々やられて。脳震盪《のうしんとう》で」

「それは気の毒に。パシャンデールのことはできれば思いだしたくない。だが、おかげできみたちは死なずにすんだわけだ」

「そうかもしれない」とハーキンは答えてから、会話の方向を変えようとシガレットケースを開いて一本を取り、ヴェインにも勧めた。

「遠慮なくいただこうか」

「どうしてまたアイルランドへ？」

屋敷に近づいたあたりでヴェインは足を止め、ポケットにライターを探った。ふたりで顔を寄せたライターの炎に少佐の緊張の色を見て、ハーキンは不安を募らせた。

「馬だよ」ヴェインは笑顔で言った。「軍用の」

「グロスターは歩兵連隊かと思ってた」

ヴェインの笑みが、まるでハーキンを祝福するかのように広がった。

「きみと同じで、私には別の顔がある」

「私と同じ？」

「保険だろう？　いろいろあるなかでも」

気持ちの昂《たか》ぶりを抑えようと、ハーキンは吸っている煙草に意識を集中した。

「ええ」

「では、きみが保険をやっているなら、私が馬を買っても差し支えあるまい？」

「異議はありません。ただ、私は除隊していますが」

「そう、そうだったな。そこは忘れてはならない。とにかく軍は今日《こんにち》、方々で援助をおこなっている」ヴェインは煙を吐いた。「キルコルガン卿から伺ったが、きみはモードの死がIRAのしわざだということに疑問を持っているそうだな。それで雇い主のために、ここまでやってきて調査をしていると。サー・ジョンがモードに生命保険を掛けていたというのは本当なのか？　なんとも妙な話だが」

「わが社の顧客の保険契約について、関わりのない方とお話しすることはできません」

ヴェインがくすりと笑った。その声を引き金にして、ハーキンのうなじに冷や汗が浮かんだ。

「そのとおりだ。IRAがモードを殺したという見解を疑う理由に関して、こちらは話す許可を得ているのか？」

「拒む理由はありません」

ハーキンは言葉を選びながら、一発の銃弾とＩＲＡの犯行の否認について説明していった。煙草の赤々とした穂先によって、少佐が意識を凝らしている様子が浮かびあがった。

「その可能性はなくはないが」ハーキンの説明が終わると、ヴェインは言った。「こじつけにすぎやしないだろうか？」

「いささか矛盾しているようにも思えます」

「やつらが否認していることが？」

「ええ。なぜ否認をするのか。結局のところ、彼女は王立アイルランド警察《RIC》の地方警部補の車に同乗していたので」

少佐は思案していた。

「やつらに問い質すつもりか？」

「私から？　ＩＲＡに？」ハーキンはそこに疑念をにじませて言った。

ヴェインは煙草を回してみせた。周囲に向けて。

「私はアイルランドのことにはあまり通じていないがね、ハーキン、もしやつらが現実に彼女を生かしていたというなら、やつらなりの説明をきみにしたがると思うんだが。当局には話さずとも、きみには話すんじゃないかと。どうかな？」

「かもしれませんが」ハーキンは曖昧《あいまい》に返事をした。

「私ならそうする」とヴェインは言い足すとハーキンの顔を凝視した。「きみは私のずっと先を行っているはずだ。きみみたいな賢い男なら」

そこからの短い沈黙を破ったのは、その存在を失念していたようにはっとして腕時計に目をやったヴェインのほうだった。ヴェインは吸いかけの煙草を地面に落とし、靴で踏みつけた。

「こんな時間か？　夕食の着換えをしないとな」

「私はもうこれしかないので」

ヴェインは微笑すると、煙草を吸うハーキンを残して屋敷にはいっていった。

ハーキンはそのまま煙草を喫しながら、いまの会話を振りかえった。気の回し過ぎかもしれないが、ヴェインにはからかわれている感じがしなくもない。ヴェインが諜《ちょう》報《ほう》の人間で、その疑いが強いとなれば、ダブリンのほうで正体を特定することもできるだろう。一方で、国のこのあたりは岩場が多い。もしも最悪の事態に立ち至ったときには、岩を見つけてその下に隠れればいい。屋敷の扉が開いてビリーが表に出てきた。

「おまえがここにいるってヴェインに聞いた。ダブリンから夜会服は持ってきたか？」

ハーキンは呆然《ぼうぜん》とまなざしを向けた。

「心配にはおよばん」近づいてきたビリーはハーキンの肘を取った。「おれが用意してやる。アーサーのサイズとほぼいっしょだな」

15

一時間後、死んだ男の服を着たハーキンは、邸宅の背骨にあたる長いホールにマデイラワインのグラスを手にして立ち、上背とさらに見事なひげが印象的な高齢男性の詮索《せんさく》にさらされていた。ウィスキーがたっぷり注がれたタンブラーを持つサマーヴィル将軍は、顔を赤くし、かすかにふらついているところからして、すでに今夜の一杯めではなく、不馴《ふな》れな酒を飲んでいるわけでもなさそうだ。

「ハーキンと言ったな」将軍は疑《うたぐ》るような目を向けてきた。「いや、そんな名前は知らんな。知るはずもなかろう。きみは何者だ？」

ハーキンは、そこに集った主に年輩の人々の褪《あ》せた気品を目にして、またしても自分はここで何をしているのかという疑問に苛《さいな》まれていた。室内の反対側にいたヴェインが、ときおりハーキンが逃げだすのではないかとばかりに視線を投げてくる。

「ビリーとはトリニティ・カレッジで同級で、戦争中はともに従軍しました」ハーキンは胡散《うさん》くさそうにする将軍の、まるで戦闘中に面前で命令に従わない兵士を問い糺《ただ》すような口調に腹を立てていた。そこで答えに怒りをこめることにした。「父は事務弁護士でしてね。母は未亡人。兄は名誉の戦死」

将軍は目を瞠《みは》り、への字にした口を笑みくずした。

「きみか。モードの男は」将軍は耳ざわりな大声で、鼻眼鏡にボアの襟巻をした同じく長身の婦人に呼びかけた。「クレム? 彼はモードの彼氏だ。モードが振った相手だ。父親は弁護士だ」

唐突に会話がやみ、二十かそこらの目がハーキンに向いた。ハーキンは目の隅でビリーが話を打ち切るのを認めた。ビリーはハーキンのかたわらに来て肘を取った。

「将軍、ハーキン大尉《たいい》をお貸しいただけますか?」

「大尉なのか」将軍は満足そうに言った。「もちろん、もちろんだ」

将軍はこの最後の情報を伝えようと室内を歩いていった。

「すこし動揺したか」ビリーは穏やかな声でそう言ったが、額に浮かんだ汗が燭光《しょっこう》に光っている。

「うんざりしたってだけだ」ハーキンが着ている夜会服は防虫剤の臭いがして、部屋が暖まるにつれ、以前の持ち主の匂《にお》いも漂った。

「ヒューゴ・ヴェインに強い印象をあたえたな」

「おれが？」ハーキンの胃が引きつった。

「親父《おやじ》に向かっておまえのことを褒めそやしてる。そいつは人違いだって言っておいた」

「面白い男だ。まえにおれの話をしたことはあるか？　興味本位で」

「いや、まったく。なぜそんなことを訊《き》く？」

「特別な理由はない。ランゲマルクで、おれたちと並んで塹壕《ざんごう》にいたと言ったんだ。おまえが昔話でもしたんじゃないかと思ってね」

ハーキンはビリーの目に一瞬影が落ちるのを見た。そしてビリーはその質問ともども、パシャンデールの記憶を振り捨てようとするかのように首を振った。

「いいや。おれはあそこのことはしゃべるのはおろか、考えることもしたくない」

「モードにも？」

「モード？　モードは自分の問題を抱えてた。あいつに余計な重荷を背負わせる気はなかった」

ビリーの答えで、誰あるいはどこがヴェインの情報源かという疑問が生じた。ハーキンは口をつぐんで考えをまとめた。

「召使いたちはどこから来てる？」と彼は訊ね、老齢のマーフィーよりもずっとさりげなく、てきぱきと客人の間を動いていく使用人たちを顎《あご》で指した。ミセス・ドリスコルが階段の二段めに立って全体に用心深く目を配り、必要な指示を出している。

「ジョン叔父さ。ワインもだ。叔父はモードを盛大に送ってやりたいと言ってる。あしたになったら、空いてないボトルを一本残らず引き揚げるぞ」

室内には百本はあるかという蠟燭《ろうそく》が燃やされ、暖炉の薪《まき》の匂いと混ざった蜜蠟《みつろう》の香りでハーキンの鼻に残っていた、湿って朽ちた濡《ぬ》れ犬のような臭いをほぼ消し去っている。蠟燭の黄色の灯は、各寝室の扉があけ放たれた回廊までは届いていない。ハーキンはそこから下を見おろす顔を見つけ、メイドのブリジットだろうかと思ったが、むこうはハーキンに気づくと背をそらすようにして闇《やみ》にまぎれた。

客人たちは場にそぐわず上機嫌で、燭火のおかげで目こぼしされている。近づけば客の装《よそお》いは十年から二十年まえのものだとわかるのだ。擦り切れて補修が要ったりで、白の胴着はもはや元の無垢《むく》なものではない。客の年齢の高さも目についた。比較的若い女性がひと握りで、若い男はヴェイン、ビリー、そしてハーキンしかいない。モイラ・ウィルソンの言葉を思いだしたハーキンは、そのことをビリーに耳打ちした。

「おれたちの年ごろの男は、たいていほかへ行った。もうここにはなにもない、少なくともこの国には。それに安全でもない。モードの兄だってことで多少は身が護《まも》れたらいいが、それだって怪しいものさ。将軍はクリスマスの直前、義勇軍に銃を強奪された。みんな知ってる話だが、家を焼き払われた家族もいれば、死刑にすると脅されて国を出ろと言われたり、警察の内通者として殺されたりしたやつもいる。おれたちは運がよかったんだ」

ハーキンは朝に通り過ぎてきた燻《くす》ぶる小屋と、拷問《ごうもん》のすえに殺され、十字路に棄《す》てられた義勇軍兵士のことを思った。

「じきに終わるさ」と言いながらも、状況は元にはもどらないと悟っていた。

16

疲れのせいか、それともサー・ジョンが気前よくふるまったワインのせいなのか、客間を出ようとしたハーキンの頭は重かった。すでにホールは閑散として、蠟燭は消されている。自室までどう行こうか悩んでいると背後の扉が開いた。振り向けばキルコルガン卿が真鍮《しんちゅう》の燭台《しょくだい》を手にしていた。蠟燭の火がついている。

「これが要るだろう」

部屋を出るとき、テーブルには燭台が並んでいたが、ハーキンが住んでいる郊外の小宅には電気が通っていて、朦朧《もうろう》とした頭ではその理由に思いが至らなかった。

「来てくれてありがとう」キルコルガン卿の声はいつになく嗄《か》れていた。下からあたる蠟燭の灯が顔の陰翳《いんえい》を濃くしている。「モードも喜んでいるだろうな」

さらに言葉を継ぐのかと思っていると、キルコルガン卿は慌《あわ》てて燭台を突き出したそばから客間に引っこんでしまい、返事をする間もなかった。ハーキンは扉を見つめて部屋にもどろうか悩んだが、もう時間は遅い——それに何を話せばいいのかと思った。結局は自室の場所が見つかるように祈りながら、大理石の床を階段に向かった。周囲の騒ぎがやむと、自分の足音、衣擦《きぬず》れ、息遣いまでがはっきり目立つ。屋敷の厚い静寂がそれらをいっそう際立《きわだ》たせている気がする。市松模様の床に影が伸び、壁際の動物たちが目で追ってくるようだった。

夜の大半はあまたの固い絆《きずな》に締め出され、疎外《そがい》された気分を味わわされた。どうにか話ができたユースタス夫妻からも、カードの夕べのこと——あるいはモードのことで——未知の事実は聞き出せなかった。長い一日の終わりが来て疲れだけが残っていた。

昇りはじめた階段は一歩ごとに音程の異なる軋《きし》みをたて、過ぎる窓を通して風のざわめきが伝わってくる。それが警告のささやきに聞こえた。部厚い手すりにつかまると、死んだ男の服が重りのごとく肩に食いこんでくる。踊り場で足を止め、何気なく玄関のほうを振りかえった。すると煙突に吹きこんだ風にあおられ、遠い端にある暖炉で不意に琥珀色《こはくいろ》の炎が燃えあがった。そこから暖が放たれるにしても、ここまでは届かない。冷気が肌を刺した。

ようやく屋敷の裏手にある寝室までたどり着くと、ハーキンは閉じた扉にもたれて荒く息をついた。部屋は思いのほか狭く、壁が迫ってくるようで息が詰まりそうになる。そこはハーキンのような客を泊めるとき以外は、古い荷物を置く倉庫として使われていた。片側の壁に寄せて積まれたケースやトランクには、色褪せたホテルのラベルや軍用の目的地のシールが貼られていたり、ひび割れた革の表面にチョーク書きされていたりする。が、火床の薪はとりあえず燃えていて、蠟燭の炎は窓枠から忍びこんで悲しげな笛の音を奏《かな》でる風に揺れている。やがて息がおさまると、ハーキンは頭をはっきりさせようとした。恐れるものなどないのに、ドアの鍵《かぎ》を回して施錠《せじょう》した。とにかく疲れていた。回復するにはよく眠るほかない。

カーテンを引こうとして見つけた窓と窓枠の隙間《すきま》に、スーツケースから出した靴下を詰めた。部屋は、たまに下から笑い声が響いてくるほかは静かだった。外では木立が風に鳴り、遠く岸に寄せる波音がしている。

ハーキンは額をガラスにあてて目を閉じた。いつまでこの場所にとどまるのか見当もつかないが、どこかで床板が軋むのを耳にすると、自分が見知らぬ他人だらけの屋敷にいると意識せずにはいられなかった。カーテンを閉じ、一本きりのか細い燭火と燠火《おきび》の明かりのなかで服を脱ぎながら、ハーキンはいつだかモードにこの屋敷と歴史について聞かされたのを思いだしていた。それにモードの死の直前にビリーが幽霊を見たというドリスコルの話。思いはしだいに戦争まえの、最後にキルコルガンを訪ねたときのことへとさまよっていったが、いまはその訪問のことも、モードのことも考えられなかった。そこまで強くなれなかった。代わりにドリスコルに投函《とうかん》してもらうのをあてにして、ヴェインに関するダブリン宛《あて》の短信をしたためると、横になって蠟燭を吹き消し、毛布を顎まで引きあげた。

すぐには寝つけず、天井に向かっていく薪火の揺らめきを見つめていた。目は閉じなかった。まだ眠りに立ち向かう覚悟ができていなかった。

表に自動車が到着して、遅れてきた客たちが、義勇軍が葬儀を台無しにしようとしていると声高に不平を鳴らしていた。客の最後のひとりが二階の寝室へ行き、近くで笑い声が聞こえたのをしおに、あとは風の呻《うめ》きと、碇泊《ていはく》中の船のような家の鈍い軋みと、配管のどこかから響く低い金属音ばかりになった。

眠って戦争の夢をみるのが怖かった。だから狭いベッドに横たわったまま、天井に映る火明かりを睨《にら》んだ。けれども、そのうちに家鳴りと、窓を叩《たた》く海風がいっしょくたになった奇妙な音楽に包まれ、ハーキンは意識をなくしていた。

17

前方につづく夜間の道路は、絞首人《こうしゅにん》の縄のように長くうねっている。ハーキンは猛烈な速度で飛ばす車の助手席に座っていた。ヘッドライトが探照灯さながら、起伏ある低地帯をあちこち照らし、道路脇《どうろわき》の石壁を白く染める。車はスピードを出し過ぎているのにエンジン音はなく、カーブを切ったときのタイヤの擦れる音しかしない。この旅が死で終わるという予感を抱くハーキンは、革のシートに背中を押しつけ、知らず知らず両手で顔を覆《おお》っている。車内は寒く、冷気で血管が凍ってしまいそうだ。

低い霧から、裸の木が骨張った指のような枝を伸ばしている。その霧に突っ込んでも、車はスピードが落ちない。運転手はどこで曲がり、どこで減速するかを心得ているのだ。やがて石の門を抜け、並木道を進んでいく。葉がなく、細い枝ばかり。手を伸ばしてさわろうにも届かず、そのうち木々は過ぎ去って、暗い夜空を背にした黒い家が迫ってくる。

車が停まって運転手が降りると、窓に明かりが差す。蠟燭の灯かと思いきや窓は破裂して、ガラスが溶接の火花を思わせて地面に降り注ぎ、空に向けて炎の舌が伸びていく。火の唸《うな》りが聞こえる。建物を呑《の》みつくす。肉の灼《や》ける臭いがする。悲鳴があがる。

そこでやっと、どこの家か気づいた。

18

目を覚ますと、頬をのせていたコットンの枕《まくら》カバーが湿っていた。ハーキンは気力を振り絞った。

家とはむろんキルコルガンのことで、通ったのは町からの道のりだった。夢の場面を反復して、そのたびに車中での恐れの感情に圧倒された。パシャンデール以降、夢と現実とがないまぜになった過去のことは考えたくないと思っていたが、昼間に負傷した兵士を見て、夜には悪夢がくりかえされるというこの状態に馴染《なじ》みつつあるのは認めるしかない。思いはフランドルと泥のことに立ちかえる。つかの間の休息をとる男を、泥がいかにして呑みこんでしまうか。いまはそれを感じている——眠ると闇に呑まれ、二度と地上に顔を出せない。

ハーキンは燃えさしの蠟燭の脇に置いた真鍮のライターを手に取り、親指をフリントホイールに滑らせた。オイルの匂いとともにオレンジの炎が噴いた。炎は彼の手同様におぼつかなかったが、どうにか蠟燭を灯《とも》した。時計を確かめると——五時過ぎ。思いのほか眠れたらしい。カーテンをあけると空は黒く、見えるのはガラスにぼんやり映る自分の姿だけだった。外出禁止令で電気が止まっても、ダブリンにはつねに明かりがあった。ここにはまったくない。前後もなく無力感に打ちのめされ、周辺の空虚が宇宙にまで達する気がして、激しく息を吸った拍子にえずきそうになった。

この部屋を出なければ。己れの恐怖が鼻を突く。ハーキンは蠟燭とダブリンから持ってきた小説を手にそこを出て、朝までダイニングルームですごすことにした。じきにブリジットが起きてきて、ミセス・ドリスコルやマーフィーでなくてもお茶を出してくれるだろう。それに本があれば乱れた心も集中できる。急いで服を着ると寝室の扉をできるだけ静かに閉じ、音をさせないように忍び足で階段へ向かった。誰も起こしたくなかった。しばらくはただ座り、正気を取りもどしたかったのだ。目的の場所まで行くと、ゆうべ座った同じ椅子《いす》に腰かけ、蠟燭を目の前のテーブルに置いた。

印をつけていた本のページを開いた。記憶が正しければ、この主人公はドイツのスパイに追われてスコットランドじゅうを逃げまわりながら、ろくに知らない人物に都合よく助けられたりしている。じつにくだらない小説だが、それでも楽しめる。室内は蠟燭のまわりを除いて暗く、朝食用に並べられていた銀器や皿には火影《ほかげ》が映じていた。どこかで時計の動く音がする。太く唸るような音である。溜息《ためいき》をついたハーキンは何かに――おそらくはわずかな動きに――目を上げた。テーブルの遠端に男の輪郭があって、むこうもハーキンの様子をうかがっているようだったが、やがて顔をそむけた。

ハーキンの呼吸は浅くなったが、男は見るかぎり現実の存在だった。そこに音もなく座ったまま、部屋にはいってきてくつろごうとするハーキンの動きをずっと見ていたのだろう。おそらくは葬儀に訪れ、掘りかえされバリケードを築かれた道路のせいで昨夜遅くになって到着した客のひとりではないか。闇のなかで顔はしかとは見えないが、着ている軍服の袖《そで》にうっすら輝く三個の星が男は現役、もしくは退役した大尉であることを示している。

ハーキンは孤独を破ったことを詫《わ》びようとして、男の静かなたたずまいに奇異なものを感じて口をつぐんだ。たしかに、寝ている間に塹壕とその恐怖を追体験するのは自分だけではないだろう。そっとしておいたほうがいい。娘が灯をつけにきたら話しかけることにした。

ポケットに煙草《たばこ》のケースを手探りすると、一本を抜いて蠟燭で火をつけた。薄明かりを受けた煙がゆったりと渦を巻く。入隊するまえは喫煙しなかった。モードからシガレットケースをもらっても喫《す》わなかった。兄のマーティンに、フランスへ行ったらやるようになるぞと言われた。マーティンの言うことはいつも正しいわけではなかったが、そこに関しては当たっていた。ハーキンは紫煙の雲を吐いた。

本に引きこまれた。ハーキンの好みはひねりと展開がつづく——一筋縄ではいかない人物たちが登場する物語だった。ときどき不眠症の仲間に視線をやったが、あの最初の品定めのあと、男は関心を払ってこなかった。両手をテーブルの上で組んでじっと座る姿は神父のようでもある。どことなく見憶えのある顔立ちだが思いだせない。

夜明けが近づいて、空と室内を薄いグレイの光に染めた。夜明けは一日でもいちばん寒い時間で、頬と鼻に凍えそうな痛みを感じる。新たにページを繰ったときに、住人が起き出したような物音がした。廊下を歩く足音とトイレを流す音。お湯が配管を流れ、屋敷の奥でオーブンの扉を開閉する音。パンを焼く匂いに気づき、もう一本煙草をつけた。ついに厨房《ちゅうぼう》から階段を昇ってくる靴音が聞こえた。ハーキンは読んでいたページに指を置き、食堂にはいってきたブリジットに笑顔を向けた。

「ミスター・ハーキン、もうお目覚めですか?」とブリジットがさわやかに言った。

「おはようございます。何かお持ちしますか?」

「お茶がいいな」

「もちろんです。先に火をつけさせてください。それからポットをお持ちします」

早足で暖炉まで行ったブリジットは、膝《ひざ》をついて火格子《ひごうし》を掃除した。

なぜ将校に挨拶《あいさつ》しないのかと不思議に思って目をやると、男はもういなくなっていた。

あとになって寝室に上がろうとしたハーキンは、額に黒のリボンをあしらわれたアーサー・プレンドヴィルの肖像を横目で見て、彼が朝食の席にいたことに気がついた。

19

　午前中、ハーキンはダイニングルームでの出来事に胸騒ぎがおさまらず、葬儀まえの時間を利用して海岸沿いの道を歩くことにした。モードが埋葬されるプロテスタントの教会は、ミセス・ウィルソンの宿とキルコルガン邸の中間にあたるキルコルガン海岸を見おろす丘に建っている。小さな木立が大西洋のひどい嵐《あらし》から護ってくれるそのあたりは、散歩には恰好《かっこう》の場所に思えた。歩くことで頭が整理できればいい。道を行きながら内陸のほうを見ると雨が降っているらしく、丘の斜面の下側は煙っていて、上のほうは雲をかぶっている。風が骨身に沁《し》みたが、湿地と岩とハリエニシダが混在する田舎の風景がありのままに広がっており、それこそがいまの自分の心に必要なものだと、ハーキンは歩くリズムに没頭した。

「お困りのご様子で」

　あわてて振り向いたハーキンは、壁が小さな砦《とりで》のごとく道ぎりぎりまでせり出した、白漆喰《しろしっくい》の小屋の横手から現われたショーン・ドリスコルを見てほっと胸をなでおろした。ぬかるみのなかで注意深く歩を運んだドリスコルの靴はぴかぴかで、腕には黒い喪章を巻き、髪はこの日のためにわざわざ調髪したらしい。ゆっくり歩いていると、不自由な足の運びが多少目につく。

ハンサムな男だとハーキンは思った。女たちが放っておかないだろう。

「脅かしてしまってすみません」ドリスコルはハーキンと足並みを合わせると言った。

「神父と連絡は取れたか？」ハーキンはうろたえたまま訊ねた。自分の外見が気になっていた。

ドリスコルはわずかに顔をしかめた。

「話してくれそうにありません。この話には関わりたくないそうです。人殺しに結びつくようなことには立ち入らないって」

「ほかに情報源をつかむ方法は？」

「こっちには、神父が誰と話すのかを見張っている連中がいます。うまくいけば何かわかるかもしれない」

「期待しよう」

神父がドリスコルに話さないということは、情報源にたいしても同じ行動を取る可能性がある。より直截《ちょくせつ》に接触をはかるべきかもしれない。ヴィンセント・バークみたいな男が役に立つんじゃないかと思った。

「いまはどうお考えですか？」とドリスコル。

ハーキンは自信に満ちた笑顔を精一杯取りつくろった。

「やってみたいことがいくつかある。イーガンはどうした？」

「まだ返事がありません。でも、きょうの午後には門番のパトリック・ウォルシュのところにお連れできるでしょう」

ハーキンは感謝してうなずいた。

「もうひとつ」ハーキンはそれとなく疑問を口にした。「あの晩のことで、きみとビリーの説明にいくらか矛盾が出てきてね」

「どうぞ」ドリスコルは怪訝《けげん》な顔をした。

「たしかきみは、ビリーのすぐ後から屋敷にはいったという話だったが、ビリーはきみが一分か二分、遅れて来たと言ってる」

それこそ芝居がかって眉間《みけん》の皺《しわ》を深くしたドリスコルの目が、わざとらしく暗愚の表情を浮かべたように見えた。ただしハーキンは、ドリスコルが暗愚であるとは一瞬たりとも思わなかった。

「あんなことがあって、すこし混乱されていたんじゃないですか。私はすぐ後ろにいました。数ヤードぐらいです」

そうかもしれないとハーキンは思った。たとえドリスコルに機会があったとしても、彼にモードを殺す動機があるとは考えられない。その一方で、ドリスコルが真実を包み隠さず語っていないという気がしていた。

「ビリーがあの夜、何を見たかはともかく、あいつはそのまえにきみといっしょだったと話していたんだが」

視線を合わせてきたドリスコルには、またも何かを伏せているという感じが付きまとっていた。

「そう、あの人とは厩舎《きゅうしゃ》で会いました。動揺してたんです」ドリスコルは言葉を選ぶように訥々《とつとつ》と語った。「ときどき、神経が過敏になることがあった。珍しいことじゃなく。まえより良くはなっていますが」

「それはいつのことだ?」

「まえです」苛立《いらだ》ちが表に出ていた。「私が見たのは、あの人を屋敷に送り届けるまでで。八時ごろでした。普段ならご家族の夕食の時間です」

「モードはよく家に幽霊が出ると話していたな」ハーキンは攻め口を変えてみた。

「私の母なら賛成するでしょうね。馴れが必要だって話してます。でも、人があまりいない古い家ですからね。何かが闇にひそんでるって想像するのは簡単ですよ」

それこそダイニングルームのテーブルに座るアーサー・プレンドヴィルを見たように。

「こっちが気にしてるのは、きみが屋敷へ来るまえに車のほうへ行ったかどうかでね。べつに責めてるわけじゃないが、それで例の矛盾が解けるんじゃないかと思った」

ドリスコルは歩みを止め、地面に足を踏ん張った。

「ビリーやほかの皆さんと行くまで、私は襲撃の現場には近づいていません。母に訊《たず》ねてもらってもいい。そんな時間はなかった」

ハーキンは相手をなごませようと笑顔を浮かべた。

「お母さんとはけさ話そうと思ったんだが、慌ただしくてね」

「葬儀がすむまではそうでしょう」

「きみは手伝わないのか?」

「邪魔をしないのがいちばんですし、こういうことにはサー・ジョンの家の連中のほうが馴れてます」

「とにかく、こっちとしては時間の食い違いが出てきた理由を知りたいだけなんだが」

「あの」ドリスコルが唐突に切り出した。「そろそろもどらないと。役に立たないとはいえ、顔を見せないわけにもいかないので」

ハーキンはうなずきながら、いまの質問はドリスコルの耳にはいったのだろうかと訝《いぶか》った。

「町から何か新しい報《し》らせは？」

「ゆうべ、連中は乳製品の販売所と家数軒を燃やして、表で男たちを殺さない程度になぶったらしい。ティーヴァンの葬儀はあしただっていうのに」

「おれの助言を聞く気があるなら、きみも気をつけるんだぞ」ハーキンはややためったすえに言った。

ドリスコルの顔から不満の色が失《う》せ、代わってこのまえハーキンが気づいた油断のなさといったものが表れた。

「なぜそんなことを？」

疲れをおぼえはじめたハーキンだったが、ドリスコルにはヴェインとその危うさについて話しておかなくてはならないとも感じていた。

「ヴェイン少佐と会ったか？　プレンドヴィルの従兄弟《いとこ》にあたるらしいが」

ドリスコルは肩をすくめた。

「何度か家に泊まっておられます。軍馬を買いにきているという話でした」

「彼はきみのことを気にしていたか?」

ドリスコルは明らかに関心を寄せてきた。

「私には見向きもしない感じでした」

ハーキンは間を取って考えをまとめた。

「少佐とはきのうの晩話をしたんだが、あまり好きになれなかった」銃のことをドリスコルに伏せておくには、自分なりの懸念《けねん》をはっきり伝えるわけにはいかない。「用心すべき人物だ」

「なぜです?」

「自称しているような人間ではないかもしれない。われわれは少佐が別名を使っていることを知ってる。十一月からこっち、彼らは警戒を強めている。だが、おそらく少佐の正体を突きとめることはできる。総司令部とはどうやって連絡を取ってる?」

ふと困惑した顔を見せたドリスコルだが、やがて町の方角に顎をしゃくった。

「ダブリン行きの列車に乗りこむ警備のひとりがメッセンジャーを務めてます」

「その彼はきょうも勤務か?」

「はい。荷物を受け取りにくることになってます」

「よかった。これもくわえてもらいたい」

ハーキンはゆうべ書いた手紙をドリスコルに渡した。

「たぶんヴェインは本名だ――ブレンドヴィルの縁者なら偽名は使えまい。ダブリンで誰を名乗るかは別問題だろう。こっちの人間がいまもダブリン城にいるから、正体を特定できるはずだ」

「少佐はゆうべ、あなたに何を話されたんです?」ドリスコルは頭を働かせているらしい。

「おれが義勇兵だと知っているとは思わないが、彼は答えにくい質問をしてきた」選んだ言葉は間違っていないと思いながらも、ハーキンは不安を拭《ぬぐ》い去れずにいた。ゆっくり息を吐いた。「もしケリー巡査部長がきみの関与を知っているなら、きみのことは警察に知られていると思っていいだろう。だとしたら、彼は部隊を狙《ねら》う可能性がある。だから、彼から目を離さないようにするんだ。もし疑われてると思ったら、すぐに行動しろ。味方を失うぐらいなら彼を殺すほうがましだ」

うなずくドリスコルを見たハーキンは、自分はドリスコルの内なる決意を声に出しただけなのだと感じた。ふたりは無言で立ちつくした。

「彼はモードと親しかったと思うか?」とハーキンは訊いた。

「ヴェインですか?」

「そうだ」

「いいえ、私の知るかぎりは」とドリスコルは答えたが、そこにはためらう気味があった。「私の知るかぎり、あの人は誰とも付きあってなかった」

ハーキンはうなずいたが、ドリスコルの答えに得心はしていなかった。

20

葬儀は、モードが一九一六年に果たした役割と彼女の地元との関わりからするとつつましいものだった。その死がＩＲＡの襲撃ではなく別のところに原因があったなら、多くの人々が集まり、義勇軍の儀仗兵《ぎじょうへい》が参列して弔砲が鳴らされていたはずだ。いわゆる頌徳《しょうとく》の演説では〝イースター蜂起《ほうき》〟への言及は避けられ、モードという人間を示すシンボルや旗などが飾られることは一切なかった。むしろ彼女の死は、ティーヴァン殺害にたいする復讐《ふくしゅう》として、補助隊《オクシーズ》および王立警察《ＲＩＣ》が焼き打ちした町の目抜き通りの半ばから上る黒煙によって印象づけられていた。

ハーキンは集まった親類や名士たち、そして商人たちを眺めまわした――黒い服をまとって沈鬱《ちんうつ》を装う面々には、権力にあぐらをかいてきた者たちが〝生け垣戦争〟で敗者の側に立たされ、驚いているような表情がうかがえた。そうしてみると、案外悪い集まりではないのかもしれない。町が燃え、補助隊が銃を乱射し、ＩＲＡが間違いなく同様の報復を計画するなかで、この場に参列を迷う者がいないというのは感動的ですらある。近ごろは悲嘆でさえ政治的な表明なのだ。

教会から柩《ひつぎ》が出てくるのを、つぎは自分の番かもしれないと思って静かに待つ会衆に同情をおぼえながらも、ハーキンは、これは土地をめぐる戦争なのだとの思いを強くした。キルコルガンのような大邸宅は、どこも百軒におよぶ小宅が奪われて建てられた。そんな邸宅を擁する土地はしばしば、本来の所有者であった人たちに貸し出されている。モードのような立場の人間は、入植者の祖先の重荷をいつまでも背負っていくことになる。数百年が経《た》ったいまも、自身の育った国で外国人とみなされ、過去に囚《とら》われたまま暗澹《あんたん》たる未来と向きあっている。思えば、彼らにたいする同情はそこにも向けられているのかもしれない。ハーキンもまた過去の縁に立ち、恐ろしいとはいわないまでも不確実な未来を覗《のぞ》きこんでいる。

ハーキンは生唾《なまつば》を呑みこんだ。明らかに具合が悪かった。汗でシャツが濡れ、にもかかわらず寒さにふるえが出る。気になったのは身体《からだ》の不調だけではない。意識下に溟《くら》い潮流が渦巻き、望んでいない暗所にいまにも引きずりこまれそうな恐怖があった。ハーキンは唇の端を咬《か》み、その痛みを歓迎した。痛みの助けで水面に顔を出しつづけることができた。

「また会ったな」穏やかな声が耳もとに、ほとんどささやきのように届いた。

その声の主に気づいたハーキンは、脚が萎《な》えるのを感じながら正気を保とうとした。どうにか力をこめてヒューゴ・ヴェインを振りかえると、少佐の憔悴《しょうすい》した顔に驚いた。何かを想像していたわけではないが、そんな悲しみを目《ま》の当たりにするとは思いもしなかった。

少佐に眺めまわされ、ハーキンは意外な感情が顔を覗かせるのを感じた。懸念である。

「大丈夫か?」とヴェインが訊いた。

「ましになりました」ハーキンは認めた。否定する意味はないと思った。親切の不意打ちに、感謝の念が込みあげてきたことにもびっくりした。ここは気を確かに保たなければならない。

「あなたがモードと親しかったとは知らなかった」とハーキンは言った。どうにも非難するような口調になったが、とにかく声は出た。少佐の笑みが苦みを帯びた。

「私は容疑者か?」

ハーキンは息を呑み、首を振ろうとした。

「捜査についてはRICの管轄《かんかつ》になるでしょう」

「ああ、そうだ。RICだな」少佐は燻ぶる町から何本も立ち昇っている煙を見渡した。「あの捜査はもう終わったのかと思っていたが、ちがうのか？　こんな状況だから、モードの死に関する質問には喜んで答えよう。訊くのが誰だろうと」

ハーキンはうまく話す自信がなかった。地面がせり上がってくる気がして、立っているのがやっとだった。

「モードが当初の襲撃を生き延びていたというなら」とヴェインは言った。「どうもそのようだが、そうなると彼女の命を奪いたい理由を持つ人間がいたということになる」

「ええ」ハーキンはそれだけ口にした。

「理由として私がひとつ思いつくのは」と少佐はつづけた。「きみが働いている保険会社の名前は何だったかな？」

「オール・アイルランド保険会社」言葉が舌に絡《から》みついた。

口を開くまえから、少佐の目には納得の色が見えた。少佐はあえて無関心な口調で切り出した。

「そう、そうだった。名前に聞き憶《おぼ》えがある。私はサー・ジョンひとりが保険金の受取人になっているのが不思議だった。しかし、いまにして思うと動機としては弱いか」

ハーキンが無言でいると、少佐は独り合点してうなずいた。

「ほかに殺す理由があるとすれば、彼女が相手にとって不都合な情報をつかんでいたか」

返事は求められていない気がして、ハーキンは黙っていた。

「もちろん、まだほかにも可能性はある」ヴェインはつづけた。「つまりIRAは、車に乗っていた彼女を裏切り者とみなした。それもよくあることだろう」

ハーキンは少佐のその意見に不意を打たれ、ようやく抜け出しつつあった混沌《こんとん》の感覚に沈みかけていた。そこに大歓迎とまでいかなくとも、都合よく近づいてきたのがタモシャンター帽に深緑の制服という補助隊の警官である。銃を前後逆さに挿した太腿《ふともも》のホルスターの革が黒光りしていた。

「ヴェイン」警官は少佐に向かってうなずくと、紹介を受けるのを期待するようにハーキンを見た。小柄で細身の筋肉質、規律にやかましそうに顎を突き出している。鷲《わし》鼻《ばな》の下に短く刈りこんだ口ひげ。灰色の目には挑むような含みがある。

「ミスター・ハーキン、こちらはアバクロンビー少佐だ。町の補助隊を率いている。その評判は耳に届いていると思うが？」

ヴェインの紹介に、アバクロンビーはどことなく愉《たの》しげな面持ちで応《こた》えた。

「ミスター・ハーキンのことなら知ってる」アバクロンビーは〝ミスター〟の部分を強調して言った。「警察の任務を妨害する気だと聞いた。そんなつもりなら大変不幸なことだ」

冷水を浴びせるかのようなアバクロンビーの物言いにいくぶん元気を取りもどしたハーキンは、自分のことをアバクロンビーに告げたのは誰なのかと不審に思いながらも、その疑問は後に回すことにした。

「私が勤める保険会社は、ミス・プレンドヴィルが亡《な》くなったことに関して責務を負っています」ハーキンは自身の声が低く、曲がりなりにも抑えられていることに満足していた。「こういった場合、亡くなった際の状況を調べるのが通例です」

会葬者たちの目がこちらを向いている——モイラ・ウィルソンが心配そうな白い顔で、年老いた男の肘《ひじ》につかまっているのが見えた。男は父親だろうか。葬儀の席で怒鳴りあうのだけは避けたかった。許される行為でないことははっきりしている。

「私が勤める保険会社ね」アバクロンビーが太い声で言い放った。「おまえがどこに勤めていようが、こっちには関係ない。この事件の捜査はもっぱら王立アイルランド警察によって、すなわち私と私の部下によっておこなわれる。いいな?」

「私が勤める社の法に従った業務のことで、あなたが口を出す権限などないでしょう」

アバクロンビーは前に出ると、歯をむきだして睨みつけてきた。さらに多くの注目が集まったが、それに気づいていたにしても、アバクロンビーはどこ吹く風だった。

「ダブリンに帰れ、ミスター・ハーキン。アイルランドのこの地域には戒厳令が敷かれてる。妙な真似《まね》をするとこっちの法的権限を行使して、おまえを法的保護の限界まで追いつめてやる」

自国での葬儀の場で叱責《しっせき》を浴びせてくる男の態度がハーキンを反抗に駆り立てた。彼は燃える町を顎で指すと静かに、それでいて憤《いきどお》りのこもった言葉を並べていった。

「この地域では、殺人の捜査を他人にやらせたくない特別な理由があるのか、アバクロンビー少佐?」

耳の奥に血が脈打つのを感じながら、ハーキンは補助隊と真っ向から対立する自分が周囲にどう映っているかを意識していた。言葉を挟んできたヴェインの声が遠くから聞こえてくる気がした。穏やかながら毅然《きぜん》とした口調だった。

「アバクロンビー、ここは従姉妹《いとこ》の葬儀の席だ。この議論をつづけたいなら別の機会にしてもらおう。これは命令だ。いいか?」

ぐずついた間が過ぎ、アバクロンビーの目から激しさが失せていったが、まだそこには怒りが残っていた。

「誰の葬式かはわかってるさ、ヴェイン。反乱分子の葬式だ。忠実なる公僕が参加するものじゃない」

アバクロンビーは踵《きびす》をめぐらし、ぎくしゃくとした動きに憤怒《ふんぬ》を発しながら歩いていった。教会の構内を出ると、外の道に駐《と》めていた二台のクロスリー・テンダーの一台に乗りこんで走り去った。後部に乗っていた補助隊員たちはライフルを構えていた。

「ずいぶん短気な男らしい」とハーキンは言った。

「私から助言するのもなんだが、ハーキン――」

「一番早いダブリン行きの汽車に乗れと？」怒りがおさまると、ハーキンは疲れ切っていた。「おっしゃるとおりかもしれない」

「ひとつ訊《き》いてもいいか？」とヴェインに言われ、ハーキンは溜息を洩《も》らした。体裁をつくろうことに倦《う》んでいた。

「それがあなたのような方がやることですか？　その職業柄？」

ヴェインは肩をすぼめた。

「たまにはな」

ハーキンの疑念は確固たるものになった。ヴェインが英国の情報将校でなければ、アバクロンビーにあれこれ命令できるわけがない。

「私の質問とは、IRAがモードを殺していないと信じるに足る理由があるのかということだ。例の五分遅れで聞こえた一発。そこに命を懸けるだけのものがあると、きみは考えているのか？」

「ええ、そうです」

「なるほど」

ヴェインはハーキンの答えの意味を測ろうとするかのように、しばし地面に目を落としていた。やがて上げた顔に決意が覗いた。彼はぞんざいにうなずいた。

「アバクロンビーと話してみよう。それにしても、きみにはできるだけ彼を避けることを勧める」

ハーキンは口を開きかけたが、ヴェインは教会の扉のほうに気を取られていた。プレンドヴィル家の人々の手で運び出された柩が構内を、散在する墓石を縫うようにゆっくり進んでいき、喪服の会葬者の列がそれにつづいた。ヴェインとハーキンも後を追ったが、ハーキンは夢うつつの気分に襲われていた。

開いた墓のまわりに集ったところで、ゆるがせにできない記憶がよみがえってきた。

人骨が散らばる黒い土を見て、遠くに銃声が聞こえてくるほど強烈に塹壕《ざんごう》のことを思いだしていた。雷鳴であってほしいと念じながら顔を上げると、すでに夜で、会葬者は大隊の兵士たちに取って代わられていた。兵士たちの灰色の顔が、近くの砲門から断続的に放たれる閃光《せんこう》のオレンジ色と、信号弾の薄い赤に照らされる。負傷しているにもかかわらず、ハーキンには各人の顔がわかった。全員が死んでいることもわかっていた。空《うつ》ろな表情で見つめてくる彼らの顔は、写真のように固まって動かない。付近の建物が燃えており、ハーキンはそれが教会だと目星をつけた。梁《はり》が弾《はじ》ける音がして、内部には死体の焼ける臭《にお》いが蔓延《まんえん》している。昨夜みた夢が呼び起こされて、ハーキンはふたたびひどい寒けをおぼえた。死んだ戦友たちの望みは何なのだと思いながら墓を覗きこむと、身体が厚い布に覆われた死体の顔は自分自身のものだった。

この葬儀に、この土地に来るべきではなかった。ボスに何を言われようとダブリンに残るべきだった。

そんなことを考えるうちに脚から最後の力が抜け、膝がくずれていくのを感じた。するとモイラと、モイラが腕を組んでいた老人がかたわらにいることに気づいた。身体を支えようとつかんでくる手の感触があった。

それも間に合わなかった。

21

真空にまで落ちたわけではなかった。気がつくと、あるときは心配そうな顔に囲まれていて、その上に見える灰色の空から落ちてきた雨粒が顔に当たった。またあるときは自動車の後部座席にいて、頭を誰かの膝の上に載せていた。もしかしてモイラ・ウィルソンの膝じゃないかとも思ったが、頭痛がしてひどい吐き気に悩まされていた。その後に意識がもどると、広い階段を運びあげられているところで、見おろしてくるビリーの顔が担《かつ》ぎ手が歩を運ぶたび左右に揺れていた。ハーキンはキルコルガンの長い中央ホールの凝った天井いっぱいに設けられた窓を見あげて、濡れ染《じ》みのせいでケルビムの笑顔がゆがんでいるのに気づいた。身顫《みぶる》いが出て、具合の悪さは意識していた。そうして横たえられたのはとても柔らかい、しかし冷たいベッドだった。

それを自分の熱で温めた。

目が覚めると夜だった。カーテンは開いたままで、大きな上げ下げ窓から銀色の星空が見える。そこはスーツケースとトランクが置かれた小部屋ではなかった。寝かされていたのは四隅に彫刻が施され、太い柱が立つ広いベッドである。右手の壁際《かべぎわ》に整理簞笥《だんす》が置かれ、その横に肘掛け椅子があった。着せられていたパジャマは厚手の柔らかなコットン製で、自前のよりも上等だった。おそらくビリーのものだろう。喉《のど》が渇いて、枕もとのキャビネットに見えたグラスに手を伸ばそうとした。ハーキンの動きに、ベッド脇に座っていた女性が身じろぎした。蠟燭《ろうそく》が灯されて、女性がミセス・ドリスコルであることがわかった。黒の装《よそお》いに白い髪をひっつめに結いあげている。

「お目覚めで？」

「そうらしい」その声はひどくしゃがれている。

「お水を召しあがりますか？」

ハーキンがうなずくと、ミセス・ドリスコルは小さな水差しからグラスに水を注いだ。グラスを受け取ったハーキンの手はふるえていて、飲むときにこぼれた水が頰を伝った。夫人は小さく舌打ちするとリネンのナプキンでハーキンの顔を拭《ふ》き、グラスを取りあげた。

「何時だろう」とハーキンは訊いた。

「すこしまえに、時計が三つ鳴ったのが聞こえましたよ」

眠れたはずなのに疲れていた。グラスを取ってもどすだけで相当の力を費やしたのでしばらく休むと、どうにか半身を起こした。記憶の断片を継ぎあわせ、自分の置かれた状況を把握しようとした。

「ぼくは気を失った？」

「ええ。ミス・プレンドヴィルの葬儀の場で」

夫人の声にふくまれた敵意に驚きはなかった。ヴェインとアバクロンビーに会ったところまではははっきりしているが、その後はあやふやで、ただ墓地のあたりで死んだ兵士たちに見つめられたこと、彼らの落ちくぼんだ双眸《そうぼう》にはなんの感情も興味すらも見えなかったことは憶えている。やがて、モードがまさに葬《ほうむ》られようとしていた墓所のかたわらで意識を失ったのを思いだし、胃の腑《ふ》が縮む気がした。

どうしてあんなことに……？　ハーキンは言葉を探したが、思いを的確に言い表すことができなかった。〝ばつが悪い〟ではすまされない。ふたりの間に沈黙が流れた。

「あなたと話をしたかったんだ」ハーキンはようやく言った。

「なぜです？」

「モードが殺された夜のことを訊きたかった。そこに至る日々のこと。彼女の精神状態のことを」

「ミス・プレンドヴィルのことをあなたにお話しする理由はあるのかしら？」

ハーキンはふっと息を洩らした。

「そうしてくれたら、ぼくはもっと早くここから出ていける」

ミセス・ドリスコルは考えこんだ。

「質問をどうぞ」

「あなたは銃声を聞いたのか？」

「聞かないわけがありません」

「それで、あなたはどうした？」

「ベッドから出て服を着て、屋敷まで走りました」

「ショーンは？」

躊躇《ちゅうちょ》は瞬《また》く間で、ハーキンにもはっきりはしなかった。

「あの子も同じようにしました」

「彼はどこへ行った？」

ミセス・ドリスコルは質問されることに腹を立てていた。

「言ったでしょう？　わたしと同じようにって。まっすぐ屋敷へ行きました」

「危険じゃないかと思って引き留めなかった?」

ハーキンを見据えるミセス・ドリスコルの目は、蠟燭の火のなかで黒々としていた。

「あの子の立場はブレンドヴィル家があってこそ。わたしと同じで」

「先に屋敷に着いたのは?」

「あの子は若者ですよ。どちらが先に着くと思います?」

それは答えになっていない。ハーキンは眠りに誘われそうになった。

「モードのことだが、彼女を殺す動機を持つ者はいただろうか?」

勝手に閉じようとする目をかっと見開くと、ミセス・ドリスコルの目が濡れていた。

「もうお休みください」彼女はそう言って立ちあがった。「あなたのくだらない質問はもうたくさん」

ハーキンは燭台を手にドアへ向かうミセス・ドリスコルを見送った。彼女が出ていくと、本当に部屋にいたかどうかもわからなくなっていた。

その後――それがいつかは判然としない――不穏な眠りから脱したハーキンは、手を握られていることに気づいた。思わずその手に指を巻きつけていた。目をあけると、そこにモイラがいた。燭光《しょっこう》に照らされた瞳《ひとみ》に黒い環《わ》が見える。声を出そうと開いた唇に、モイラが指を押し当ててきた。

「しゃべらないで。必要ならわたしがしゃべるから。目をつぶって、そしたらひとりの男性に片想《かたおも》いした女性の話をしてあげる」

ハーキンは目を閉じ、モイラの語る話に耳をかたむけた。登場人物には馴染みがあったが、初めて聞く物語だった。

22

三度めに目を覚ましたとき、空がすこし明るくなった気がした。横になったまま窓の外を眺め、ベッドの温《ぬく》もりとコットンの枕《まくら》カバーのさっぱりした感触を味わった。耳をすましても音は聞こえない。屋敷に人の気配がなかった。葬儀がすんで、客たちは帰っていったのだ。自分が失態を演じたあと、彼らはどう振る舞ったのだろうか。ハーキンは身を起こし、毛布から脚を振り出した。立とうとすると屋敷が宙に浮かぶかのように、足もとの絨毯《じゅうたん》が動く感じがした。とりあえずベッドに座りなおし、両脚を踏ん張って慎重に立ちあがった。身体を支える用心に、片手をベッドのほうに突っ張った。銀をちりばめた闇《やみ》のなか、杖《つえ》に手を伸ばす老人さながら腰を曲げる姿はどんなふうに見えるのか。そう考えると可笑《おか》しくなり、気分もましになった。

ハーキンは目をくばった。箪笥の脇《わき》にどこかへ通じる扉がある。小さなサイドテーブルの上に蠟燭とマッチ箱が置かれていたが、灯はつけなくていいと思った。暗い室内でも、かすかな明かりで物を見分けることができる。壁から見おろしてくる絵画の題材も、風景、馬、船、家と区別がつく。暗がりに浮かぶ白い顔を見ると——これもプレンドヴィル家の面々だろうか——彼らの冷たい目にさらされ、役立たずの烙印《らくいん》を押されたような気になる。屋敷の奇妙な静けさをいまさらながらに感じた。ベッドの足もとにある柱に手をやり、部屋全体をゆっくり眺めていった。

近くの窓辺に化粧台があり、ベッドの脚のあたりに箪笥がある。そして遠い窓のほうに肘掛け椅子がもう一脚置かれ、そこに何者かが座っていた。星明かりに輝きを放つような女性は遠くの海を見つめていたが、ハーキンの立つ位置から表情はうかがい知れない。

最初はミセス・ドリスコルかブリジットだと思ったが、女性はミセス・ドリスコルより若かったし、夫人やブリジットが着そうにないロングドレス姿だった。薄明かりで銀色に光る黒髪は太く編まれ、左肩から胸もとまで落ちている。女性はその髪を右手で棍棒《こんぼう》をつかむようにしていた。まっすぐな鼻とふくよかな唇に、一瞬チャーリーかと思ったがちがった。チャーリーは、いまハーキンの鼻腔《びこう》を充《み》たしている香水をつけてはいない。あれを振っていたのはモードと……ダブリンの霧中で、橋を渡らせてくれた女性だけだ。

足もとの絨毯が滑った気がしたものの、ハーキンは倒れなかった。両手で柱につかまってベッドに腰をおろした。肘掛け椅子の人影からは目を離さなかった。彼女が実在するはずはなく、あくまで想像の産物か、自分が把握する現実の外側にいる何かだとわかっていた。はっきりとは見えないその彼女と面と向きあいたかった。柱をエスコートするかのように肘を引っ掛けると、身体のふるえがはじまった。女性は動かず、呼吸すらしていない。ハーキンは勇を鼓してなんとか近づき、彼女を見据えるうち、ふるえが抑えられなくなっていった。ハーキンは勇を鼓してなんとか近づき、彼女にふれて本物でないことを確かめようと思った。が、もしも手でふれたものが肉体であったら？

振り向いた彼女にたいして、ハーキンがおぼえたのはさいわい同情というか——憐《あわ》れみですらあったかもしれない。こちらの視線を受けとめるまなざしに我を失いかけた。記憶が、過去への後悔とともにどっと押し寄せてくる。そのうち彼女が視線をそらしても、目を離して彼女が興味を惹《ひ》かれた先を見定めることもできない。ふたたび視線をもどしてきた彼女の顔に、物問いたげな表情が見えた。なぜかハーキンはもう恐れを感じなくなっていた。どことなく、おたがいの思いが一致したような感覚があった。

ハーキンは座ったまま、まだ何かを期待して見つめていたが、まじろぐことのない彼女の目に疲れを感じはじめた。結局は身を横たえ、寝具にもぐって暖を取ることにした。

しばらくは彼女のことを見ていたが、やがて目を閉じた。

23

つぎに眠りから覚めたのは、新しい一日の光が射《さ》していたせいだった。目をあけなかったのは見えるものが怖かったからではなく——それはもう克服したはずで——いますこし世の中から遠ざかりたいと思ったからだ。屋敷はもう目覚めていた。活動がはじまり、人の動きまわる音がする。きのうのことを考えると罪悪感がよみがえってきた。じきにブレンドヴィル家の人々と顔を合わせるにせよ、とりあえずは明るい窓を背にして部屋の暗い隅に顔を向けた。毛布を引きあげると、肘掛け椅子《いす》に座っていたモードのことを思いかえした。モードは美しかった。その不思議な体験が、長く閉じこめられていたモードとの記憶を呼び覚ました。路面電車に乗ろうと息を切らして走り、笑いあったこと。ダブリンの邸宅で踊ったときの、ふれあった頰の温かさ。トリニティの部屋のシングルベッドにふたりでもぐりこみ、声を聞かれないようにささやきを交わした朝。ハーキンは過去の幸福にひたった。

あとから目を覚ますと部屋に誰かがいた。ゆっくり落ち着いた息遣いが聞こえる。そこに鼻づまりを思わせるかすかな異音が混じっている。おたがいの距離は近く、ハーキンは手を取られ、脈を探られた。目を開くと、がっしりした体躯《たいく》のひげ面《づら》の男が身を乗り出していた。男は片手でハーキンの腕を握り、反対の手に持った銀の懐中時計をじっと睨《にら》んだ。

「無事生きているな」男は時計から目をそらさず言った。

「そのようです」

「もうひとつの結末よりいいに決まってる。気分はどうだね？」

身体は半ば死体という気分だったが、頭のほうは気分転換ができたようだ。

「悪くはありません」

「よくは眠れてないんだからな。水を飲むなら手を貸そうか？」

「自分でできるでしょう」

ハーキンは片肘をついて身を起こし、ゆうべのグラスを取った。

「どうだね？」男は空のグラスをもどしたハーキンに言った。

「ええ、ありがとう」ハーキンは男を見据えた。その声は昨日のうっすらとした記憶に残っていた。「あなたはドクター・ヘガティ？　ちがうようなら、私の手を元どおりに下ろしてくれませんか?」

男は笑顔を浮かべた。ひげの間から歯が覗く。

「きみに会えて光栄だ」

「何時ですか?」とハーキンは訊いた。

ヘガティはハーキンの手を下ろすと、膝《ひざ》の上に開いた帳面に何かを書きつけた。

「十一時過ぎだ。私から質問をさせてもらっていいだろうか?」

ハーキンの沈黙を、ヘガティは同意と受け取った。

「こんな経験はまえにもしているかね?」

「どんな経験ですか?」

「長期にわたる失神状態だ。アルコール絡《がら》みの症状はべつにして」

「戦争中に」ハーキンは重い口を開いた。

「脳震盪《のうしんとう》?」

「前線では、誰もが一度や二度は脳震盪を経験してますよ」

それは事実だった。高性能榴弾《りゅうだん》は兵士の頭蓋《ずがい》内の脳に激しい衝撃をあたえ、ときには目立った外傷もなく死に至らしめることがある。

「ビリーからきみの病歴を聞かされて、ダブリンのきみの主治医にも問い合わせてみた」

ハーキンが案じたのは母親のことが大きかった。彼はつねづね主治医にたいしては、言葉を選んで病状を伝えてきた。医師が母に話すのではないかと不安だったのである。ヘガティはどうやって医師の所在をつかんだのか。母を介してとなると、母には余計な心配をさせることになる。

「このことを母は知ってますか？」

「いや。主治医のことはきみの雇い主から聞いた」

「よかった。母にはいまだに心配をかけているので」とハーキンは言いながら、ヘガティは直接ボスと話したのか、それとも保険の担当者とやりとりしたのかと考えた。どっちでも大差はない。

「それはなぜだね？　お母さんがきみのことを心配しているというのは？」

ヘガティはスコットランドの医師たちを思わせた。ひたすら質問を投げつけてくる。

「戦争中、そちらはどこで医師をされていたんですか？」

ヘガティは患者の洞察力に舌を巻いたように笑った。

「最初は前線で、前方の包帯所にいたが、正直、私は年を取りすぎていてね。戦争が進むにつれ後方の病院に移り、われわれが呼ぶところの神経症を専門に治療した。いわゆる砲弾ショックだ」

「そして復員され、いまはアイルランドの田舎で開業医をされていると？」

「まあ、元からそうなんだ。戦争で中断したというだけで」ヘガティはハーキンのことを見つめた。「気になるかね？　戦争中に私が何を専門にしていたか？」

ハーキンは思い悩んだすえ、嘘《うそ》をつくことにして首を振った。本当は気になっていた。それはわけても、この男の娘がモイラ・ウィルソンであることを思いだしたからだ。

「いいえ」

「よろしい。この問題について、私の経験が役立つのであればさいわいだ。もしよければ、ここに至った経緯について話してもらえないか。喜んで聞こう。それで力になれることがあるかもしれない」

ハーキンは返答に窮した。

「あなたのおっしゃる問題というのは？」

「つまり、こういった症状というのは、ある時期に連続して現われてくるものらしい。ここでのきみは静かに眠れずにいた。ガリポリ、ソンム、パシャンデール、そのほかにも転戦したきみがパシャンデールでひどい脳震盪に襲われたことは知っているが、それ以前にも、似たような脳震盪をかなりの回数起こしているものと思われる。これだけの脳震盪をくりかえすと肉体的なダメージが長くつづく。そればかりか、戦争での体験は感情にも影響をあたえる。きみの症状はおそらくそのふたつが合併したものだろう」

ハーキンはベッドのなかで身じろぎした。

「もちろん秘密は厳守する」ヘガティはつづけた。「この手のことを話題にするのが難しいのは承知しているが、これは経験上、私のような立場の人間に話すことが手助けになる場合もよくあるんだ。きみにもわかってもらえると思う」

ビリーがエディンバラでの話をしたにちがいない。だからと腹は立てられない。もしビリーが墓地で気を失っていたら、自分も同じことをしていた。頭に思い浮かべたのはダブリンの霧のなかでの出会い、汽車に乗っていた毒ガスでやられた兵士たち、ダイニングテーブルに着いていたアーサー・プレンドヴィル、さらに見えるはずのないもの——リフィー川に浮かぶ死体、グラフトン・ストリートに点々とする戦傷兵、肘掛け椅子に座るモード。いま目の前に見ているヘガティでさえ、現実なのか自信がない。

ハーキンは深く息をついて肩をすくめ、ヘガティの視線を受けとめると閉口したような表情を見せた。

「そんなのじゃありません。よく眠れないって、ただそれだけです」

ふたたび笑顔になったヘガティは、満足げに吐息を洩らした。

「大変よろしい。じつはビリーからすこし、きみたちふたりが入院した病院の話を聞いてね。エディンバラの近くの」

やはり疑念は的中していた。

「だからこそ、たんなる不眠症だってわかる」

ヘガティの左の眉《まゆ》が上がった。

「私も不眠症の要素があることに疑いは持っていない。その一方で、一部の症状がぶり返すというのはストレスのせいであることが多い。きみはどうやって生計を立てているんだ、ミスター・ハーキン？」

ハーキンは警戒心を呼び覚ました。

「保険会社で働いてます」

「きみの状態が悪化するのを見て、仕事で強いストレスを抱えているんじゃないかと思ってね。ほかにも何か、日常で不安をおぼえることがあるんじゃないか？」

ハーキンは答えなかった。目下かかわっている秘密の戦争のことを思った――この一年半にやってきたこと、目にしてきたことを。ヘガティはというと、ハーキンの様子をじっと観察していた。医師の考えていることは読唇術師《とくしんじゅつし》でなくてもわかる。

「私の娘が、きみはモード・プレンドヴィルの死に関して調べていると話していた」ヘガティは間を置いた。「勤めている保険会社のために」

その言葉にはまぎれもなく含みがあった。この医師にかかっては、ここでアイルランドの三色旗をまとって、〈兵士の歌〉をうたうほうがましという気もした。

「そのとおりです」ハーキンは自らの声に不安を聞き取った。ヘガティの眉間《みけん》の皺《しわ》が深くなった。

「医者としては、この仕事を手放すことを助言する。ダブリンにもどるか、それより外国で休日をすごしたほうがいい。この〝内乱〟の渦中《かちゅう》から遠く離れたどこかで」

「その助言を聞かないとしたら？」

「まあ、少なくとも気持ちを昂《たかぶ》らせるような行動は避けたまえ。あとは定期的な運動をお勧めする――最低でも一日に二回。それと、この屋敷からは離れたほうがいいだろう。プレンドヴィルの人間はこの場所に馴《な》れているし、この場所も彼らには馴れている。われわれ外の者は気をつけなくてはならない。私はここにすすんで泊まろうとは思わないな。百ポンド積まれようとも」

「私もあまり長い滞在にならないように願ってます」

「あくまで捜査をつづけるつもりかね?」長い間を空けると、ヘガティはつづけた。

「そのつもりです」

ヘガティは氷の張った湖に飛び込もうとでもいうように、大きく息を吸った。

「きみは、ミス・プレンドヴィルは反乱勢力に殺されたんじゃないと考えているんだね? 犯人はほかにいるかもしれないと?」

「その可能性はあります」やはり自分の立場をはっきりさせることはばかられた。

「どのような結果になろうとも、こちらが納得するにはまだいくつか疑問を解決しないと」

「おそらくきみも、このような状況で死亡事件が起きた場合、地元当局が検視を求めることはご存じだろう。警察は正規の手続きを踏むのを渋ったが、とにかく検視はおこなった。私の手でね。ただしプレンドヴィル家への配慮もあって、本来あるような生検はやらなかった。死因は明白だったから。一発の銃弾が左眼のすぐ上の頭蓋からはいり、貫通はしなかった。至近から発射されたもので――射入創の周囲に火薬痕《かやくこん》があったから、距離は二フィート以内だろう。言い換えると、襲撃の最中に車に向けて発砲された傷ではない。また額の離れた場所にあった打撲痕は銃弾のせいじゃなく、彼女が死の直前にぶつけて出来たものらしい」

ハーキンはこの情報を頭に入れた。部隊の説明と一致する。

「ひとつ、きみがとくに興味を持ちそうな証拠がある」

ヘガティは上着のポケットから、週給を受け取るときのような茶封筒を出した。それを手にしたハーキンは封を開いた。衝撃で歪《ゆが》んだ真鍮《しんちゅう》の銃弾である。手のひらに乗せると小さく、重さはほとんど感じない。

胃がねじれた。

「これはモード・プレンドヴィルの首から取ったものだ。皮膚に貼《は》りついていた。銃弾が頭蓋内を跳ねて体内を走り、首まで来るというのは珍しいことじゃない。簡単な切開で剔出《てきしゅつ》できた。見てのとおり、かなり小ぶりの――たぶん二五口径だな。有効射程がこの部屋程度の小型拳銃《けんじゅう》のものだろう。このサイズの弾にそう多くはお目にかからないが、以前にも生きてる人間、死んだ人間から少なからず取り出したことがある」

「これをアバクロンビーに見せたんですか?」

「報告書は送ったよ。おそらくアバクロンビー少佐は焚《た》き付けに使ったんじゃないだろうか。彼が自分にそぐわない意見を重視するとは思えない。ティーヴァンが率いていたころは、こっちの王党派《ロイヤリスト》の言い分にも多少なりと説得力があったが。いまやまるっきりだ」

ハーキンは銃弾を封筒にもどし、医師に返した。

「ありがとうございます」

「どういたしまして。あともうひとつ。きみは動機につながりそうな情報に興味がありそうだ」

「それはそのとおりです」

「じつは報告書に書かなかったことがある」

医師がふたたび見せた逡巡《しゅんじゅん》に、気が変わったのだろうかとハーキンは訝った。だがへガティは顔に手をやり、祈るように目を閉じた。その口から洩れてきたのは物静かな声だった。

「このことを話すにあたって、きみには思慮分別をわきまえてもらわねばならない」

「できるかぎり慎重に扱います」

医師はうなずいた。

「この状況では、そうお願いするほかなさそうだ」

へガティはまたも唇を結び、目を閉じた。そして開いた目には決然とした意思がうかがえた。

「モード・プレンドヴィルは妊娠していた。三カ月だ」

24

医師が去ると、ハーキンはベッドを出てモードの肘掛け椅子のかたわらに立った。暗く煙るような灰色の空を望むと、屋敷に向かって雲が切れ目なく流れてくる。その下で、雨上がりの草深い庭に霜が降りていた。自身の体調はというと若干弱り気味だが、長く寝込んでいたからそれも当然だろう。だが頭は冴《さ》えている気がする。医師からモードについての情報を知らされて覚悟が決まった。これでこの数日間――いや、この数週間、目が覚めているあいだじゅう苦しめられてきた非現実感と恐怖とを、少なくとも当面は覆《おお》い隠しておける。

モードはこういうことに淑女ぶったりはしなかった――なにしろ戦争まえは、ハーキンと恋人どうしだった――が、モードはいつでも慎重に行動した。もしも妊娠が公けになっていたら、モードの評判には傷がついていただろう――また恋人の評判にも？　しかし、たとえ妊娠が殺害の動機にあったとしても、モードが車に乗ることになった経緯を犯人が知った理由は謎《なぞ》のままだ。

屋敷の正面をやってくるビリーの姿が目にはいった。襟を立てたツイードのジャケットのボタンを胸もとまできっちり留め、フラットキャップを目深《まぶか》に引きおろしていた。歩きながらリンボクの杖を振りたくって、草と水しぶきを跳ねあげている。この距離からでも、ビリーの不安そうな顔が見て取れる。ビリーはおれのことを気にかけているのかもしれないと思った。

ハーキンは部屋に向きなおった。整理簞笥の上に並ぶ額入り写真に気を惹かれ、しばらく見入った。すぐに自分とモードの写真が目に留まった。ふたりは公園の木々や茂みをへだてる、高い黒い手すりの前に立っている。たぶんスティーヴンズ・グリーン公園だが自信はない。若かったし、モードはもっと若く見える。一九一二年の午後――大学を出たてのころ。

ふたりがいっしょにいることに、いまさらながらに驚く。貴族の令嬢オナラブル・モード・プレンドヴィルが、事務弁護士の息子でローマカトリックであるトム・ハーキンのごとき輩《やから》と付きあうとは。キルコルガン卿《きょう》の不興を買うのも無理はない。ハーキンは写真に手を伸ばし、若かりし自分に指先をふれた。あのころにもどりたい――あれから起きた出来事すべてを、起きるか起きないかも定かでない未来のものにしてしまいたい。写真にうつるモードを見れば、彼女を愛した理由は苦もなく思いだせる——でも、なぜモードに愛されたのかはよくわからない。スーツにネクタイという恰《かっ》好《こう》のハーキンが青二才然として居心地悪そうにしているのにたいし、モードのほうは愉《たの》しげで、あるいはハーキンのことを面白がっているのか、目に悪戯《いたずら》っぽい光をたたえている。ふたりが愛情をこめてカメラを見つめているのは、写真を撮影したのがビリーだったからだ。ハーキンは戦争まえのビリーの姿を思い浮かべた。

その横にもう一枚、モードの写真があった。こちらのモードは年を取り、ずいぶん変わっていた。IRAを支援する女性の補助組織〈クマン・ナ・マン〉の黒っぽい制服を着ていた。一九一六年の〝蜂起《ほうき》〟以降に撮られたものだろう。憂《うれ》いを帯びた瞳はハーキンが塹壕でよく目にしたもので、口もとのゆがみは刻んだ経験をしのばせ、喜びはまったく見えない。そこに昔と変わらない知性はあっても、茶目っ気といったものは消え失《う》せていた。

ほかにも男女の写真があり、その多くはハーキンの見知った顔だった。革命の旗を掲げた彼らのなかには、死んだ者もいれば存命の者もいる。やがて、ここはモードの寝室にちがいないと気づいた。こんな写真を飾っておける部屋はここしかない。

ハーキンは例の肘掛け椅子を見た。そこから夜を眺めていた人影を思い起こしてまた身顫いした。ブレンドヴィル家はなぜおれをこの部屋に連れてきたのか。

ベッドまでのろのろと足を運ぶと腰をおろし、この先の行動について思いをめぐらした。いまの体調を考えれば医師の助言を聞き入れ、このままダブリンへ帰るのが賢明かもしれない。ヘガティから得た情報があれば、ボスとサー・ジョンにも部隊の言い分を信用してもらえるだろう。世間からは罪を糾弾されようと、部隊はびくともしない。彼らにしても、近ごろは聖人君子というわけじゃない。汚い戦争で英国と戦うには、ハーキンをふくめて全員が泥にまみれなくてはならないのだ。もしサー・ジョンの銃のことがなかったら、モードが中央郵便局の焼き打ちを生き延びていなかったら、ボスをはじめ下の者まで誰ひとり、この件に関心を寄せることはなかった。

ハーキンは簞笥からふたりが写った写真を取りあげ、もう一度眺めた。この数年は自分たちではどうにもできないことばかりだったが、モードの死は、この手で片をつけられそうな、少なくとも何かしらの正義を見出《みいだ》すことができそうな気がした。肘掛《ひじか》け椅子に座ってこちらを見つめていたゆうべのモードの姿を頭に描き、あれは想像にすぎないのではないかと考えた。あるいは、そうは思いたくないが、幽霊が現われたということなのかもしれない。その正体はともかくも、ハーキンはふたりの間に通じあうものが確かにあったと感じた。むろんモードが死んだことはわかっている——ほんの数分まえには、彼女を殺した銃弾をこの手に握った——不可思議な話ではあるけれども、ふたりの間にやりとりがあったと思えてならなかった。

左側の窓際に小さなダベンポートデスクがあった。引出しが四段、傾斜した天板には緑の革が張られている。モードはそこで手紙を書いていたはずだ。ハーキンは肘掛け椅子を顧みると、最初に振り向いたときのモードの目の動きを思いだし、うなじに汗が噴き出すのを感じた。もう一度ダベンポートを見た。考えてみれば、たとえばモードが手紙を、もしかして恋人からの手紙を受け取ったとしたら、四つの引出しのいずれかにしまっておくことは充分にあるだろう。モードの視線はデスクに向いたのか。モードは何らかのメッセージを伝えてきたのか。警察はこの部屋を捜索していないが、誰かがはいってこないかぎり、ハーキンに同じことができない理由はなかった。そこに後ろめたさはあまり感じなかった。このところ、ハーキンの仕事といえば他人の秘密をほじくることで、今回の場合はモードが死んでいるし、恩恵は明らかにあると思われる。

かといって、見とがめられてもいけない。ハーキンはダベンポートの前に置かれた椅子をドアまで運び、把手《とって》の下に咬《か》ませた。近くに人の気配はなかったが、もし部屋を訪ねてくる者がいても、椅子が一秒、二秒の猶予《ゆうよ》をあたえてくれるはずだ。

デスクにもどり、いちばん上の引出しをあけようとした。引出しはいずれも鍵《かぎ》がかかっていた。目を凝らすと、どの引出しにも円い小さな鍵穴があり、一個の鍵で全部が開錠できそうな比較的単純な構造に見える。以前、保険会社のオフィスで数日間、暇を持て余した午後にヴィンセント・バークから錠のあけ方を教わったことがある。ヘアピンかそれに似たものがあれば開錠できるかもしれない。耳をすますと階下で何か物音がしているが、二階は変わらずひっそりしている。

化粧台が目についた。ハーキンはすばやく移動してヘアピンを探しはじめた。化粧台の引出しはよく整頓《せいとん》され、一段めに化粧品、二段めにはハンカチーフなどがしまわれていた。白粉《おしろい》とパチョリ油の匂《にお》いに、モードがつけていたコロンの記憶がいきなりよみがえった。四段めの引出しをあけると期待したとおり、ヘアブラシとガラスの小瓶にはいったヘアピンが見つかった。が、ハーキンを喜ばせたのはヘアピンの存在というより、ゴールドの細いチェーンに付けられた真鍮の鍵のほうだった。まさしくモードのような若い女性が首に巻くチェーンの先に、ダベンポートの錠のサイズとほぼ合致しそうな鍵がある。さっそく上の引出しで試してみた。わずかに引っかかりながら鍵は回り、引出しが開いた。

また耳をすました。階下の長いホールに敷かれた大理石の床を歩く靴音が屋敷内に響いている。ハーキンはひとつ深呼吸をすると引出しを手前に引いた。あったのはペンと鉛筆、インク壺《つぼ》が二個、そして吸い取り紙の束。それらをすべて慎重に取り出して調べ、元どおりにしてそっと引出しをしめた。聞き耳を立てた。今度は自分の浅い息遣いしか聞こえない。神経質になっている自分がうとましかった。この場を見つかるのはきまりが悪いが、すでに葬儀の場で失態をさらしている。いまさら大した違いはない。

ハーキンはつぎの引出しを開いた。そこには文書類がまとめられていたが、大半は商用のもので、ダブリンのドレスメーカーから新着の案内とあつらえた服の出来上がりを知らせる通知や、ボンド・ストリートの帽子店からの未払いの請求があった。またモードが少額の相続人とされている遺言に関する法的な書面とか、町の獣医が売りたがっている馬の特徴を記した手紙もあった。ハーキンは、階段や踊り場に突然の訪《おとな》いを告げる足音はしないかと絶えず気を配りながら、それらにくまなく目を通していった。そして重要なものはないと確認して元のままにもどした。モードのほかに引出しを覗《のぞ》いた者はいそうになく、モードも特段気を遣っていたふうではなかったが、見た内容は記憶にとどめて、いじらずにおいたほうがいいと思った。

三段めは期待がもてそうだった。何年かまえにさかのぼる友人や親類からの手紙がいっぱいに詰まっている。ダンスや狩猟クラブ主催の舞踏会《ハントボール》への招待状に、イングランドの代母《ゴッドマザー》やインドの従姉妹《いとこ》から届いた話題が満載の近況報告。一九一六年以降はその数も極端に減っている。〝イースター蜂起〟に参加してからのモードは、パーティやアフタヌーンティーに招《よ》ばれなくなったのだろうか。どうもそうらしい。いちばん下の引出しには深緑のリボンで結ばれた書簡の薄い束があって、それがハーキン自筆の手紙だった。ハーキンは便箋《びんせん》をめくりながら、頭のなかに、ほとんど記憶にない事柄を語る自身の声を聞いていた。そのすべてが偽らざる事実でないことはわかった。故国にいる人間に、塹壕内の真実を伝える者などいない。だが文面を追ううちに戦争の臭《にお》いと感触が立ちもどってきた。ある一通にはところどころ茶色の染《し》みが残り、それはおそらく泥か血の痕《あと》だろう。別の一通はある箇所が濡《ぬ》らされたようで、褪《あ》せたインクの文字がにじんでしまっている。日付を見ると——一九一五、一九一六年。〝蜂起〟の後に書かれた手紙も何通かあり、ハーキンはとくに念入りに目を通した。将校の手紙というのは、他の階級の兵士ほどは検閲を受けないのだが、言葉を選んで綴《つづ》られている。すでに知られていた〝蜂起〟について、前線、それもアイルランドの連隊から書き送ろうとする者たちを、憲兵ないし情報将校が把握しようとしていたことを当時の自分は知っていたのだろうか。行間からは〝蜂起〟には反対しないどころか、賛成の立場であることがはっきり伝わってくるが、それでも悪手だと思っていた。意見はあのころから変わっていない。しかし、世界一の軍事大国と直接対峙《たいじ》する無益さを知る教訓として、あれは必要なステップだったのだ。

最後の手紙は、婚約破棄を告げてきたモードへの返信だった。きつい言葉はなく――戦争が終わって状況が変わったら、ふたりが分かちあってきたと信じる愛をもう一度育《はぐく》めるんじゃないかという希望だけが書いてある。思わぬ涙が鼻筋を伝い、自署のすぐ横に落ちた。

読み終わった手紙を元のように結び、見つけた場所にもどそうとして、ふとそのまま持っていようかとも思った。モードにはもう必要ないし、ほかの誰かの興味を惹くものでもない。このままポケットにしまっても気づかれないだろう。しかし、持っていてどうする？　たまに読みかえして、あらぬ現実に思いを馳《は》せるのか。迷ったすえ、元どおりにしまった。過去にひたるのはもうたくさんだ。これからは未来に目を向ける。

四段めは期待がはずれた。モードの学校時代の日記がまとまっていた。念のために確かめたが、最近の記述はなかった。と、そこに階段を上がってくる靴音と床を引っ掻《か》く犬の足音が聞こえてきた。ハーキンは引出しを閉じて鍵を掛け、急いで扉まで行くと、把手の下からはずした椅子を前の位置に置きなおした。回廊を近づいてくる足音に、ふと思いついて鍵を枕の下に隠した。足音が扉の外で止まった。

一瞬間が空いてから、静かなノックがあった。

「どうぞ」と答えたハーキンの声は低くかすれていた。空のグラスを手に取って水を注いだ。

チャーリー・ブレンドヴィルが部屋にはいってきた。彼女が連れてきた猟犬は、さっそく四隅を探索すると扉のあたりにもどり、飼い主の命令に従っておとなしく丸くなった。チャーリーがモードに似ていることに、ハーキンはあらためて驚いた。

「起きてらしたのね、ミスター・ハーキン。目覚めたんじゃないかってドクター・ヘガティは言っていたけど、わたしたちもあなたが休んでることに馴れてしまって。具合は良くなって?」

チャーリーの笑顔は本物で、この状況ではありがたく感じる。

「ずいぶん良くなった。でも、こちらとしては謝るほかない。まさかこんなことになるとは――お姉さんの葬儀で気を失うなんて」

チャーリーの笑みは消えなかった。それどころか、ハーキンの言葉を楽しんでいるようだった。

「謝ることなんてないわ。あなたが脳震盪の後遺症を抱えてることは、ドクター・ヘガティから聞いてます。あなたは大英帝国に尽くしたせいで気を失うようになったんだから、父とは結果的に和解できた気がするの。モードはたぶん、昔の恋人が自分の葬儀で気絶しようと気にしないと思う。かえって喜んでいるかもしれない」

ハーキンは微笑しながら、別の男のことを思った。モードが宿した子どもの父親も墓地にいたのか。モードが土に埋められるときにはどんな思いだったのか。

「やはりお言葉に甘えて長居をしすぎたようだ。そろそろ発《た》つ仕度をしないと」

「それは無理よ。ドクター・ヘガティの話だと、あなたにはまだ旅をする体力がないって。彼はあなたをお嬢さんの宿泊施設に移したがっていたけど、環境が良くない気がしたものだから。外に出られるようになるまでいればいいわ」

ハーキンはダベンポートに目をやらずにはいられなかった。

「あと一日、二日は残るかもしれない」と答えたものの、不調を隠しおおせることはできなかった。「話を聞きたい人間がまだ何人かいるんだ」

チャーリーはじっと考えていた。

「わたしもそのひとり?」彼女は決意を固めたように顎《あご》を突き出した。「それで気を悪くするようなことはないから」

考えをまとめるのが難しいという気がしてきた。モードの恋人のことを訊《たず》ねたかったのだが、どう切り出していいのかわからない。

「よかったら」ハーキンは気後れを感じながら言った。「あの晩について憶《おぼ》えていることを話してくれたら助かる。あの一連の出来事を」

チャーリーは整理箪笥《だんす》のほうへゆっくり足を運び、義勇軍の制服を着たモードの写真を取りあげた。

「銃声を聞いたとき、わたしは寝室にいた。まだ服は着換えていなかったわ。読書をしていたの。それで夜更《よふ》かしすることもよくあるし。いちばん静かな時間だから。十二時二分まえだった。ベッドサイドに置いた時計は駅の時計ぐらい精確よ。銃撃は十秒ほどつづいて、門番小屋の方角だってわかった。あの晩、ハリーが家まで送ってもらいたがっていて、夜分のあの時刻に行き交う車もないのは知ってるから、彼に最悪のことが起きたんじゃないかと思って怖かった」

「モードがいっしょだったとは思わなかった？　ティーヴァンが運転しているとか」

また写真に目を落としたチャーリーの目が潤《うる》んでいた。

「いいえ。思いもしなかった。ジョン叔父さまのところに泊まる予定だったし。ハリーは翌朝出発するからって、こっちにもどりたがっていたわ。ハリーはアバクロンビーが来るのを知ってたかもしれないけれど、モードは知らなかったはずよ。知っていたら行かなかったと思うの」

「で、そのあとは？」

「部屋を出ると、踊り場にドレッシングガウン姿の父がいて、階下のホールでマーフィーとブリジットと顔を合わせたわ。ブリジットはハリーの帰りを待っていた」

「ビリーは？」

チャーリーはビリーがはいってくるのを案ずるかのように、寝室の扉に目をやった。

「ビリーは外に出ていた。夜、散歩に出るのが好きなの。フランスから帰ってからはそんなふうだった。彼が現われたのは銃撃がはじまって数分が経《た》ってから。たぶん五分ぐらい」

チャーリーは何かを隠している――ハーキンは確信していた。口を開くまえに答えを吟味するような、いささかのためらいがあった。

「ビリーは毎晩外に出ていた？」

チャーリーはより自信を深めてうなずいた。

「どんな天気でも。庭の草むらを歩いているのを見かけたりするし、たまに厩舎《きゅうしゃ》のほうに行くのも知っているわ。戦争に行ってからのビリーは変わったの。還《かえ》ってきた人はみんなそうだけど」

向けられてきた温和なまなざしを見れば、ハーキンも変わったとチャーリーが思っているのは明らかだった。そこはハーキンも認めざるを得ない。自分にも、ダブリンの市街をほっつき歩いた夜が少なからずある。眠れないベッドで横になるより、外出禁止令を押して表に出るほうがましだった。彼は目下の問題にもどった。

「で、ショーン・ドリスコルが顔を見せたのは？」

「そのすこしあとよ」

ハーキンはその時間差について思いをめぐらした。ビリーは最後の銃声が聞こえたとき、屋敷に向かって歩いていたと言った。そこを追及しなくてはならない。

「ふたりはいっしょだったんだろうか？」

チャーリーは問いかけるような視線を向けてきたが、答えを口にする声には抑揚がなかった。

「いいえ。ショーンが現われたのはビリーのすこしあと」

ハーキンは伸びたひげをさすった。「ビリーのどれくらいあとだった？」

「二分ほどかしら」

新たな矛盾だった。しかしそんな状況下で時間の経過を追うのは難しい。一時間が数分に思えることもあれば、待機するほんの刹那《せつな》が永遠に感じられることもある。

「大きな襲撃があってしばらくしてから、単発の銃声がした。それは聞こえたかい？」

チャーリーは記憶をたぐろうとする人間らしい表情を浮かべていたが、ハーキンにはどことなく、あの夜の出来事を何度も思いかえして食傷しているといった気味合いが伝わってきた。

「ええ」

「それはショーンとビリーが合流してから、いつごろのことだった？」

またしても躊躇《ちゅうちょ》があった。

「銃声がしたときは、ショーンもビリーもいなかったわ。父が心配していたの――ビリーが銃撃に巻きこまれたんじゃないかって。もし浜辺のあたりにいたりしたら、義勇軍に捕まっていたかもしれない。モードの兄だろうとビリーは元英国軍兵士だし、あの襲撃のなかに足を踏み入れでもしたら、間違いなく捕虜にされる――門番のパトリック・ウォルシュと同じか――もっとひどい目に遭っていたかも……」そこで言葉を切ったチャーリーの顔は、湧きあがってくる感情に引き緊《し》まった。「あの銃声を聞いて、わたしたちはビリーが撃たれたんじゃないかと思ったの。彼らはさして理由もなく他人を撃つから」

プレンドヴィル家の人々が心配するのも当然だった。義勇軍の家族に向けられる英国側の残虐《ざんぎゃく》な報復を思えば、その場で正体が知れたビリーは十中八、九死んでいる。

「それできみたちはどうした？」

「わたしたちに何ができるというの？　父が町の警察署に襲撃のことを通報したら、部隊を派遣するということだったけど、来るまで時間がかかるのはわかっていたわ。犯人たちは警察が来る道をわかっているから、襲われないように慎重に行動するでしょう。結局、一時間かかって、それでもましなほうだと思った」

上流の若い女性がゲリラ戦術に通暁《つうぎょう》しているというのは、この国のいまを物語っているとハーキンは思った。

「でもビリーは無事だった」と言いながら、ハーキンは安堵《あんど》をおぼえていた。そうやって言葉にするまで、友の安否を知らなかったような気分だった。「最後の一発のあと、ビリーが現われるまでどれくらい時間があったと思う？」

チャーリーはそんな時間の差など大したことではないとばかりに肩をすくめてみせたが、ハーキンは信じなかった。握りしめた手の甲が白くなっていた。見るからに緊張したそぶりに、ハーキンはそもそもなぜチャーリーは話をしにきたのかと訝《いぶか》った。

「二分か三分だと思うけれど、はっきりとは言えないわ。姿を見せたビリーは顔が真っ青で別人みたいだった。コートを着て、ブーツを濡らして、ちゃんと身体《からだ》があるから幽霊じゃないって気づいたぐらい。そうしたら、ビリーが見たって話をしたの」

「〝白衣のレディ〟を？」ハーキンはそう言って笑い飛ばそうとした。その試みは上滑りして、きまりの悪さに頬が熱くなるのを感じた。鋭く見かえしてきたチャーリーだが、やがて顔を和らげた。

「茶化す気じゃないってことはわかるけど。あなたはいい人だから。でも、わたしたち家族はもうずっとここに暮らしてきて、寿命を全うした人間ばかりじゃない。〝白衣のレディ〟もきっとそのひとりね。プレンドヴィルの人間が死ぬまえに、彼女はいつも現われる。あの晩早くに、ビリーは彼女を見たのよ」

チャーリーは何がしかの反応を期待するようにハーキンを見つめたが、ハーキンは必死でそれを出すまいとした。チャーリーは肩をすくめた。

「信じてもらえるとは思っていないから」

チャーリーは冗談を言ったのではない――むしろ逆だった。疑問を挟もうにも、ハーキンには言葉が見つからなかった。

だいたいゆうべ、窓際《まどぎわ》の肘掛け椅子に腰かけるモード・プレンドヴィルを見た自分に、疑うことなどできるものか。

ハーキンの表情に気が晴れるところでもあったのか、チャーリーは頰笑んだ。

「あなたも馴れてね」

「きみにも見えるのか？」

「最近はそうでもないけど、若いころには見たわ。ときどき寝室にはいってくるの。目を覚ますと、年輩の女性がわたしを見おろしてる。怖いというより——励ましてくれる感じかしら。ビリーはよく、それはコレラで亡《な》くした子どもを探すわたしたちの曾祖母《そうそぼ》だって話していたけれど、そう言ってからかっていただけ。厨房《ちゅうぼう》にもひとりいて、料理人だと思うのだけど、物を動かしたりしてミセス・ドリスコルを困らせていたわ。でもミセス・ドリスコルがその古い料理人の好きにさせたら、それからずいぶんおとなしくなったって」

ハーキンは、何か答えてくれるんじゃないかと期待の目で見つめてくるチャーリーに気づいた。彼は口を開いていた。

「ゆうべ、モードを見た気がするんだ」といきなり言った。「窓際に座ってた」

チャーリーは窓辺に歩き、椅子の背に手を置いた。驚いた様子はなかった。

「あの人、ここに座るのが好きだった」そう言うと、姉が存在した証《あか》しを探すかのように身を乗り出した。「姉は何かを求めていたと思う？」

「ぼくに？」

「だって、あなたに会いにきたんだもの」

ハーキンの思いはヘイペニー橋のことに飛んだ。あれは零時を告げるクライスト・チャーチ大聖堂の鐘が鳴って数分後だった。チャーリーの言うとおり、襲撃が十二時二分まえに起きたのだとしたら、ハーキンが何かに導かれて橋を渡ったのはまさにモードが死んだ時刻にあたる。自分が助けられたのは故《ゆえ》あってのことだろうか。そんな思いを一笑に付すこともできず、ハーキンは否定するように首を振った。

「そうは思わない」彼はつかの間、沈黙を置いた。「彼女には恋人がいただろうか？恋人になりたがっていた男は？」

チャーリーの肩がこわばった。

「なぜそんなことを訊《き》くの？」

「ぼくは何者かが彼女を殺そうとした理由を探ってる」

チャーリーはわずかにうつむいた。泣いているのだろうか、とハーキンは思った。

「最近の姉はまえとちがってた。元気を取りもどしかけていたの。ちょっとした旅行にも出かけていたし。学校時代の友人とパリへ行って、帰ってきてから、わたしたちふたりでむこうに引っ越そうっていう話もしたわ。わたしたちに恋するフランスの男たちは大勢いるだろうって。お金もいくらか手にはいったからと言って——額は聞いていないけど……」チャーリーは嗚咽《おえつ》を洩《も》らして口をつぐんだ。

ハーキンは金のことを思った。弁護士の手紙にあった遺贈額は、たかだか数百ポンドである。それより気になったのは家を離れるというモードの計画だった。これが恋人を絶望の淵《ふち》に追いやった可能性はあるだろうか。

「いま、ここに残るのはビリーとわたしだけ。わたしたち、家と同じでゆっくり朽ち果てて、年老いてぼろぼろになっていくのよ。フランス人の求婚者なんていない、いるのは管財人と厨房のネズミだけで、崩れかけの壁を維持するのにジョン叔父さまに無心するばかり。そしてこのあたりの人たちには、思いだしたくない過去を象徴するわたしたちは憎まれる。そればかりか、憐《あわ》れみをかけられると思うの」

無意識のうちに歩み寄ったハーキンは、チャーリーの肩に手を置いた。その手に手を重ねたチャーリーは、やがて無言のまま立ちあがり、足早に部屋を出ていった。

ハーキンは海と湾内の荒涼とした岩浜を眺めた。凛《りん》とした美しさがある。何かを探し求めて放浪したあげく行き場をなくした者がたどり着くような、そんな場所なのだ。プレンドヴィルの祖先も、そうやってここを見つけたのかもしれない。

いままで気づかなかったのだが、一枚の窓ガラスの隅に誰かが――たぶんモードだろう――イニシャルと日付を彫りこんでいた。〈M・J・A・P　4/2　1911〉。ハーキンはガラスを窓枠に固定している、上塗りされて欠けたパテをなぞった。指の下でそれが動くのを感じた。今度強風が吹けば、モードの痕跡《こんせき》は消えてなくなるだろう。

一歩後ろにさがってみると、窓枠の下の壁紙は剝《は》がれ、天井には雨漏りの跡が何カ所もある。変わらず座り心地がよさそうに思えたモードの椅子ですら、座面がたわんでいた。そうした瑕《きず》や老朽化の問題があっても、この屋敷はプレンドヴィル家の者にとって快適でありつづけているのだ。そうでなければ、チャーリー・プレンドヴィルのような利発な人間が――さらにいえばビリーが――この場所に縛りつけられている理由はとうてい理解できない。彼らはこの地でいまだに名声を保っている。その色褪せたパレードのなかには有力な知人や家族がいて、地位もある。あるいは他に行くところがない、少なくとも自分たちが甘んじて受け入れられる土地がないと思っているのかもしれない。かてくわえて、プレンドヴィル家には先人たちがいて、屋敷に棲《す》みついている……末裔《まつえい》たちが離れてしまったら、その存在はどうなってしまうのか。

ハーキンはぐずぐず着換えをしながら、ダベンポートデスクを観察した。基部が高く、普通にある車輪付きのものより安定している。仮に基部に空洞の部分があるとしたら、中身の詰まった木材が使われているわけではないので、内側に空間が出来ているかもしれない。ハーキンは枕《まくら》の下にやった鍵を取るといちばん下の引出しを開錠し、今度は完全に引き出して脇《わき》に置いた。空間があることを期待してなかを覗いたが、実際あるにしても、引出しが載る場所が三枚の板でふさがれていた。

引出しをもどそうとして、中央の板とほかの二枚との間に小さな隙間《すきま》があることに気がついた。薄い板は爪《つめ》を引っ掛けると持ちあがり、その下に空間が現われた。ハーキンはゆっくり息を吐くとそこに手を差し入れた。

最初につかんだのはリボンで結わえた手紙の束、つぎは手のひらにおさまるほど小型の黒いオートマティック。ポケットピストルだった。医師が指摘した、モードを殺した銃と似たようなものか。

禍々《まがまが》しい小ぶりの武器はフランス製で、銃身に製造年が――1920――と刻まれていることから新品らしかった。ハーキンは手のなかでその重さを測ると弾倉を抜いた。光沢を放つ二五口径の弾丸四発は、ヘガティに見せられたものと一致する。これがモードを殺した実物の凶器であるはずはないが、いくつか興味深い疑問が湧《わ》いた。とくに、モードがそれを護身用に必要と考えていたのかという点だ。

ハーキンは銃を隙間にもどすか悩んだが、そこで小さな書き物机のほうを見つめていたモードのしぐさを思いだした。これは贈り物のたぐいと考えればいいと心に決め、ポケットにしっかりおさめた。
手紙のほうに注意を向けると、すぐに親密な間柄のやりとりであることがわかった。日付はなく、消印や切手もない。一通めに目を通した。

愛するモード

ありふれた愛情の表現を気恥ずかしく思いながら読み飛ばし、最後の段落に差しかかった。

私たちの間に立つ障壁は、きみの心にのみ存在する。私を信頼してくれるならば、私たちは勇気を手にし、ふたりして裁かれることのない、あるいはなに気兼ねない地で永遠にすごせる。

愛をこめて
シヨーン

ハーキンは急ぎ足で階下の大理石の床を踏み、階段を昇りだしたチャーリーの足音を聞きつけたが、その場を動こうとしなかった。チャーリーが踊り場まで来てようやく、読んだばかりの一通を手もとに残し、残る手紙の束と引出しを急いで元にもどした。さっと立ちあがると眩暈《めまい》がして、つかの間視界がぼやけたが、窓辺に寄って窓枠にもたれた。扉がノックされた。

「服は着て、トム？」

「そうだな」扉の開く音が聞こえた。

「さっきはごめんなさい」チャーリーは堅苦しい笑みを浮かべて言った。

「ぜんぜん。きみのお姉さんなんだ。悲しんで当然だ。ぼくらはみんな彼女の死を悼《いた》んでる」

「大丈夫なの？　真っ青な顔をしてるけど」

「そうかな？　すまない」

チャーリーの笑顔には当惑の跡が見えた。

「そっとしておいてあげればよかった。でもショーン・ドリスコルがね、あなたが目を覚ましたって聞いて、ドクター・ヘガティがおっしゃったみたいにすこし運動をしたらいいんじゃないか、海沿いに足を延ばしてみたらどうかと言っているの。あなたの同僚の方がモイラ・ウィルソンのところにいて、あなたに会いたがっているって」

ハーキンは考えにふけった――なんとも予想外の展開だった。

「で、それはいつのことなんだい？　足を延ばすというのは」同僚とは誰かを気にしながら、ハーキンは言った。

「こうしてるあいだに、ショーンが馬車に馬をつないでいるわ」

「だったらこのまま下に降りよう」

25

出かけるにあたって、チャーリーは厚手の旅行用毛布を持っていけと譲らなかった。ハーキンはそのおせっかいをなんとか退けようとしたのだが、ドリスコルが御す馬車が屋敷の待避所を出ると氷のような海風にさらされ、チャーリーの厚意に感謝するはめになった。毛布を脚にきつく巻き、コートの襟を立てても、寒さに顔の皮膚が引っぱられた。

「さわやかでしょう」身を縮こめるハーキンを見て、ドリスコルが言った。

「はっきり言って、凍っちまいそうだ」

ドリスコルは苦笑しながら、手袋をはめた手で引き綱を黒毛馬の背中に当てた。凸凹の路面に、馬車は軋《きし》って揺れた。

「いずれ、あなたはじきにこの件から抜けるんでしょう。本部から代わりの人間が来てますよ。ウィルソンの家で待ってます」

ハーキンはしばらく無言のまま、ボスが遺《よこ》した人物の正体と、その意味するところを推し量った。

「どんなやつだ?」

「大男です。自動車で来ました」ドリスコルはハーキンを見た。「知らせたのは私じゃありません。葬儀でのことを」

「わかってる。おれの医者と連絡を取ったのはヘガティだ」

実際、訪ねてきたのが意中の人物なら、ヘガティには感謝する理由ができた。ドリスコルにとっては面白くないことかもしれない。

「ボスはおれを訪ねてきた相手の名前を言ったのか? もしかしてミスター・バーク?」

「そんな名前でした」とドリスコルは答えた。「賞金稼ぎのボクサーみたいななりをして。手がシャベルみたいで」

まさしくヴィンセント・バークだ。

沈黙がつづく車中で、ハーキンは頭を整理した。屋敷から門までの距離と、そこを歩くことを考えあわせると所要時間は二分——走ればもっと短縮できる。ドリスコルが一発を撃ち、その数分後に駆けつけることは充分可能だ。それに手紙のことがある。

死んだモード・プレンドヴィルが腹に宿していた子のことも。

「モードはきみのことを知っていたのか？」

ハーキンは自身の声音に、突如嫌悪《けんお》がにじむのを意識した。二度と表に出してはならないと心した。きわめて慎重にふるまわなくてはならない。

「私が義勇軍兵士であることを、ですか？」ドリスコルはそう言って横目をくれた。「そのことだったら話したことはありません。私が除隊したのは一九一九年の六月で、そのころはもう、あの人は活動してなかった――少なくともこちらでは。私が宣誓したことも話してません。私が関わっていることは、さすがにプレンドヴィル家には黙っておくべきだと思って。でも、ご存じだったかもしれない。以前から、あの人は地元のシンフェイン党や義勇軍の大勢と知り合いだったし。彼らが耳に入れたかもしれないけど、こちらからはなにも」

「でも、きみたちは親しかったな？」ハーキンは相手の反応をうかがうために、あえて最後の言葉に力をこめた。

ドリスコルは思わず綱を引いた。脚を止めかけた馬にふたたび前進をうながすと、ドリスコルは構えたような口ぶりで言った。

「どういう意味ですか、親しかったって？」

自らの意図とは裏腹に、ハーキンは苛立《いらだ》ちが湧きあがってくるのを感じた。

「どういう意味だと思う？　きみは彼女と仲がよかったのか？　友人どうしだったたって言うつもりか？」

ハーキンは答えをためらうドリスコルの表情に、さりげなさを装《よそお》うとしながらも隠し切れない狼狽《ろうばい》と怒りまでを見抜いていた。

「私は生まれてからずっと、モード・プレンドヴィルのことを知ってます。関係は悪くなかった。もちろん距離はありました。この屋敷の召使いの子に生まれて、プレンドヴィル家からしたら、私の立場はずっとそのままです。だから親しかったなんて言えない。ええ、親しいだなんて」

距離があるというのは、ドリスコルの言うとおりだった。しかしながらモードへの手紙には、まさしくそれに関する記述があった。

「障壁があったってことか？」ハーキンは、ここはとりわけ感情を排して言った。

「そういうことです」

ドリスコルの下顎あたりに、さっきまではなかった太い血管が浮き出した。苦々しく引き結ばれた唇は自分も同じだろうか。ハーキンはゆっくり息をついた。

「ああ」方向を変えてみることにした。「すまない。なんだか調子が悪くてね」

ドリスコルは多少なりと気をゆるめたようだった。

「顔の色があまり良くないですよ。この仕事は手放したほうがいいんじゃないですか。ほかの方に引き継ぐなりして、その——お仲間のミスター・バークにでも」

ふたたび怒りが込みあげたが、今度はそれを消散させた。ドリスコルはこの件の調査から手を引かせようとしているのかもしれないし、本気で心配してくれているだけかもしれない。そもそも、ドリスコルはモードが車に同乗しているのを知らなかった。むろんあの晩のモードがしきりに帰ろうとしていたのが、ドリスコルと会うためだったというなら話は別だ。そんなことを思ううち、馬の足並みが速い跑《だく》に変わった。ドリスコルはこの旅を早く終わらせようとして、気でも急《せ》いているのだろうか。

「イーガン司令官と会う算段をつけてくれたか？」ハーキンは訊いた。「バークが車で来たなら、われわれはむこうの気が向く場所へどこでも赴くことができる」

むろんバークが命令を受けて、ハーキンをそのままダブリンに連れもどそうとするなら話は別だが。

たとえそうでも、バークを説き伏せて二、三日ならこちらに留まれる。

「体調のほうは大丈夫なんですね？」

「バークが運転してくれたら、こっちが頑張りすぎることもないだろう」

ドリスコルが顔を向けてきた。

「おそらくですが、司令官は町の反対側の山間《やまあい》にいると思われます」ドリスコルは湾のむこうに見える丘の途切れたあたりを指さした。「だとしたら、バリーコートという村があります。教会脇のオブライエンの店に寄って、砂糖一袋と蠟燭《ろうそく》三本を注文すると正しい道を教えてくれます。計画に変更があれば、私が朝のうちに知らせます」

モイラのゲストハウスが近づいて、ドリスコルは馬の速度をゆるめた。門のところで降ろすつもりなのだろうか。ハーキンは私道のなだらかな斜面を眺めながら、まだ力は残っていると思った。

「玄関まで行ってくれ、ドリスコル」と言った。「待つ必要はない。バークが送ってくれる」

26

ハーキンは居住者用の居間にある暖炉のかたわらに座り、ヴィンセント・バークが巨体を革の肘掛け椅子《いす》に押しこみ、若いメイドのメアリーが運んできたお茶に手を伸ばすのを眺めた。その大きな手にたいしてカップは小さく、バークはソーサーをそっと膝《ひざ》の上に置くと、小指を立ててカップを口もとに持っていった。

「いいな」バークはメアリーに笑いかけながら言った。「お茶は一日に何杯もいただくが、これはすばらしい一杯だね」

青い目を輝かせながら話すバークに、ハーキンはメアリーが頬を赤くするのを見ても驚かなかった。メアリーは一瞬足がもつれたように、もじもじして左右の足を別々の方向に出した。

「ケーキはいかがですか？」と思いついたように言った。

「ケーキはいただきたいな」バークはメアリーを見て顔をほころばせた。「ケーキとはありがたい。あんたもケーキをいただくか、ミスター・ハーキン？」

「ケーキとはうれしいね」とハーキンは認めながら、バークに戒め顔を向けた。なぜかメアリーはふんと鼻を鳴らしたが、それは厭《いや》がったのではなく喜びの表現らしい。ふたりを残して早足で部屋を出ていった。

「いい娘じゃないか」バークは言った。「こっちに魅力的な女性が多いと知ってたら、命令があったってなくたって、もっと早く来てたのにな」

「でも、おまえは命令を受けた」

「そう。たしかに受けたよ」

「で、その命令というのは？」

「あんたの手足になれってね。ここからさっさとおさらばしたいなら、それでよし。まだ残りたいなら、それもよし。いずれもあんた次第だが、ボスとしては決めるにしても、入手した新たな情報をもとにしてほしいとのことだ」

バークは不自然なほど雄弁に、ダブリンのアクセントをいささかも変えることなく語ったが、そこには悪戯《いたずら》じみた感じもあった。

それが奇妙に思えたのは、こういったことに関して、ヴィンセント・バークはしごく真面目《まじめ》な人間だったからである。

「話してくれ」

「まず第一に、例のヴェイン少佐はわれわれには馴染《なじ》みの人物だ。あんたとも知り合いだが、それはミスター・トムキンズとしてだ。名前に聞き憶えは？」

あった。トムキンズは新参の部類で、昨夏に情報本部の注目するところとなった。去年の十一月、かなりの数にのぼる英国情報将校が銃撃されたが、それ以前に存在を知られていた彼が同じ轍《てつ》を踏まなかったのは、多分に情報本部がその時点で居所や人相を把握していなかったからだった。十一月の作戦後、トムキンズ——というかヴェイン——はより慎重に動くようになり、英国側の行動が活発化するなかでも表に出てくることはなかった。しかしながら、情報本部はヴェインのふたつの身体的特徴を彼の同僚から得ていた。それらを思い起こしても、実際のヴェインと完全に一致はしなかったが、ハーキンはもっと早くヴェインと接触しなかった自分を呪《のろ》った。

「それは気になる情報だ」

「だろう？　もうひとつある。やつはいまパディ・マローンの取り調べを担当してる。いまはまだマローンが完落ちした形跡はないが、ボスはそうなった場合のダメージを最小限に食いとめようと策を講じてる。おれがここにいるのもそのひとつだ。あんたの面倒をみるためさ」

「なるほど」それで筋が通る。いまのところ、マローンのことは小さな損失だ。しかしマローンがハーキンや情報本部の上級幹部たち、ましてやボスのことまでぶちまけたら大変なダメージになる。

「まだある。これはメッセージを伝えるだけだ、詳しいことは知らないからおれを責めるなよ」バークは聞かされた一字一句を思いだそうとするように口を閉じた。「ボスはこう言ってる。英国側が輸入に気づいたふしがある、そう言えばあんたにはわかる。ヴェインがここを嗅《か》ぎまわってるとしたら、輸入の件と関係があるかもしれない。あんたが必要と思うなら、おれに話してもかまわないが、誰よりわきまえているのはあんただ、とね」

この展開にはあらゆる種類の疑問が湧き出したが、本人が言うようにバークに答えがないのなら問い質《ただ》しても意味がない。

「われわれがこの先どうすべきなのか、ボスには考えがあるのか？」

バークは神妙にうなずいたが、目には輝きがもどっていた。

「おれにもしチャンスが来たら、そのクソ野郎を撃てと言ったよ。あんたに異存がなければな」

ハーキンの同僚たちは、ハーキンと同じく理想主義者が大半を占め、遂行中の秘密《ひみつ》裡《り》の戦争に精神的、肉体的な苦痛を感じている。ヴィンセント・バークはちがう。他の連中が抱える良心の呵責《かしゃく》や不安などとは無縁だった。なんならすべての仕事から喜びを得ている。愉快で魅力すらおぼえる仲間だが、一方でバークは殺し屋だった。この戦争がなければ、バークは別の戦いを見つけようとするだろう。

「目下の情勢については話しておいたほうがいいな」とハーキンは切り出すと、モードの死について判明したことと周囲の状況をバークに伝えていった。いくぶん躊躇したすえに、輸入のこともサー・ジョンの関与を除き、モードがそれを知って関わっていたことまで話した。その話が終わるとバークは椅子にもたれ、しばらく目を閉じていた。そして口を開くなり要点をついた。

「じゃあ、あんたはドリスコルが殺《や》ったと思ってるのか？」

「その可能性はあるが、腑《ふ》に落ちない部分がある。つまり、なぜ彼女を殺す？　やつに動機はあるか？」

「彼女は孕《はら》んでた」

「全部の手紙を読んだわけじゃないが、あれは何年もまえのものかもしれないし、読んだなかには妊娠にふれた箇所はなかった」

「封筒はあったのか？　消印は？　筆跡はくらべたか？」

いい指摘だった。

「そこなんだが。封筒も消印も、配達されたことを示すものはなかった。それでドリスコルの線が太くなる気もするが、まだ筆跡はくらべてない」

「あんたはモード・プレンドヴィルが武器の輸入に関わっていたと言った。ドリスコルは？」

「いや。彼は銃のことはなにも知らないはずだ」

「しかし、彼女のほうからしゃべってたとしたら？　恋人の関係ならしゃべってもおかしくないぞ」バークは難問を解こうとでもいうように眉《まゆ》をひそめた。「そいつが英国の密告屋だとしたら？　二重スパイを演じてたとしたら？」

ハーキンは思いを凝らし、やがて肩をすくめた。

「ドリスコルに会ったな、ヴィンセント。おまえの印象は？」

その問いに黙りこむバークの口がさらに歪《ゆが》んだ。

「分別はある。やや傲慢《ごうまん》な感じもするが、それは悪いことじゃない。戦争に行ったんなら根はたくましいんだろう。あんまり好きなタイプじゃないが、友だちとなると、おれは選り好みが激しいんでね」バークはハーキンに向かって真顔でうなずいた。

「なにしろ、まともそうだし、やつがスパイだとしてもイーガンの活動に影響はおよぶまい。ひとつ思いついたんだが」

「話してくれ」

「アバクロンビーの動きを部隊に洩らしたやつの正体がわかれば、事情がもっとよく見えてくるはずだ。ドリスコルが無関係だったら、やつも気を許しておれたちに名前を教えてくれたかもしれない。関係してれば話はちがってくる」

「ディロン神父のところか？」

バークは笑顔を見せたが、とくにうれしそうでもなかった。

「たまたまだが、おれは告解をする用があってね。一石二鳥だ」

「三鳥だ」ハーキンは言った。「おれの代わりに、サー・ジョンに手紙を届けてもらおうか。行先からそんなに離れてないし、彼にはこれまでわかったことを知らせる必要がある」

その後、バークが出発する段になって、もしやバークはボスから、ハーキンが逮捕されそうになったら射殺しろと言われているのではないかという気がした。

その可能性はあった。

27

ハーキンは明かりのない部屋に座り、すでに暗くなった空の残照を見つめながら、サー・ジョン邸の方角へと走り去っていくバークの車の音に耳をかたむけた。重苦しい気分にとらわれていたが、モイラ・ウィルソンが現われると心も晴れた。

「今夜、ご婦人方はどちらへ？」と笑顔をつくって言った。

「ユースタス夫妻とカードをやってるわ」モイラが灯した蠟燭の火に、片眼鏡が燦《きら》めいた。「朝まで帰ってこない。いるのはわたしだけ」

「メアリーは？」

「夜は休みなの。町でダンスがあるからって、ミスター・バークがご親切に車で送っていってくれたみたい。たぶんお母さんのところに泊まって、朝もどってくるつもりだと思うわ」

そういえば車が出発する直前、大笑いする女性の声が聞こえてきたのだ。ハーキンは笑った。バークはメアリーをダンスに連れていく気らしい。キルコルガンまでどうやって帰ったものか。

「ミスター・バークが、キーは玄関のドアに掛けておいてくれって。念のため」

顔を上げると、そこには喜びを押し隠したようなモイラの表情があった。モイラに導かれて、会話があらぬ方向に行きそうだった。

「それはがっかりだ。あとでキルコルガンまで送ってもらうことになっていたんだが」

「そうね。でも、わたしが問題を解決してあげる。あなたはここに泊まればいいわ」

驚きが顔に出たにちがいない。

「名案でしょ。あなたは具合が良くないんだし、わたしは医学博士の娘だから、医療の専門家みたいなものよ」

「こっちに発言する権利はあるのか？」

「ないわ。全部お膳立《ぜんだ》てされてるの。ミスター・バークにはわたしから事情を伝えたから無理やり早くは帰ってこないと思うし、キルコルガンにも連絡してミセス・ドリスコルと話もしたから」モイラは立ち聞きされるのを心配するかのように身を乗り出した。「告げ口するのもなんだけど、彼女の声にがっかりした調子はどこにもなかった」

「じゃあ、おれは自分の早い回復を祈るばかりだな」

「そうよ。ミセス・ドリスコルもそう言ってたけど、そこにはあなたがダブリンへ帰るっていう思いがはいってるの。ところでシチューは好きかしら」

「大好物さ」

「よかった。ほかにって言われてもほとんどないし。せいぜいオムレツぐらいね」モイラはさっきまでバークが占めていた椅子に腰をおろした。火明かりにその顔がオレンジ色に染まり、髪がところどころ金色に光っている。「父から、あなたがもうしばらくキルコルガンに残るって聞いたけど。ほんとうなの？」

「そうらしい」

モイラはうなずいた。顔ははっきりしないが、蠟燭のちらつく炎のなかで普段より唇がふくよかに見える。口もとが上がった。

「うれしいわ。こんなに歳月が過ぎてから、あなたとこうしていられるなんてね」

ハーキンは前夜にモイラから聞かされた、若い女性が想《おも》いを寄せる男は別の女性を愛していたという話の断片を思いだし、いきなり息が詰まる感覚をおぼえた。そんな心の動きを見透かされていたとしても——自分としては、顔に新聞の見出しさながらに躍っている気がしたが――モイラは素知らぬ顔だった。

「さあ、どこで食事するか決めましょう。わたしからふたつの案を出すわ。まずはキッチン、暖かくて明るくて便利だけど、ちょっと家庭っぽい雰囲気かしら。それか食堂、こっちはあなたが病人で動けないってことで、わたしが始終廊下を行ったり来たりすると思う。どちらかといえばキッチンのほうが落ち着くでしょうけど、決めるのはあなたよ」

モイラの言った〝落ち着く〟の意味を測りかねて、ハーキンは想像をふくらませていった。今度はモイラも気づいたらしく、とがめるようにハーキンの膝を叩《たた》いた。

「あなたが何を思っているか知らないけど、ミスター・ハーキン。余計な考えは捨ててお行儀よくして」

「そんなつもりじゃ――」とハーキンが言いかけたのを、モイラはさえぎった。

「じゃあキッチンね?」

気を悪くしていないことをほのめかすモイラの笑みに、ハーキンはこれ以上墓穴は掘るまいと決めた。

「キッチンだ」

ハーキンはモイラと蠟燭の後を追った。燭火《しょっか》がガラスや磨かれた床板に反射し、つかの間、ロバート・ウィルソンのモノクロ写真にも光があたった。ふたりで歩きながら、ハーキンは背後に影が集まってくるのを感じたが、この家はキルコルガンとはちがった。壁が聞き耳を立てたり、見つめてくる気配はなかった。

キッチンは四角い部屋で、以前は複数の雇い人がいたのだろう。八人掛けの長テーブルが置かれ、その前にあるクリーム色のオーヴンの上で、蓋《ふた》をした鍋《なべ》から湯気が上がっている。壁まわりには戸棚が並び、皿や鍋など大きなキッチン用品がおさめられていた。

オーヴンの揺るがないほどの暖かさに誘われ、ハーキンはオーヴンの正面に渡されたレールに腰かけた。テーブルには二人分の仕度がされていて、二本の蠟燭が銀器を鈍く光らせている。

「あなたはそうすると思ってた」モイラはタオルを巻いた手で蓋を持ちあげると、鍋の中身に目を注いだ。「もうちょっとだわ。まずはスープを召しあがる？」

「どんなスープ？」とハーキンは言った。するとモイラはたしなめるように首を振った。

「わたしからはなんの手がかりもあげない。スープの種類はご自分の頭で考えて。それにしても、まだ時間が早いわ。あなたみたいに上品な人は、いくら早くても八時まえに食事をしようとは思わないでしょう」

このあと三時間キッチンに座り、シチューの匂《にお》いで鼻腔《びこう》を満たしながら世間話をするかと思うと心が沈んだ。

「無理に寝かされてたせいで、飢え死にしそうっていうなら話は別だけど」

「いまは上品に深夜の食事をしてたころから道をはずれたい気分さ」

モイラは訝しそうに見つめてきた。

「だったら、倒れるまえに座って」

「きみはやさしいんだな」それは本心だった。突然の感情に自分でも驚いた。そんな心の動きを察したのか、モイラは頰笑みを返してきた。

「ゆうべ、きみはそばにいてくれた」ハーキンは沈黙を破って言った。

「いたわ」

「そして話をしてくれた」

「あなたは眠ってた。それなのにわたしが話をしたかしないか、どうしてわかるの？」

「たぶん、こっちの勘違いだ」

「たぶんね」

「とにかく、気にしてくれてありがとう」

「気にする相手がいるというのはうれしいことだけど、わたしってわがままな女なの。知的な会話を、それも魅力的な男とするのに飢えていて、だからあなたにご馳走《ちそう》して、すこしワインでも飲ませたら、愉《たの》しませてくれるんじゃないかと思って」モイラは椅子を指さした。「そんなに警戒しないで座ってくつろいで、給仕のことはわたしにまかせて。あなたが元のあなたにもどるまで、なにも期待していないから」

ハーキンは言われたとおり、テーブルに行って席に着いた。モイラはオーヴン周辺を動きまわり、丸いソーダブレッドを取り出してテーブルの真ん中に置いた。そうしながら、彼女は鋭い視線をハーキンに向けた。

「あなたのダブリンの上流社会のやり方からするとね、ミスター・ハーキン、こういうざっくばらんな感じに大きなショックを受けると思うけど、べつにそれであなたの裁きを受けるいわれもないでしょう?」

「こっちにはなんの不満もないよ、ミセス・ウィルソン」

モイラはふっと息を洩らすと、片眼鏡越しに見つめてきた。

「あなたにはワインの一杯が必要ね。夜のあいだじゅう、ミセス・ウィルソン呼ばわりされるのには耐えられそうもないし」モイラは陶磁器が置かれた棚から、開栓ずみの色褪《いろあ》せたラベルのボトルを取ってくると、グラスの底に液体を注ぎかけて手を止めた。「ビールのほうがお好みかしら。いまはビールのほうがおしゃれ？　ダブリンでは？　上流社会で」

「夜じゅう、そうやってからかうつもりか？」

モイラは恰好《かっこう》だけの傷ついたふりをしてみせた。

「かもね。でも、うちにビールはないの。だってね――〝内乱〟がはじまって以来、お客はめったに来ないし、ご婦人方はわたしほど飲まないし。あの人たち、ほんのちょっと酔っただけで大騒ぎになって、ほんと手に負えないんだから。だいいち、ワインがどれくらい保《も》つのか、わたしにはわからないし、ひょっとしてとっくに駄目になってるかもしれないけど」

ハーキンはワインの味を見た。熱いものが空の胃袋へ滑り落ちていく感じがする。いまにも眩暈が出るような気がして、グラスをテーブルにもどした。

「たいへん結構だ」と言ってしばらく間を空けると、「モイラ」と呼びかけた。燭光に瞳《ひとみ》が輝いた。いつの間にか片眼鏡をはずしていたらしい。ハーキンは見逃すまいとした。

「気に入ってくれると思ってたわ、トーマス」

モイラが背後に立ち、ハーキンは肩に置かれた彼女の手が、服の上から古い傷痕《きずあと》をたどっていくのを感じた。いつもより息遣いが早くなっている。

「あなたをキルコルガンに運ぶとき、父を手伝ったの」モイラは静かな声で言った。「父は、あなたの傷はほとんどが榴散弾《りゅうさんだん》のものだと言ったけど、わたしはそれを見て悲しくなった」

ハーキンは鏡に映した自分の肉体のことを思った。骨のように白く渦巻く模様が白熱した金属によって青白い身体《からだ》に彫りこまれ、胸骨あたりを毛が覆《おお》っている。モイラは腿《もも》を貫通したどす黒いピンクの銃創を目にしたのだろう。モイラ・ウィルソンに裸の姿を見られたことに、なぜか恥じらう気持ちもなかった。

「ありがとう」ハーキンはモイラの手を取った。「もう一度。面倒をみてくれたことに」

モイラはハーキンの指に、ほんのすこしだけ力をくわえた。

「そのあと、眠るあなたを見てた。とても穏やかな顔をしてたけど、戦争とあなたが目にしたもののことを考えたの。ときどきあなたの手を握った。思ったより重かった」

「それは憶《おぼ》えてる」

「気にならなかったわ、トーマス」モイラはハーキンが愚かなことを言ったとばかりに頭を振った。「あなたの面倒をみたかったから、そうじゃなかったらしないから」そしてためらいがちに、「父はあなたは全快するって言ってるわ。厄介事に首を突っ込まないかぎり。でも、あなたにそれができるの？」

ハーキンは、モイラは自分の何を知っているのかと思った。疑問に感じたが、彼女に裏切られるという不安はなかった。

「難しいかもしれないな」

心の一部で、ヘガティには病状について語ってほしくなかったと思いながらも、こうして向かいあって座り、手を握られていると、モイラにも知る権利はあるという気がしていた。

モイラが手を握りしめてきた。また心の一部が手を引っこめようとしたが、ハーキンはそれをせず、モイラの親指の動きにまかせた。ほぐれていく気分に目を伏せていた。

「スープを飲みましょうか」モイラの低声《こごえ》にハーキンはうなずいた。

食事が終わると、モイラはハーキンの手を取り、二階へといざなった。

28

その後、あおむけになったふたりは指をからめたまま、一本の蠟燭が天井に描き出す光の動きを見つめた。ハーキンは呼吸を乱し、部屋の寒さにもかかわらず汗にまみれていた。ふれあうモイラの肌の感触を、かたわらにいる彼女の温《ぬく》もりを確かめた。

「きみに知っておいてもらいたいことがある」

ひとしきり考えをまとめてから、ハーキンはＩＲＡとの関わりと活動について語った。こうして並んでいても一部は伏せておいた。モイラを信用していなかったのではない。知れば彼女に危害がおよぶ情報もあったからだ。それに幻覚と幽霊のことも話さなかった。そこまで伝えるまえに、モイラにはもう理解すべきことが山ほどあると思った。話が終わると、モイラはすぐにはなにも言わず、毛布を引きあげて寄り添ってきた。

「じゃあ、モードの事件は？　まだつづけるつもり？」

「そうしなければと思ってる」ハーキンは自分の言葉に弁解めいたものを聞き取った。

するとモイラはハーキンの胸に手を置いた。

「でも、父がどういうつもりであなたに、厄介事に首を突っ込んでほしくないと言ったのか、わたしにはよくわからないけど」

ハーキンは深く息を吸った。

「モードの健康状態について、お父さんはきみに話したのか？」

モイラが首を振るのがわかった。

「彼女が妊娠してたこと？　言わなかった」モイラは間を置いた。「わたしはモード本人から聞いたの。父が検視を担当すると知って話をしたわ。報告書には書かないでって頼んで、父も承知してくれた。だってあのときは、彼女の死と妊娠は関係ない気がしたし。父があなたに話したのは知ってる。きょうの午後、うちに来たのよ」

「ぼくがもし、子どもの父親がショーン・ドリスコルじゃないかと訊《き》いたら、きみは何て答える？」

モイラはその質問に考えこんだ。

「そう思う根拠はあるの？」

「あるにはある。でも、いまはまだ辻褄《つじつま》が合わない。明日になればはっきりしてくると思うんだが、そのまえにきみの意見を聞いておきたい」

モイラはしばらく黙っていた。

「あなたにはここが、モードやわたしにとってどんな場所かを理解してもらわないとね。わたしたちはもう若い娘じゃないし、世の中のこともそれなりに経験してきてる。ダブリンやロンドンに住めばもっと自由になれるかもしれないけど、ここでは結婚を前提にしない男性と関わりを持つのは難しいし、結婚となったらもっと難しい。モードが誰かと寝たのははっきりしてるし、その相手がドリスコルだってこともあり得るとは思うけど。彼はいい男だから。抵抗者であることも彼女の気を惹《ひ》くでしょう。その反面、彼女とは階級も宗教もちがうし、彼女の家族の下で働いてるわけだから……そんなに……何て言ったらいいのか……惹かれあうものがあるかしら。なさそうな気がするけど」

「彼が抵抗者だって?」ハーキンは戸惑ったように聞こえる声音で言った。モイラは溜息《ためいき》をついた。

「わたしがショーン・ドリスコルが抵抗者だと知っててあまり好きになれないのは、彼がこの家から夫の銃を奪っていった一団を指揮していたから。マスクをしていたけど一目でわかった。とにかく、わたしは騙《だま》されないわ、トーマス・ハーキン。わたしはあなたが彼に話しかけるのも、彼があなたに話しかけるのも見てるから。彼が仲間だってことは、あなたがよく知ってるはずよ」

ハーキンはモイラの額にキスをした。

「すまない。古い習慣はなかなか消えない。だが、ぼくの仕事のことは知らないに越したことはないんだ」

「石垣への攻撃にわたしを参加させたくないの、わたしの胸には三色旗が巻かれてるのに？」モイラはからかうように言った。

「巻かないほうが好きだな」

モイラは頬をゆるめてみせた。

「ぼくのせいできみに傷ついてほしくない、それだけだ」

「そうね」と応じたモイラの声は弱々しかった。「わたしが心配なのは、もちろんわたし自身のことじゃなくて、憐《あわ》れなご婦人方のことなの。自分たちだけでは一週間も生きていられない」

ハーキンはモイラがこちらの意思や気持ちを確かめてこないことに気づいていた。彼女の腕に指を這《は》わせた。

「で、ぼくらはどうなる、モイラ・ウィルソン？」

「何が？」一蹴《いっしゅう》するような口調だったが、そこに冷たさはなかった。「あなたはいい男だし、わたしは世界の果てにある家に縛りつけられて後がない女。悪いけど、わたしはあなたを利用したわ。清廉《せいれん》だっていうあなたの評判はもうずたずたよ」

「ぼくは名高いレディたちの男として評判なんだ」

モイラはハーキンの腋《わき》の下で鼻を鳴らした。

「もしもあなたがほっとするような言葉を投げてほしいというなら、あなたのことが好きだと言ってあげるわ、トム・ハーキン。ずっとそうだったたし。嘘《うそ》みたいに好きで、モードが来てあなたをさらっていったときは涙も流した。わたしはあなたは勇敢で正直で、親切で誠実だと思ってる。噂《うわさ》ではこの〝内乱〟はもうじき終わって、いまの状況はもうつづいていかないし、アメリカも黙ってないって聞くわ。だからこれだけは言っておく、トム、あなたはいつだってこの家で温かい歓迎を受けるのよ。そんな日が来たときには」

「それまでは駄目なのか？」

溜息が聞こえた。

「わたしって、兵士が戦争から還《かえ》るのを待つのに向いてないの。まえにそうしてみたことがあったけど、可哀《かわい》そうに、その人はもどってこなかった。それにわたし、あなたのことはわかってる――お荷物になるだけよ。わたしはお荷物になるためにに生まれてきたんじゃない。だからいまは、ミスター・バークが帰ってくるまえにこの部屋を出たほうがいい。玄関のほうに部屋を用意しておいたから」

モイラはハーキンの胸を軽く叩き、口づけをして起きあがった。部屋を歩いてハーキンの服を拾うモイラの肌が、蠟燭の光で金色に輝いていた。集めた服をハーキンに渡した彼女は、ドアの内側のフックからドレッシングガウンを取って羽織った。浮かんだ笑顔には恥じらいも悲しみもなかった。

「身体を洗いにいくけど、先に部屋を案内するわ」

「ありがとう」ハーキンはシャツの袖《そで》に腕を通した。

モイラはベッドサイドのテーブルの引出しから蠟燭を取り、小さな円い燭台《しょくだい》に挿した。それに火を灯《とも》して差し出すと、身を乗り出すようにしてハーキンの頰に唇を寄せた。それが貞淑な、あたかも姉妹を思わせるしぐさに感じられた。

「さあ、トム・ハーキン。あなたはぐっすりおやすみなさい」

29

最初はよく眠れた。凝縮した黒い眠りには恐怖も、追憶もなかった。周囲のことも、自身でさえも存在しないというのは、仮に死を感じられるとすれば、まさに死そのものなのではないかと思えた。目を覚ますと無から離れ、まず自分を、そしてベッドと部屋を認識したが、そこに危険が迫っているという感覚が生々しく付きまとった。

ハーキンは頭が冴《さ》えるまえに毛布を押しのけ、ベッドを出て立ちあがっていた。足もとの絨毯《じゅうたん》は冷たく、家はしんとしている。カーテンを脇《わき》へやって外を眺めたが、闇《やみ》に見えるのは、海といまにも出そうな霧から家を護《まも》る木立のぼんやりとした輪郭だけである。窓に片手を置き、木々が揺れて擦れあう音を聞くとガラスに顔を寄せたが、光はいずこにも見えず、海ですら静まりかえっている。だが何かが彼を覚醒《かくせい》させた。

やがてハーキンは耳にした。遠方に聞こえた音がしだいに大きくなり、その正体が接近する車輛《しゃりょう》の音だと確信した。初めはバークが町からもどってきたのだろうと思ったが、近づいてくるにつれ、それは警察や軍が使用するクロスリー・テンダーのトラック特有の騒音で、しかも一台ではないことに気づいた。そう結論したとたんに、三組のヘッドライトがキルコルガンとゲストハウスをへだてる丘で交錯し、霞《かす》んだ生け垣と野原をさもしい指のごとく照らしだした。ハーキンは急いでズボンと靴をはき、シャツと上着を手にしたが、すでにむこうは表に車を停めようとしていた。道に飛び降りて散開する男たちの姿が見える。門をはいってきた一台のヘッドライトが短い私道を黄色く染め、部屋まで照らしそうになって、ハーキンは窓際《まどぎわ》から退いた。ハーキンはその場で、モードの部屋から持ってきた銃のことを思った。自分で使うつもりはなくても、それを所持したまま逮捕されたらその場で射殺される可能性があった。銃の隠し場所を探していると、そこへモイラが部屋にはいってきて、ハーキンに駆け寄ってきた。ヘッドライトの反射光に緊張した面立ちが浮かぶ。目が輝いていた。

「必要なものは持った？」モイラの声音には怒りがにじんでいたが、その矛先がハーキンなのか、外の警察なのかははっきりしない。

ハーキンは無言で上着のポケットから小型拳銃《けんじゅう》を抜き出した。モイラは手のひらの上で銃の重さを測ると、言葉もなく部屋を出ていった。

「ハーキン！」

外で怒声があがった。アバクロンビーの声だった。ハーキンは無意識のうちに窓辺に寄って外を見ていた。頭のどこかで動くまいとしたが、なぜか止められなかった。乗ってきたトラックの正面に立つアバクロンビーは、ヘッドライトを浴びてシルエットだけが見える。手にはリヴォルヴァーが握られていた。ほかに補助隊《オクシーズ》や王立警察《ＲＩＣ》の隊員たちも銃を構えているのだろう。白いベストを着るハーキンはまたとない標的だ。

　アバクロンビーは銃を掲げてハーキンを狙《ねら》うと、さらにゆっくり銃口を上げていき、宙に向けて二発を撃った。ハーキンは、やはり窓から離れるべきだと思いながらも、身体を他人に乗っ取られたような心持ちがしていた。目の前の現実から距離をおき、何が起きているのかもわからないという、そんな感覚だった。アバクロンビーのことを、あたかも少佐が逆光の舞台に立つ俳優であるかのように見つめた。やがて、家のほうから現われたモイラらしきシルエットがアバクロンビーの前に立ちはだかった。アバクロンビーは銃を下ろし、モイラに笑みを向けた。上品で温厚といってもいいようなその笑顔は、銃撃の場にはそぐわないものだった。芝居を見物するだけの無力な観客という気分がいつになく強くなっていた。そこから離れろとモイラに呼びかけたかったのに、ハーキンにはそれができなかった。すると何者かがアバクロンビーの脇に立った。ヘッドライトの光芒《こうぼう》に、正規のＲＩＣの深緑の制服と、そこにある巡査部長の山形章が浮きあがった。

アバクロンビーに身を寄せる巡査部長の姿が、駅からの途中で検問を受けたケリー巡査部長にも思えたが、なんともいえない。会話があったとしても聞こえなかった。聞こえてくるのは自身の動悸《どうき》ばかりで、トラックのエンジン音すら耳に届かない。

おそらく命令が出たのだろう、RICの警官や補助隊の隊員たちが霞んだ光のなかを動きまわりはじめた。さっきまで構えていた銃は、いまは肩に掛かっている。しばらくつづいた比較的平穏な間を、一台のトラックが乱暴にギアを鳴らして破り、走り去っていった。残ったトラックの前で、巡査部長とアバクロンビーのふたりだけがモイラと向きあった。三人の影が家に向かって伸びていた。ようやく少佐がぶっきらぼうにうなずくと、警官たちはヘッドライトの外に出た。

それからトラックのドアがしまる金属的な音が響きわたった。トラックは私道を後退していき、西へと向かう他の二台を追っていった。

30

最後尾に着いたクロスリーのヘッドライトの光が丘のむこうに消えると、ハーキンは玄関へ行こうと階段を下っていった。小さなテーブルの上で一本の蠟燭が燃えていた。最後の一段を降りようとしたとき、モイラ・ウィルソンが家にはいってきた。長い髪は肩のあたりでもつれ、顔が蒼《あお》ざめていた。ハーキンを見たモイラは、走るように近づいてきてハーキンの頰に手をあてた。ハーキンはその手に顔をあずけ、気づくと彼女を抱きしめていた。あるいは抱きしめられていたのかもしれない。聞こえるのは振り子時計の音、見えるのは蠟燭の火影《ほかげ》だけだった。顔を離したモイラの瞳が燭光に煌《きら》めいた。

「あなたを撃つんじゃないかと思った」

「警告しにきただけだ」思いのほか落ち着いた声が出た。

モイラはハーキンのうなじに手をやって口づけた。

「警告なら、それに耳をかたむけるべきじゃないかしら」

「考えておこう」

安心させるような言葉をかけようとしたところに、また別のエンジン音が近づいてきた。ふたりは顔を見合わせたが、今度の訪問者は王立警察《RIC》ではなかった。

「アバクロンビーじゃない」とハーキンは言った。「音からすると乗用車だ。バークかもしれない」

「着換えてくるわ。あなたはその恰好でいいけど、わたしはこのまま顔を合わせられない」

しかし、相手はバークではなかった。訪問者を迎えようとハーキンが表に出てみると、町の方角とはちがう西からやってきて、私道にはいってきたのはなんの特徴もないバークのフォードではなく、サー・ジョン・プレンドヴィルの青いダイムラーだった。車を降りてきたサー・ジョンは顔面蒼白《そうはく》だった。

「大丈夫なのか？　銃声を聞いて、あわててこっちに来た」と言ってハーキンを見つめた。

ハーキンは顎《あご》をさすった。

「なんでもありません。アバクロンビー少佐が訪ねてきて、宙に向けて何発か撃ったというそれだけです」

「アバクロンビーが?」サー・ジョンは町へつづく道を不安げに見やった。「ミセス・ウィルソンはどうした?」と、サー・ジョンが言葉に詰まりながらも質問を投げてきて、ハーキンは自分は無事なのだと確信した。そこに怒りがこみあげてきた。「被害にあったのか? ご婦人方は? アバクロンビーのことは、朝一番に私からRICの警視総監に報告しよう」

「ご婦人方はカードをしに出かけていて、ミセス・ウィルソンはあなたの車の音を聞いて着換えにいきました。すぐにもどってくるでしょう」

サー・ジョンは狼狽《ろうばい》した風情《ふぜい》で見つめてきたが、ハーキンは年上の男の顔に表れた別の感情を見て取った。玄関のほうに目が行った。

「それにしても、きみはここで何をしている、ハーキン? キルコルガンに滞在していると思っていたが」

「ボスが私の支援にと送りこんできた者がいます。午後にその男と会って話をしたのですが、そのあと具合が悪くなってしまって」サー・ジョンの不得要領の顔を見て、ハーキンは事実をすこし誇張することにした。「気分がよくなるまでここに残るようにドクター・ヘガティから言われて、アバクロンビーが来てやっと目が覚めました」

自分で聞いていて納得がいかなかった。話がやけに細々として、しかもこなれすぎている。が、なぜかサー・ジョンの困惑は消え、代わりに用心するような色が覗《のぞ》いた。すかさず話題を変えてきた。

「ミスター・バークはきみに伝言を持ってきたのか？」

「ええ。興味深い進展がありました。手紙のこととかで」

サー・ジョンは、姪《めい》の恋愛を語ることに心苦しそうだった。

「ミセス・ウィルソンが仕度するまでまだ時間があります」ハーキンは言った。「目下の状況について話をしませんか？」

ハーキンはサー・ジョンを食堂に招じ入れると、火をつけた灯油ランプをテーブルに置き、年長の男と向かいあった。そして手紙にふくめた情報について、今度はより詳細にくりかえした。サー・ジョンはハーキンの話が終わるまで黙っていた。きのうの天気の話でも聞かされているように、柔和な表情を浮かべていた。

「きみはその手紙を持っているのか。見せてもらえないか？」

ハーキンはポケットから出した封筒をサー・ジョンのほうにすべらせた。それを取るサー・ジョンの手がふるえていた。

「それはドリスコルの筆跡ですか？」ハーキンは手紙を改めだしたサー・ジョンに訊

いた。

サー・ジョンの青い目は燭光のなかで薄く、ほとんど白に見える。車を降りてから年を重ねたように思えた。

「だと思う」ややあって、サー・ジョンは言った。「これはこちらで預かってもいいかね？ あまり人目にふれさせたくないし、いまのところ警察に持ち込むような問題でもなさそうだ。ドクター・ヘガティには私からも口添えして、これまでの配慮に感謝するとともに、内輪の話のままにしておけるよう精一杯努力する」

ハーキンは同意してうなずいた。

「きみはこれからどうする？」サー・ジョンは両手を上に向け、その長い指の間に答えがあるかのように目を据えながら訊《たず》ねた。

「それはあなた次第です。証拠といっても、大部分が状況証拠であって正直、錯綜《さくそう》しています。でも彼は説明をしなければいけないと思う」

「これは状況証拠にはとどまらないぞ。この件が明るみに出たら、彼は仕事を失う」サー・ジョンは早口に言った。「彼の母親も同じだ。それに、ＲＩＣの情報源というのはどうにも胡散《うさん》くさい。ドリスコルはあの晩、モードが帰宅するのを知っていたにちがいない。襲撃を仕組み、それを生き延びたモードを殺したのだ」

そこまで言い切ったサー・ジョンの顔が、恐怖に圧倒されたようにしぼんだ。ぐっと唾《つば》を呑《の》み、そうして気を取りなおしたようだった。ハーキンは冷静に口を開いた。

「私の同僚がディロン神父と話したので、事情はよりはっきりしてくるでしょう。こちらで多くの情報をまとめたところで、ドリスコルには説明の機会を設けます。あした、ミスター・バークと私で彼と話します。その説明で納得できなければ、彼は軍法会議にかけられることになるでしょう」

ランプの柔らかな光の下でも、サー・ジョンの顔は白かった。彼はゆっくり物静かに語りだしたが、その口調は確信にあふれたものだった。

「はたして何かを公けにする必要があるのかね。彼の罪は明白だ。事に当たるならもっと……なんというか……より効果的なやり方が望ましい。もはや話す必要はないな。モードの名を穢《けが》すような真似《まね》は無用だ」サー・ジョンはそこで口を息《やす》めたが、ふたたび言葉を継いだときには脅迫めいた調子が表れていた。「さらに言えば、今後におけるきみの上司やきみの組織との協力関係は、この件にたいする確実な配慮のあるなしにかかってくる」

ハーキンはサー・ジョンのこの冷淡な物言いに不快なものを感じたが、今度の任務では銃こそが最も重要な要素であるというボスの指示は忘れていなかった。ちょうどそこに、モイラが階段を降りて食堂にやってくる足音が聞こえてきた。

「あなたの提案は考慮します」

サー・ジョンが去ったあと、モイラはハーキンを寝室まで連れもどすと、低声ながらきっぱりと「おやすみ」を言い残してドアをしめていった。

その場で考えをめぐらすうち、ハーキンは、自分がキルコルガンではなくここにいることを知っていたのは、おそらくショーン・ドリスコルひとりだと思い至った。そうなると、アバクロンビー少佐の登場にはなおさら疑念が付きまとう。朝になったら、なんならヴィンセント・バークの力を借りてドリスコルと話してみようと思った。

ベッドにはいったが寝つけなかった。天井を見つめ、長い海岸に寄せる波音と家鳴りに耳をかたむけた。リラックスして心拍を下げ、眠りにつこうとしたが、疲れているはずなのにうまくいかない。疲れ切っているのに。結局あきらめて蠟燭《ろうそく》を灯し、下で読む本を探すことにした。

モイラを起こすまいとゆっくり、一歩を踏みしめるようにして階段を降りていった。足もとまで光が届かないので、片手で手すりをつかむと木の冷たい感触が伝わった。階段の途中で誰かに見られている気がした。足を止めて蠟燭を持ちあげ、待ち伏せる人影がないか、予期せぬ動きはないかと玄関のほうをうかがったがなにも見えない。しかし気配は消えずに残っている。蠟燭を高く掲げたまま、立ちつくす自分がすこし滑稽《こっけい》に思えて二段降り、また立ちどまった。息をつくと、頭では心配ないとわかっているのに、身体が別の反応をしているのだと自らに言い聞かせた。アドレナリンが長い電気ショックさながら血管を駆けめぐり、髪の毛と肩のあたりがぞくぞくする。唾を呑もうにも呑みこめず、心臓はすさまじい勢いで全身に血を送り出していて、その鼓動の激しさに、間近に危険が迫っても聞こえないのではないかという不安がよぎった。

もう一段降りた。すると近くで何かが腐敗しているような、強烈といっていいほどの悪臭が鼻をついた。ふたたび掲げた蠟燭が手のなかで揺れ、熱い蠟が素肌に滴《したた》った。玄関のサイドテーブルに、腐った花を挿した花瓶があると思って探したが、テーブルの上にはなにも置かれていなかった。

このとき、なぜ上を見ようとしたのかはいまもってわからない。ゆっくり階段を振りかえると、燭光が壁を這っていき、ハーキンはそこに女性の姿を認めた。階段のてっぺんに立つ彼女の容貌《ようぼう》はおぼろで、その顔色と変わらない青白いむきだしの肩から下は、古風な白のロングドレスに包まれている。彼女は両手で白いバラのブーケを持っていたが、花びらは茶色に枯ればんでいた。ハーキンは鼻腔にあふれるその臭《にお》いにまつわる物語が、死の警告であるのを思いだした。そこに立ちすくんでいると、彼女のむこう側の羽目板が見えることに気づいた。

息を呑み、というか呑もうとして、そして目をつぶった。また目を開いたとき、もう女性は消えていたが、朽ちたバラの香りは残っていた。

31

完全に目覚めたのは、半ば引かれたカーテン越しに朝日が射《さ》してずいぶん経《た》ってからのことだった。ハーキンは横たわったまま、ゆうべのことを——モイラ・ウィルソンとのこと、アバクロンビーの登場、そして階段での背筋が凍るような出来事を思いかえした。最初はどれも現実かどうかはっきりしなかったが、手を見ると、階段で金縛りに遭っていたときに垂れた蠟が点々と固まり、皮膜のようになっている。どうやって寝室までもどり、眠りについたのかまるで憶えがない。

急いで服を着ながら、自動車の音を聞いて一時その手を止めたが、さいわい車の主は帰ってきたヴィンセント・バークだった。食堂へ行くと、どことなく大人しいメアリーが大男をテーブルに着かせ、紅茶のポットを出していた。メアリーは朝食を用意しますと言い置いて部屋を出ていこうとした。何を考えているか見当がつかないバークだが、酒臭い息を吐き、ろくに寝ていないという雰囲気を発しながらも快活な物腰は忘れていなかった。

「町で夜を明かしたのか？」ハーキンは部屋を出ていくメアリーを目で追いながら言った。

「どうにもならなくてね、警官たちがいきり立ってて。ホテルに籠《こも》ってた」

「メアリーは？」

「あんたはあの娘の母親か」バークはそう言うと、小馬鹿《こばか》にするように眉《まゆ》を上げてみせた。「とにかく、メアリーのことは心配ご無用。あいつはおれみたいな男たちのことをわかってる」

「集い《ケイリー》に行かなかったのか？」

「ケイリーはなかった。警察が六時の外出禁止を押しつけてきて、折よく中止になったわけだ。前夜、われわれの仲間が死んだマット・ブリーンの報復で二軒の邸宅を燃やして、それを追っかけて山にはいった補助隊《オクシーズ》に二名の犠牲が出た。ゆうべのオクシーズは血に飢えてたから、やつらがケイリーに目をつけたら何をしでかしたことやら」

「またしても、われらが友人イーガンか？」

「だろうな」

ハーキンは手のひらで顎をこすった。

「ゆうべ、アバクロンビーの一味が幅を利《き》かせたのは町だけじゃなかった」

ハーキンは少佐の訪問のことをバークに語った。

「なんと」バークは楽しげに言った。「あんたは人気者だな。密告したのはヴェインか?」

「どうかな。しかし、それがヴェインのしわざなら、おれはもう殺されてる。だからマローンはまだ踏ん張っているんだろう。要はアバクロンビーはおれに嗅《か》ぎまわられるのが厭なのさ。それより気になるのが、おれがここにいたことを、やつがどうして知ったのかだ」

「プレンドヴィルの家の者か?」

「それかショーン・ドリスコル」

メアリーがトーストに卵とベーコンの二皿を運んできた。ハーキンは空腹だったことに気づいた。

「ディロン神父と話したか?」

「神父はいなかった」バークはトーストをほおばりながら言った。「家政婦によると、夜にはもどるって話だったが、そのころにはもうあそこはオクシーズに囲いこまれてた。どっちみち、神父のとこには途中で立ち寄れると思ってね」

「途中で？」

「そう、地元の酒場が開いててな、われらが友人ショーン・ドリスコルがはいってきた」

「それで……？」

「で、やつが言うには、勇敢なるイーガン同志は喜んであんたと顔を合わせるそうだ。まえに話した例の場所まで行ったら、行き方を教えてもらえるとね。おれとしては、それで話が通じると受け取ったんだが」

「やつがその話をしたのはいつごろだ？」

「夜の八時ごろだな」

アバクロンビーが現われたのは二時過ぎだった。昨夜、ドリスコルが町にいたとなると、ハーキンがモイラのゲストハウスにいることを、彼がアバクロンビーに伝えたのだろうか。

「やつは長居したか？」

「いや、あわただしかったな。朝にはキルコルガンにもどってないといけないし、これから会う相手がいると話してた。危ないからとバーマンに引き留められたんだが、気をつけるからと言い残してね」

ハーキンはさっさと朝食を平らげていくバークを見ながら、その発言について思いを凝らした。バークはまたトーストに手を伸ばすと、ハーキンの皿に目を落とした。

「残りを片づけてやろうか?」

ハーキンがテーブル越しに皿を押しやると、大男は破顔した。

「ドリスコルのことが気になる」ハーキンは言った。「オクシーズが暴れる夜の町を、やつはなぜ平然と動きまわっていられたのか。ショーン・ドリスコルに関しては謎《なぞ》が多い」

彼はバークに、一連の手紙の差出人がショーン・ドリスコルであると、サー・ジョンによって裏づけられたことを話した。

「われらがショーンの旗色は悪いな」

ハーキンはうなずいた。

「そうだ。まずはディロン神父に会って、イーガンとのことを詰めてからドリスコルに対処しても問題なかろう。いずれにしても、こっちが知りたいのは、アバクロンビーに関するメッセージが神父さまに伝わってるかどうかだ」ハーキンはそこに含みがあるのを承知しながらつぎの問いを発した。「武器はあるか?」

「必要とあらば」バークは口もとを引き緊《し》めて答えた。「車のパネルの裏にモーゼルを隠してある。すぐに取り出せる」

ハーキンは深呼吸をして、この先一日にたいする覚悟を決めた。

「きょうでどうなるかだ」


朝食後、モイラを探したハーキンはキッチンで本人を見つけた。モイラは笑顔を見せるとメアリーに言った。

「殿方たちの朝食がすんだようね。昼食の用意があるから片づけてきてくれる？　もうすぐユースタスの家からご婦人方が帰ってくるわ」

メアリーがキッチンを出ていくと、ハーキンは一歩近づき、モイラの腰に手をすべらせた。モイラはなぜかそれを拒まず、ハーキンの口づけを受け入れた。

「よく眠れた？」

「まあまあかな」

幽霊の話をしたかったが言葉が出なかった。すでにモイラはまともな女性を怯《おび》えさせるだけの経験をしてきたのだと思った。

「ミスター・バークとちょっと出かけてくる」

モイラはまっすぐ見つめてきた。

「あなたはなんの遠慮もいらないわ。わたしはおとぎ話に出てくるような、いたいけな乙女じゃない。手助けが必要な人がいるとすれば、それはあなただから」

「それを聞いて安心した」

モイラは手を伸ばし、ハーキンのネクタイを引っぱった。

「あの小さな銃を返してもらったほうがよさそうだ」とハーキンは言った。

モイラはハーキンを見ると踵《きびす》を返し、キッチンを出ていった。一分と経たずにもどってきた彼女の手には小型拳銃があった。ハーキンはそれを手にして安全装置を確かめると、ポケットに入れた。

「ありがとう」

「くれぐれも気をつけて、ミスター・ハーキン。きょう、あなたが何に立ち向かうのかは知らないけど」

「ベストを尽くすよ」

「ぜひそうして」

32

聖アンは町はずれに最近建てられた小さな教会で、建材の花崗岩《かこうがん》はまだ海気や風雨によるくすみがなく、いまなお光沢を保っている。バークは速度を落とし、正面を過ぎたあたりで車を停めると、新たに拓《ひら》かれた庭園に同じ切り石で造られた別棟を指さした。

「家政婦が住んでいるのか？」ハーキンはその家を眺めながら訊ねた。

「ゆうべ、ここに来たときは不在だったが、ちょうど外出でもしてたんだろう」

ハーキンは時計を取り出した。十時を回ったところだった。あらためて神父の家を見た。窓にはカーテンが引かれている。

「調べてみるか」

ふたりは霧雨のなかに降り立った。薄暗くて視界が利かない。ハーキンは教会の玄関まで歩いていった。十一時にミサがおこなわれる予定なのに、カーテンが引かれたままというのが面妖《めんよう》だった。バークの引き結んだ口からも同様の胸騒ぎをおぼえていることが見て取れる。

「車からモーゼルを取ってくるか?」

ハーキンは通りを、最初は町のほうに、つぎに丘へと至る方向に見通した。建物には悪い予感がしてならないが、一方で自分自身がまともな状態ではないことも承知している。

「いや」と、しばらく考えをめぐらしたすえに言った。「おれが行って様子をうかがう。おまえは待機しろ。必要ならこっちから知らせる」

「いっしょに行ったほうがよくないか?」

ハーキンは大男を見て微笑した。バークは自らの思うとおりに相手を説得する名人だが、繊細さには欠ける。ハーキンとしては神父からどんな情報でも聞き出すつもりでいたが、力ずくというのは避けたかった。

「おれひとりがいいだろう。おまえはトラブルが起きないか目を光らせてくれ」

バークは納得してうなずいたが、ハーキンのなかには、大男がそれでもついていくと言い張るのを期待する気持ちもあった。

舗装されていない道路には、草縁から雨水が流れて泥が浮いていた。仕方なくそこを突っ切っていくとブーツが沈みこみ、危機の予兆がのろのろと戦線へ向かっていく夜の行軍の記憶を呼び覚ました——暗中を一歩ずつ進む部隊、ブーツが踏み板をこすって泥を踏み、装備どうしが当たり、銃のがちゃつく重い音が一歩ごとに大きくなって前線に伝わっていく。あのどんよりした気分が全身にまとわりつく。感情と希望をあえて抑えつける。なるようにしかならない。教会の庭の門まで行き、鋳鉄製の門《かんぬき》をはずすと金属の軋《きし》る音がして、それがまた別の、死体が散乱するドイツ軍の塹壕《ざんごう》を頭によみがえらせる。そのあまりの鮮明さに汗をかいていた。息を呑みこみ、建物につづく小径《こみち》に踏み入った。人のいる気配がなく、聞こえるのは奥の草原の上を飛ぶカラスの啼《な》き声だけだった。ハーキンは歩くことに意識を集中したが、そうしたところで、この先にある建物は温かく迎え入れてくれないという確信めいた思いを振り払うことができずにいた。

扉まで来て、引いたベルが構内に谺《こだま》するのを聞きながら、ハーキンは宗教画とねじを巻き忘れた壁時計が掛かる、タイル張りの玄関を想像した。すぐに反応がないので背後を振りかえると、バークは車にもたれて帽子を引きおろし、煙草《たばこ》の煙で顔を隠している。ハーキンはうなずいてみせるともう一度ベルを鳴らし、扉の把手《とって》にこわごわ手をやった。把手を回すと扉は内側に開いた。

思い描いたとおりの玄関だったが、時計はなかった。扉をあけ放ってその場に立ち、小さなサイドテーブル上のボウルに入れられた鍵束《かぎたば》と聖像に目を留めた。訪《おとな》いは入れなかった。意味がない。応じる者がいないことはこの静謐《せいひつ》からわかる。拳銃を、ポケットから抜くのも忘れて握りしめていた。

パチョリ油とピートの香りのほかに、あまり考えたくない臭いがした。階段脇の短い廊下を奥へ進んでいくと、厨房《ちゅうぼう》の扉が開いていた。長卓に食べかけの料理の皿があり、そのかたわらでグラスが倒れ、こぼれた赤ワインが卓上に溜《た》まっている。手前には赤いリボンが挟まれて開いた書籍。独りきりの晩餐《ばんさん》が中断されたのだ。卓をまわりこむと、床に椅子と片方だけのスリッパが転がっていた。

ハーキンはこの状況について考えた。争いがあったとしても激しくはない。厨房の食器棚は片側の壁にぴったり付き、磁器の大皿が何枚も重ねられたままになっている。建物の奥を見渡す窓の前に置かれた、二連の白いベルファストシンクの脇の棚には乾いた食器類が載っている。厨房から続きになっているパントリーや洗濯室にも、決まったもの以外はなかった。レンジを調べた。まだ温かかったが、下の扉をあけて火床を覗くと灰しか残っていない。

夕食、中断、そして何があった？

玄関にもどってたたずみ、バークを呼ぼうかとも考えたが、左側にあった戸口のほうに勝手に手が伸び、その把手にふれていた。ハーキンはひとりうなずいた。まえにもこんな家屋にはいった経験がある。ここは司祭の書斎だろう。把手を回すと、ラッチが静寂のなかで驚くほど大きな音をたてた。ハーキンは自身の感覚を研ぎ澄ませた。室内から、建物にはいってから考えるのを避けてきた臭いが流れてきて、それを吸わないようにできるだけ浅く呼吸した。臭いの正体はわかっていた。胃がゆっくりねじれ、目に涙が浮かんだ。

「はいれ」と誰かが言って、それが他人の声に聞こえるのに自分のものだと気づいた。

ハーキンは扉を押しあけた。

死体は、高さが最低八フィートはある巨大な箪笥《たんす》の飾り縁に法衣の紐《ひも》で吊《つ》られていた。

片方のスリッパが死体の左足に引っかかり、床から六インチのあたりに浮いていた。死の悪臭は耐えがたいほどだった。

33

部屋に入ってきたバークは神父の前に立ち、無表情のまま死体をあらためた。

「大男じゃなかったんだな」

その声が遠くに聞こえた。ハーキンは神父の机の引出しに何かを――どんなものでもいいから――その死につながる理由を探し出そうとしていた。たしかに、ディロンは子どもと大差ない矮軀《わいく》の男だった。神父が目を閉じていたことがありがたかった。

「何時だ?」とバークに訊ねた。

「ちょうど十五分」

ミサは十一時にはじまる予定だった。死体を発見してすぐに立ち去るつもりだったのだが、まだこうしてディロンの書類を必死に漁《あさ》っている。

「家政婦は見つからないと言ったな」ハーキンは、バークから新たな死体を見つけたという知らせがなかったことに胸を撫《な》でおろしていた。

「ああ。休みだったんだろう」どこかうわの空といったバークの声は、彼がほかに気を取られていることを示していた。「運がよかったな。何かあったか？」

「手帳だ」

「役に立ちそうか？」

「たぶん」バークの口数の少なさが気になったハーキンは言葉をうながした。

「ひとつ言っておくとだ」バークは問題を解決したとでもいわんばかりに、満足そうな声を出した。「ちびの神父はな、そこで首を吊ったんじゃない。死んでからロープを巻かれたんだ」

ハーキンが見守るなか、バークは神父の目蓋《まぶた》を上げた。すばやく観察したのち、手を下ろして死体の首に指をあてた。

「なぜそう言い切れる？」

「首を吊った男はまえにも見たことがある。前が唾だらけだった」バークは箪笥の横に立てかけられた木製の長梯子《ながばしご》を叩《たた》いてみせた。それは死んだ男が、書斎の壁二面の天井まで届く書棚の上段に手を伸ばすためのものだったのだろう。「こいつは誰かがこの男を殴って――ほら、殴られたってわかるだろう――自殺したように見せかけるために吊るしたんだ。警察も騙《だま》されるかどうか。まあ、ドクター・ヘガティなら騙されないだろうな」

バークが神父のことを軽く叩くと、死体はしばらく鈍い振子のように揺れていた。

「もうひとつ言っとくと、死後硬直だ。約十二時間経たないとこうはならない。ゆうべ、おれが訪ねたのは六時ごろで神父は不在だった。で、いまは朝の十時。したがって、おれの推理では、犯行時刻は昨夜の六時から十時のあいだってことになる」

「そんな知識をどこでおぼえた？」

「むかし、葬儀屋で働いてたのさ」

そう聞いても別段驚きはしなかった。ハーキンは最後の引出しを閉じた。すべてをその場に残し、手帳だけはオーバーコートのポケットに入れた。

「行こう。死後硬直だろうとなかろうと、死体といるところを見つかるのはごめんだ」

玄関まで行くと、ハーキンを手で制したバークが扉脇にある窓から表をうかがった。

「海岸に障害なし」

足早に道路へ出るとバークが庭の門をしめ、ハーキンはようやく長々と息を吐いた。ほっとして歩みを止めたとたん、神父の書斎での光景が一気に押し寄せてきて、じっと立っていられないほど脚がふるえだした。

「あんたはよくやった」バークがハーキンの肘《ひじ》を取り、地面から浮かすようにして前に押し出した。「車で休んだらいい」

気がつけばハーキンはフォードの助手席にいて、車が路肩から離れるところだった。ルームミラーを覗いていたバークが何かに目を留めた。その顔に緊張が走った。

「警察だ」バークは言った。「おれたちを捜しに田舎まで来たんだな」

ハーキンがエネルギーを振り絞って後ろを振りかえると、半マイルほど離れて、町から教会につづく路上にクロスリー・テンダーが現われた。フォードがカーブを曲がるとその姿は視界から消えた。

「見られてないとは思うが」とバークは言った。「見られたにしても、こっちはもう動いていたからな。奇遇ってとこか」そしてハーキンを見て眉をひそめた。「死人みたいな顔をしてるぞ」

バークは上着の内ポケットから銀のフラスクを抜き出し、片手をステアリングに置きながら蓋《ふた》を取ると、その匂《にお》いを嗅いでから差し出した。

「こいつを飲《や》れよ。景気がつくかもしれないし、まるっきり駄目かもしれない」

ハーキンはひと口すすった。炎が喉《のど》を下りていく感じがした。

「やれやれ」咳《せき》がおさまると、それだけ声にした。

「ゆうべ、バーのやつにボトルを売ってもらった。そいつがあれば車も運転できるぞ」

たしかに気分が良くなってきた。

「独り占めするなよ」バークは取りあげたフラスクをぐっと呷《あお》った。その反応はというとハーキンとは対照的に、息を吸いこんでわずかに顔をしかめただけだった。「そいつを銅のパイプに通したやつは大したもんだ。気分がましになってきたか?」

「ああ、すまない。一瞬くらくらした」

「ここでおれたちが分別ってものを利かせればな」バークは懸念《けねん》をあらわにして言った。「この車を止めずにダブリンまで走るべきだ。おれたちがなかにいるあいだに、駐《と》まってた車を見たやつもいるだろう。こんな田舎には、通りかかったやつが気づかないほど車が多いわけじゃない」

バークの指摘はもっともで、ハーキンもその意見にかたむきかけていた。車はバリーコートの行先表示がある十字路に差しかかろうとしていた。

「そこでちょっと停まってくれ」

バークは従ったが、肩越しに振りかえり、警察のトラックが目にはいらないか気を配っていた。ハーキンは表示を頭に入れ、そしてて撤退しようというバークの提案を秤《はかり》にかけた。

「左折してバリーコートへ行く」

「本気か?」

「本気だ」

バークは〝やれることはやった〟とばかりに肩をすくめた。車は前進して角を折れた。

「バリーコートに何があるんだ?」すこし走ってから、バークが訊《き》いた。

「イーガンだ」

ハーキンはポケットから手帳を出し、最後の書き込みがあるページを開いた。

「きのう、ドリスコルに会ったとき、神父に会いにいったことは話したのか?」

「話した」

「で、翌日にまた訪ねるって話は?」

考えこんだバークは、やがてうなずいた。ハーキンは手帳の開いたページを掲げてみせた。各ページの左側には時刻を表示した欄がある。夜の九時の箇所にドリスコルの名が記されていた。

「これがあいつの話してた約束じゃないか? 行かなきゃならない約束というのは?

ディロン神父との」

バークは低く口笛を吹いた。

「それは言ってなかったな」

「ああ」

「やつが殺したと思ってるのか？」

「おれが言いたいのは、おまえが設定した時間帯に、やつがあの建物にいたらしいってことだ」

「よりによって」バークは鼻を鳴らした。

「唯一《ゆいいつ》の疑問は、なぜ？」

バークは乾いた笑い声をあげた。

「それはディロン神父が匿名《とくめい》の情報源などないと——すべてはドリスコルのでっちあげだと、おれたちに話そうとしたからじゃないか。おれが思うに、マット・ブリーンのことも、やつが自分の足跡を消そうとして警察にタレこんだのさ。それと同じ伝で、やつはアバクロンビーにあんたのゆうべの居場所を指したんだろう」

ハーキンは手帳のページを繰って襲撃の夜までさかのぼった。十一時の欄にB・Mのイニシャルが書きこまれている。B・Mを逆さにすればマット・ブリーン、最近命を落とした情報将校の名前になる。その前日に書かれたもう一組のイニシャル、K・Rは予測もつかない。ページを行きつ戻りつしても、他の予定はほぼすべてにフルネームが記されている。例外はこの二組のイニシャルだけなのだ。もしB・Mがマット・ブリーンであるなら、K・Rの正体はおそらくイーガンが知っているだろう。ハーキンはバークを見た。

「神父を殺したところで、ドリスコルが襲撃を仕組んだんじゃないかというおれたちの疑いは止められないし、どのみち情報の出所はイーガンが話してくれる。それと、おれたちがディロン神父を発見した際の状況も腑《ふ》に落ちない。犯人がドリスコルだとしたら、手帳をそのままにしておくか？　争った形跡を残したまま自殺に見せかけるか？」

「気が動顚《どうてん》してたんじゃないのか？」

「かもしれない。それに動機は情報提供者のことじゃないのかもしれない。いいか、ディロンは襲撃の日にB・Mと書いてる。おれの推測ではマット・ブリーンの略だ。もしもマット・ブリーンが襲撃の日の朝、あそこにいたとしたら、匿名の情報源から情報を得た可能性がある。ドリスコルを通さない情報だ」

「じゃあ、ドリスコルはシロなのか？」

「ぜんぜん。やつはディロンが生きて最後に会った人物だ。おそらく神父はドリスコルとモード・プレンドヴィルの関係で——もしくは別の問題で、ドリスコルが明るみに出したくない事実を知っていたのかもしれない。おまえがけさ、ディロンを訪ねると知って、手を打たなければと思ったのか」

「つまり、イーガンと話す必要があるってことだな？」

「そうだ。それにドリスコルとも。いずれにしても、やつの口から説明してもらわないと」

34

バリーコートは村というより集落に近く、十字路を中心にあばら家と小屋と、それに藁葺《わらぶ》き屋根の教会がまばらに建つだけの場所だった。ここまで走ってきた道路は村を抜けると山間《やまあい》に分け入っていく。村は舗装されておらず、そもそも道路自体が砂利まじりの泥道である。目にはいる一台きりの車はおんぼろで、馬のいない荷車が教会の脇《わき》に放置されていた。

「ここは馬がいるとしても一頭だけの町だな」バークはそう言うと車を歩く程度のスピードまで落とした。車のエンジン音に、戸口や窓辺に警戒する男女の姿が現われ、裸足《はだし》を茶色に汚した子どもたちが物見高く集まってきた。

「ここで停めてくれ」ハーキンは教会の入口を示し、バークがさらに減速して停車した。

「あんた向けのパブだな」バークが指さした低い藁葺きの小屋から、男たちが表に出て目を向けてきた。村人たちに、ダブリン登録の自動車に乗った余所者《よそもの》を歓迎する気はさらさらなさそうだった。バークはこの状況を楽しんでいるのだろうか、とハーキンは思った。

「ブーツに保革油《ダビン》を塗っといたんだろうな、トム。三インチは深さがあるぞ」

「すると、おれひとりで行くのか？　おれのことが心配なんだと思ってたが」

「おれが人を怖がらせるって——あんたはそう言ってなかったか？　とにかく、ここから急いでおさらばするなら、誰かが車のエンジンを回しとかなきゃならないし、あんたは運転ができない」

「できる」

「いまさら言われても遅い」

バークが二度押したパネルが脱落して、そこに二本の革紐で固定されたモーゼルの自動拳銃《けんじゅう》が見えた。バークは紐をはずして銃を膝《ひざ》に挟んだ。

「おれに行かせたいなら行くぞ。ただドリスコルがこれを仕組んだんなら、やつはおれじゃなく、あんたの名前と人相を伝えてるはずだが。どうする？」

ハーキンは溜息《ためいき》をついた。じつは車に乗っているうちに気分もましになっていたが、だからといって車を降りたいわけではなかった。ドアのハンドルに手をやりながらも、もしもドリスコルが裏切り者であるとしたら、これは罠《わな》かもしれないと考えていた。

「こいつが悪いほうに転んだら」ハーキンは言った。「おまえからショーン・ドリスコルに苦情を伝えてほしい」

「まかせてくれ」バークはモーゼルの安全装置を引いた。

ハーキンは澱《よど》んだ水溜まりを踏んだ。ブーツの沈み具合を見ると二インチほどで、少なくともバークの見積もりは誤っていた。余所者を値踏みしようと集まった男女をじっくり眺めまわすと、なにも投げられないし罵声《ばせい》も飛んでこないので、まずはいい兆《きざ》しだった。彼らに向かってうなずいてみせたが反応はなく、ハーキンはひとつ呼吸をすると、足もとに注意しながら道路を渡っていった。

そこへ黒の長いオーバーコートにフラットキャップという、どこにでもいそうな服装の若者が道路沿いに歩いてきた。そのおぼつかない千鳥足に住民たちが場所を空けた。ハーキンのことなど眼中にない様子で近づいてくる若者は鼻歌をうたっている。ゆっくり歩みを進めるハーキンが、わずかに向きを変えて相手を避けようとしたその瞬間、歌う若者はようやくハーキンに気づいたらしく足を止め、ふらついたままじっと見つめてきた。

尖《とが》った顔と紙のように白い肌が宗教画の聖人を思わせたが、ただしまず間違いなく酔っていた。帽子の下からはみ出す黒髪が風にあおられ、それをぐずぐずと払いのけた若者の濃い青の目に狂気の片鱗《へんりん》が見え隠れした。ひげを剃《そ》らず、コートの下の襟なしシャツは黒く汚れている。初めはハーキンの存在に戸惑っていたが、やがて顔を近づけると冷笑に唇を歪《ゆが》めた。腐って黄ばんだ歯根が覗《のぞ》いた。

ハーキンも立ちどまり、若者の片耳にあるかさぶた、頬骨の擦り傷、切れて腫《は》れた下唇を目にした。細い首に目立つ喉ぼとけが唾を呑むと上下する。臭いもした。古い酒と溜まった汗の酸《す》っぱい臭い。男が浮かべる軽蔑《けいべつ》の表情が、ほとんど物理的な力のように作用した。たがいの目が合うと、ハーキンはアイロンの利いた自分のスーツと革のブーツ、トレンチコートと帽子を顧みた。その瞬間、ハーキンは村人側の視線で自身を見ていた。初日に目撃した燃え落ちた小屋を思いだし、彼らが見ているはずの己れの姿が厭《いや》になった。

「おはよう」と思わず口にしたそばから、ハーキンは言わなければよかったと後悔した。

「おはよう」若者は大げさに真似をした。

ハーキンは若者を無視することにして酒場に歩きだした。が、若者は背を反らすと頭を前へ振り、自分たちが踏んでいた長い水溜まりに唾を吐いた。ハーキンを狙《ねら》ったわけではないのか、狙ったにしてはお粗末な飛ばし方だったが、挑発してきたのは明らかで、こんな土地の住人からしたらこの扱いも当然なのだろう。若者はふらつきながら、ハーキンに挑みかかるように立っていたが、また顔をしかめると身をひるがえして歩いていった。

ハーキンは退場する若者にいま一度目をくれてから酒場に向かった。戸口にたむろしていた男たちが後ろに退き、ひとり残ったエプロン姿のずんぐりした老人に店内へ招かれた。

身をかがめて店にはいると、饐《す》えた酒と染《し》みついた煙草の臭いに迎えられた。パンが焼ける匂いにも劣らず馴染《なじ》みがある。エプロン姿の男がカウンターの裏にまわってキャッシュレジスターの前に立ち、ハーキンは明かりのない空っぽの内装をひとしきり眺め、それから缶や箱が並ぶ棚に視線をやった。

「ミスター・オブライエン？」

「そうだ」

「砂糖一袋」ハーキンは言った。「それと蠟燭三本を」

意外なことに、店の壁には電話機が付いていて、パブの主人はそのハンドルを回した。交換手が出るとオマホニーという名を告げた。つながった回線で、オブライエンは注文の品が届いた、誰かに運ばせるか、それとも取りにくるかと訊《たず》ねた。答えを聞き、電話を切ったオブライエンはハーキンに向きなおった。

「お待ちかねだ。道をずっと行くと人がいる。その先はそいつらから指示がある」オブライエンはそこで神妙な顔を笑みくずした。「ほかに何か入り用のものはあるかね？」

ハーキンは悩んだすえ、煙草の〈スウィート・アフトン〉が置かれた棚を指し、ポケットに一シリングを探った。

「あれをひと箱」

車にもどったときにはドアのパネルが元どおりにされ、モーゼルは見えなくなっていた。

「上々か？」とバークが言った。

さっきまでハーキンのことを見守っていた男女はそれぞれの用向きに散っていき、村はふたたび無人のようになったが、子どもたちだけは教会の門のあたりで固まっていた。たぶんミスター・オブライエン以外の村人と同じで、みんな腹を空《す》かしているのだろう。

「そうだな」

ハーキンはパブの主人からの指示を伝えた。村を出るときも、子どもたちはずっとこちらを見ていた。車が山間への道を登りだしてハーキンが振りかえると、彼らは見えなくなるまで泥道に突っ立っていた。

「あんなとこに住むなんて想像できるか？」というバークの言葉に、ハーキンは、胃の腑がよじれるほどの怒りがこみあげてきたのに我ながら驚いた。

「もしアイルランド人が自分の踏む土地を所有して、自前の法律をつくったなら、あの土地がいまどんなふうか想像できるか？」

バークは楽しくもなさそうに笑った。

「そうなったら何かが変わると思うのか？　あんたは楽天家なんだよ」

「すぐじゃないかもしれないが、いつかは変わる」

道は登るにつれ蛇行し、あたりは荒涼としてハリエニシダと岩に覆《おお》われ、分厚い石壁の立つ小さな草原と化した。そこに生える草は風にそよともしない。ハーキンは背後の海と白く波立つ岸辺を望んだ。湾の遠端にかろうじてキルコルガンが見えた。

およそ十分後、車は丘の頂を越えて下りはじめ、眼下に田園風景がひらけてきた。

「遠くまで来すぎたか？」とバークが言った。目的の人物と会いそこねたのではというハーキンの不安を察知したのだろう。ハーキンはそれに応えなかった。年のころは十四歳、黒いウールのジャンパーに垢《あか》じみたキャップをかぶり、石壁にもたれる紅毛《あかげ》の少年に注意を奪われていた。車が近づくと少年はうなずいて身を起こし、道路のほうに出てきた。バークが停めた車の窓を下ろすと、少年が覗きこんできた。ハーキンからバークへ、そしてハーキンに視線をもどした。

「ミスター・ハーキン？」

「そうだ」

「乗せてもらえる？」

「乗りたまえ」

道沿いに一マイルほど走ったのち、少年は左折を指示した。そこは車どころか、人馬の往来もほとんどなさそうな隘路《あいろ》だった。すぐに迫ってきた木立ちのなかに、ハーキンはライフルを抱えた男ふたりの姿を見た。バークに目配せすると、バークもそれを認めてうなずいた。やがて小さな農場の庭で、少年は車を停めさせた。正面にまた別の二名が立っていた。外套《がいとう》の上から弾薬帯を掛け、ひとりはフラットキャップ、もうひとりはフェドーラをかぶっている。

「ここで待って」少年はそう言って男たちに話しかけると、ハーキンたちに合図をした。ふたりは身体検査を受けてから母屋《おもや》に連れていかれた。

低い梁《はり》をくぐった先の天井の低い細長い部屋で、ハーキンは帽子を取ってまわりを見ながら、薄暗がりに目を馴《な》らしていった。奥の壁の炉辺で、年かさの女性がせわしなく立ち働いていて、集まった若い男たちが思い思いに椅子《いす》やスツールに腰かけ、地面に座りこんだり壁に凭《もた》れたりしている。濡《ぬ》れたウールとしばらく風呂《ふろ》にはいっていない男の体臭が混ざった臭いは、ハーキンもよく知っていた。二日、三日と無精ひげを伸ばし、疲れた目で大して興味もなさそうに見つめかえしてくる猛者《もさ》たち。ハーキンはバリーコートから丘を越え、メッセージがどのように伝わったのかが気になった。この家には電話がなかったのだ。

「ダブリンからのお客さんだ」小柄で細身の男が、室内にあった唯一のテーブルにふたりを差し招いた。

好奇心が満足したのか、天井の低い部屋にいた義勇兵の大半が目をそらし、低い声で会話をはじめた。料理の皿を前にした者は食事をしながら、まだの者は待ちながら。そのざわめいた感じが夕方のパブを思わせる。向かいに座る小柄な男の青い目は燦《きら》めきを放っていたが、それが楽しんでいるせいなのか、気を許していないせいなのかわからない。

「あんたを支援しろと命令を受けているんだが」

「ミック・イーガン？」

小男はうなずいた。

「あんたがトム・ハーキンで、あんたが——」イーガンは品定めするような目をバークに向けた——「ヴィンセント・バークか」

ハーキンは知らない男たちの前で口を開くのをはばかって周囲を見やった。

「やつらのことは心配いらない。やつらは聞きたければ聞くし、聞きたくなけりゃ聞かない。おれたちがおたがい話すことは全員の耳に入れる。ここではそういうやり方だ。この部隊に秘密はない。まあ、ほとんどはな」

ハーキンはここに来た理由を説明したが、イーガンに驚いた様子はなかった。イーガンは襲撃の日の部隊の行動に関して、アバクロンビーがキルコルガンを訪ねる予定になっているという情報がマット・ブリーンによってもたらされたところから、実際の襲撃の場面と、黒煙を上げる車と距離を置いたあとに聞こえてきた最後の銃声のことまでふたりに語った。

「ミス・プレンドヴィルは気を失っていたが、われわれは彼女をそっとしておいた。

ほかにやったことといえば、トランクにあったライフルを取りあげたぐらいだ。ぐずぐずはしなかった——日が出るまえに丘までもどりたかったんでね」

「ドリスコルの話だと、襲撃の情報はディロン神父経由で伝わったということだが」

ハーキンはさしあたって神父の死を伏せておくことにした。

「そうだ」とイーガンは答えて顔を曇らせた。マット・ブリーンのことを想《おも》ったのか、それともハーキンがつぎに口にしそうなせりふに見当がついていたのだろうか。

「ディロンに情報を流したのは誰なのか、あんたは知っているか？」

「われわれに秘密はないが、マットが明かさなかったこともある。情報源は大切で、マットはそれを護《まも》ろうとしていた。われわれ全員が知ってしまったら、その情報源を危険にさらすことだってあるだろう」

「疑いの余地は？」

「おれにはないね。なぜんそんなことを訊く？」

「モードがあんたたちの部隊の手で殺されたんじゃないとすれば、やった連中は襲撃の予定を知っていたのかもしれない。偶然その場に居合わせたとは思えない」

イーガンは興味をそそられたように身を乗り出した。

「つづけてくれ」

「しかし、ショーン・ドリスコルは襲撃とは無関係だったのか？」

「ああ」イーガンはその言葉をゆっくり発した。その冷たい青い目の奥で、イーガンが頭を働かせているのがわかった。

「だが知っていた可能性は？」

イーガンはハーキンのことをまじまじと見つめた。

「あるだろう」

「自信がなさそうだな」

「おれが知ってるのは、マットはディロン神父と会ったあと、何かしらの情報を拾おうとショーンに会ったってことだけだ。マットが襲撃の話をしたかどうかは知らない。なんとも言えないが、話しても不思議じゃない」

「なぜ？」

「それはキルコルガンの身近で襲撃があれば、ショーンも穏やかではいられないだろう。おそらくマットはショーンに知らせないほうが、自分にとってもわれわれにとっても無難だと考えたんじゃないか。ショーンは信用のおける男だが、一方でプレンドヴィル家にたいしても忠誠心を持ってるだろうからな」

「それでも自信はないのか？」

「とにかく時間までに現地に着くことで頭がいっぱいで、おれはマットにショーンがどこまで知ってて、何を知らないかを訊ねなかった。正直言うと、聞きたくないことまで聞かされるんじゃないかと思って訊ねる気がしなかった。われわれとしては、アバクロンビーとやりあう絶好の機会だった。ショーン・ドリスコルの立場はわかっていたが、おれには危険を背負う覚悟があった」イーガンは目を上げ、ハーキンをひたと見据えた。「白状すると、もしモード・プレンドヴィルが同乗してると知っていたとしても、おれはあの車を襲った。その場でアバクロンビーを撃つチャンスがあるかぎりは。悔いることはない。そこははっきりさせておく」

「襲撃の結果、キルコルガン卿《きょう》が屋敷を補助隊の本部に貸し出すという話が一気に現実味を帯びた気がする」

イーガンはその発言を非難と捉《とら》えたかのように、ハーキンを鋭く睨《にら》みつけた。そして微笑した。

「オクシーズに〈キルコルガン・ハウス〉を根城にされたら困る。むこうにはうってつけでも、こっちは願い下げだ。だがそこは考慮に入れてある」

その含意は明確だった。

「そのあとのことだが。ブリーンを問い質《ただ》さなかったのか？」

「襲撃のあと、ブリーンとは話さなかった。やつは一時間ほどして部隊を離れた――用事があってな――その後のやつの運命はあんたも知ってのとおりだ」

ハーキンはその情報を頭に刻みながらうなずいた。

「単発の銃声がしたとき、部下たちは全員いっしょだったのか？」

イーガンはまたうなずいたが、その顔に疑問が浮かんでいることにハーキンは気がついた。指揮官が問いたがっているのはショーン・ドリスコルのことなのだ。ハーキンはポケットから手帳を出し、襲撃の日のページを開いてテーブルに置いた。

「これはディロン神父の手帳だ。〈B・M〉とはマット・ブリーンのことだろう」

イーガンはそのイニシャルを見つめてうなずいた。

「マットが神父と会った時刻だな」

ハーキンはページを前に繰った。

「〈K・R〉に心当たりは？　情報源かもしれない」

イーガンは頭をひねった。

「まえから、情報源は町の王立警察《RIC》の署内にいるんじゃないかとにらんでた。おれが知るあそこの人間で、同じようなイニシャルを持つのはリチャード・ケリー。ディッ

「このまえ会った」

キー・ケリー。巡査部長の」

「可能性はある」イーガンは言った。「ところで、あんたがディロン神父の手帳を持ってる訳を訊ねてもいいか？」

「けさ、神父がロープで吊られてるのを発見したんだ。誰かが、自分で首を吊ったように見せかけてね。殺されたんだとおれたちは考えている」

イーガンはゆっくりうなずき、ハーキンは手帳の昨日のページを出した。

「ゆうべ、神父には気になる訪問者がいた」

イーガンは乗り出してショーン・ドリスコルの名を読んだ。そして後ろにもたれると、上着のポケットからポーチを取り出し、どこか放心した様子で自ら煙草を巻きはじめた。

「こいつをやるあいだ、外を歩こう。うちの女主人がなかで吸うのを厭がるんでね」

岩が目につく小さな庭に出ると、年老いた牧羊犬がすぐそばで、二名の見張りが離れた位置から彼らを見守った。動きの鈍い鶏《にわとり》が数羽、足もとの地面をつついていた。

「ショーン・ドリスコルについて、ほかに知ってる事実を教えてくれ。こっちからも話せることがあるかもしれない」

ハーキンは襲撃に関するドリスコルの説明にまつわる矛盾、そしてモード・ブレンドヴィルに宛《あ》てた手紙と彼女の妊娠について説明した。それから昨夜、アバクロンビーがモイラ・ウィルソン宅に現われたことを、少々気後れしながら語った。

「ジョーン・ドリスコルは、私がそこにいたことをブレンドヴィル家以外で唯一知っていた人間だ」

「で、その時刻は？」

「朝の二時ごろだ」

イーガンは煙草を深々と喫すると、隣接した牧草地からこちらを見つめる牛のほうに目をやった。

「それは気になる」イーガンは言った。「というのも、ジョーン・ドリスコルはゆうべ、町であった旅団の補給係将校との会合に現われなかった。きょうの朝いちばんに、鞍《くら》を載せたままのやつの馬が道端の牧草地で見つかったそうだ。あとは想像がつくだろう」

35

キルコルガンへもどる車中、ハーキンとバークには交わす言葉もほとんどなかった。バークがときおり目を向けてきては頭を振り、ハーキンはついに無言の叱責《しっせき》に耐えられなくなった。

「裏門でおれを降ろしたらダブリンに帰れ。身を隠すはめになったら、イーガンが世話してくれる」

「あんたの世話はイーガンじゃなく、おれの仕事だ。こっちの手間をはぶいてもらいたいもんだ」

「町に〈ラニガンズ〉っていう金物屋がある。合言葉と話す相手を教えておく。そこから総司令部にメッセージを送ることができる。指示を仰げ――おれたちふたりに。返事は朝の汽車で来る。離脱の命令を受けたら離脱する」

「朝までに間に合えばな」

ハーキンはシガレットケースを開き、一本に火をつけてバークに手渡し、自分にも一本つけた。

「ドリスコルの行方については、四つの線が考えられる。第一に、やつの馬が見つかったときには、酔っぱらって溝にはまったか誰かの家で寝こけていて、いまはキルコルガンに帰っている」

「おれはその線が好みだね」

「第二に、おそらくはディロン神父を殺したせいで、パニックに駆られて逃げた。この場合、やつはおれたちの脅威にはならない。おれたちのほうがやつの脅威になる」

「つづけてくれ」

「第三に、やつは警察に捕まった。情報将校だと警察に知れたら厳しい立場に追い込まれるが、やつは見た目よりもタフだ。一方で、取り調べを受けてない場合もあり得る。留置場に座って、お茶が出てくるのを待ってるのかもしれない」

「それか便所でしこたま弾丸を食らったか」

「そうだ。第四の可能性は、おれは気に入らない」

「同感だな。やつは最初からアバクロンビーとぐるで、おれたちは厄介に見舞われる」

「ただしドリスコルはおれが何者で、いまもうろつきまわってるのを知っている。もしドリスコルがそこを話してたら、アバクロンビーはゆうべ、おれを消していたんじゃないか？　やつはアバクロンビーにおれの居場所を話したかもしれないが、おれの正体については明かさなかったんだ。それに、やつが襲撃の計画を知ってアバクロンビーに伝えていたとしたら、なぜそのまま指をくわえていた？」

「アバクロンビーは何かしらの理由で、ティーヴァンの死を望んでたんじゃないのか？　あるいはモード・プレンドヴィルの死を。あるいはイギリス野郎の」

ハーキンが見るかぎり、バークは本気でもなさそうだった。ハーキンはシートに身を沈め、バークがあれこれ考えあわせるのを見守った。やがて大男はうなずいた。

「よし、わかった。あんたを裏門で降ろしたら、町の〈ラニガンズ〉へ行ってメッセージを送る。言っとくが、こっちは一切隠し事はしないからな」

「そんなことを頼む気はないさ」とハーキンは言った。

「いいな、おれは朝の汽車を待ってボスの言い分を確かめる」

「それでかまわない」

「よし。ほかにやってほしいことは？」

ハーキンはしばらく考えこんでから視線を流した。

「接触する相手はピーター・ラニガン。合言葉は〈エクセルシオー〉。ケリー巡査部長の住んでる場所を訊いてくれ」

「冗談だろう?」

「おそらくは署に住みこんでるはずだが、まだ町に住んでるとも考えられる。ドリスコルが失踪《しっそう》しただけに、おれが直接訪ねていってもいい。彼が情報源なら、少なくともわれわれの置かれた立場も見えてくるだろう」

「訊いてみる」バークの不満は一目瞭然《りょうぜん》だった。「そのあとはミセス・ウィルソンのとこにいるから、ちょっとでも火種が見えたら呼んでくれ。町まで足が必要なときでも」

「ありがとう、ヴィンセント」

「どういたしまして」

目蓋が重くなってきて、ハーキンは腰をずらし、シートに頭をもたせかけた。まもなくエンジンの単調な響きに誘われ、眠りに引きこまれていった。

防毒マスクのレンズに縁取られた視界は自分の息で曇り、まるで二連の舷窓《げんそう》から嵐《あらし》が襲来した泥の海を眺める感じがする。

何もかもが茶色だった。茶色の大地は、砲弾によって穴があばた状に開いている。手にしたライフルに目を落とした。銃床とストラップは泥まみれで、銃剣にも泥がこびりつき、手の皮膚さえ見えない。何もかもが同じだった。打ち棄《す》てられた道具の破片も砕けた木片も。こんがらがった鉄条網も金属も。死者でさえ茶色で、大地とほとんど区別がつかないまま徐々に地中へと沈んでいく。

聞こえるのは、レスピレーターを通した自分の耳ざわりな息遣いだけだ。くたばりかけた蒸気エンジンさながら。喘《あえ》ぎまじりの呼吸はリズムが不規則で、いまにもがたが来て停まってしまいそうだ。泥の味がする。マスクの内側にはいりこんだらしく、口中にも感触がある。マスクの外はすさまじい騒音にちがいない。砲弾が炸裂《さくれつ》したあたりで噴水がゆっくり上がり、小さな飛沫《ひまつ》が列をなして迫ってくる——機関銃の銃弾がつぎつぎ軟泥《なんでい》を穿《うが》ち、液体となった大地に縫い目をつくってくる。もう避けられないと観念したが、それが三フィート手前でやみ、彼は嘔吐《おうと》の味をおぼえながら蹌踉《そうろう》として進んだ。

見かけは固そうな小丘から、半ば水に浸《つ》かった踏み板、砂囊《さのう》へと前進をつづける。マスクの外の霧は——前方三十ヤードで低く垂れこめた黄色のガスだった。大した量ではないが、微風に乗ったガスがそこを抜けようとする男たちに追いすがる。銃撃を再開した機関銃の閃光《せんこう》が見えて、左手にいた男たちがひとり、またひとりと倒れていく。

そこで肘をつかまれて激しく揺さぶられ、何者かが切羽詰まった声で話しかけてきた。

「目を覚ませ。ゆっくりだ。二百ヤード先に検問所がある」

バークの声だった。ハーキンは身を起こそうとシートのなかでもがいた。口に泥と嘔吐の味が残っていた。バークを見ると、自信に裏打ちされた笑顔が返ってきた。

「大丈夫か？」

「平気だ」自分の言葉が不明瞭に聞こえた。「絶好調だ」

遠くに、装甲車の前に立つ男たちの列があった。軍の放出品や警察の制服を着ている。補助隊だった。バークは車の速度を保ってゆっくり向かっていった。

「おれが話そう」

ハーキンは窓を下ろし、補助隊から顔をそむけるようにして夢の味を吐き棄てた。顔にあたる冷たい霧雨がありがたかった。

検問所から十ヤードの位置で、白い顔にスコットランド連隊の赤と白のグレンガリー帽をかぶった長身瘦軀《そうく》の男が片手を挙げ、車を停めた。ハーキンは肘を突き出して合図を送った。

「万事順調かな？」と、口もとに硬い笑みをつくり、なるたけ将校らしく話しかけた。

「書類をどうぞ」瘦《や》せた男のしゃべりはスコットランド人らしくなかったが、それは別段不思議なことではない。去年の戦争では、ダブリン・フュージリア連隊の約半数はダブリンはおろか、アイルランドにも足を踏み入れたことのない連中が占めていた。

ハーキンは書類を差し出した。補助隊員はそれを念入りに調べると、最初にバークを、つぎにハーキンを見た。

「ミスター・ハーキン？」

「ああ」

「この先に用事がおありですか？」

「私はキルコルガン卿のところに泊まってる。卿の息子とフランスで戦役に就いた」

隊員はあらためて書類に目を落とすと、今度はバークを見つめた。

「ミスター・バークも〈キルコルガン・ハウス〉に滞在で？」

「同僚だ。私は近ごろ保険会社で働いていてね。彼は別の場所に宿泊する」

「どちらですか？」

「町の反対側にあるミセス・ウィルソンのところだ。何か問題でも？」

「町でちょっとした騒ぎが起きていて。心配ありません。いまはもうおさまってます。どちらから来ましたか？」

瞬間、ハーキンの頭は真っ白になったが、それでも町から二十マイルほど離れた丘のむこうからと口にした。

「道中、怪しいものは目にしませんでした？　あのあたりでは、反政府の部隊が活発に動いてます」

「なにもなかったが。それはミス・プレンドヴィルとティーヴァン警部補を襲った集団のことかな？」

補助隊員は最初、それに答えず書類を返してきた。ちょうど装甲車が騒がしい音をたて、生け垣の隙間《すきま》にバックしていくところで、その間、彼は片手を挙げていた。

「ええ。その一部はすでに対処ずみです。残党たちの逮捕も時間の問題でしょう。どうぞ安全な旅を」

バークがゆっくり車を出し、ハーキンはオクシーズたちに視線を投げた。長年にわたる戦争で表情をなくした男たちの顔は暗く、そこには諦念《ていねん》といったものが見える。フランスでは捕虜を取ることなどろくに考えなかったような連中が、アイルランドでその方針を変える必要性を感じるだろうか。

「検問所ってやつは大嫌いだね」そこを通過するとバークが言った。

ハーキンはうなずいた。ふと疑問が浮かんだ。

「ショーン・ドリスコルは、やつらが対処したひとりだろうか？」

36

バークに降ろされたキルコルガンの裏門から屋敷までは歩いてすぐだったが、そこは七年あまりまえ、最後にここを訪れてから一度も通っていなかった。それなりに維持されている正面の庭や私道に引き換え、こちら側はキルコルガンの衰退というものをはっきり表している。通りかかった厩舎《きゅうしゃ》まわりでは、敷かれた玉石は草に埋もれてほぼ見えず、個々の仕切りの扉は多くが開きっぱなしか蝶番《ちょうつがい》からはずれていた。隅のほうから、わずか三頭の馬があまり興味もなさそうに眺めてくる。錆《さ》びかけの鐘をいまも支えるアーチ形のゲートにつづく小径《こみち》は、馬の蹄《ひづめ》に踏まれたせいで草がなかった。ハーキンは足を止め、周囲を見まわした。戦争まえはたしか真っ白だった漆喰壁《しっくいかべ》が、いまや雨と湿気で黄ばみ、壊れた樋《とい》から水が流れた場所は黒ずんでいた。

厩舎を過ぎると、壁で囲われ、かつては野菜が並んでいた家庭菜園には雑草が伸び、もはや見る影もない。小さな果樹園の木々には、腐って茶色くなった果実の皮がそのままにされている。あたりに荒廃の空気が漂っていた。

屋敷の裏手に近づいても同じことだった。壁がところどころ湿って、窓には蔦《つた》がはびこり、汚れで曇っていた。草に隠れた砂利を踏み、裏玄関を護る石造りのポルチコに向かって花崗岩《かこうがん》の階段を昇っていくと、静けさに足音が響きわたるようだった。ノッカーを持ちあげると扉が開いた。屋敷のどこかで犬が吠《ほ》えた。

「誰か?」と声をかけても返事がないので、狭い一間に足を入れた。

湿ったウールと古い皮革の、そして潮の匂《にお》いがする。ハーキンの存在に驚いた鼠《ねずみ》が傘の下から逃げていった。壁に長くほったらかしの外套《がいとう》とスカーフが掛けられ、床にはひびの入った乗馬靴、ガットのないテニスラケット、釣り道具、それにボールが使い古され、かろうじて色の区別ができるクロケットのセットが雑然と置かれている。

「誰か?」と、もう一度声をあげた。

そのまま歩いていくと、屋敷の中央を通る長いホールの端に出た。明かりといえば、はるか上の回廊の汚れた窓から射《さ》しこむ光をたよりに、ハーキンは霧中を行く船さながらに先を進んだ。絵画や家具、さらには死んだ動物たちが陸標のごとく唐突に立ち現われてきた。

「トム」

そのささやきに近い低声《こごえ》に振り向くと、ダイニングルームの戸口にビリーが立っていた。ツイードのジャケットの襟を折ってロールネックのセーターの上からボタンを留め、乗馬ズボンを泥の散ったブーツにたくしこんでいる。顔色が死体のようだった。

「ショーンがゆうべ、もどってこなかった」

「らしいな。まだ姿は見えないのか？」

「ああ。あいつの馬が山へ行く途中の草むらで見つかった。そのあたりをしらみつぶしに走ってみたが、あいつはどこにもいなかった」

「落馬したのか？」

「かもしれないが、馬は自分で牧草地のゲートを開かない」

ビリーの狼狽《ろうばい》ぶりに驚いたハーキンは、親友の肩に腕を伸ばした。

「何か理由があるんだ」と言った。

ビリーは背を向けるようにして三歩、四歩と前に出ると、頭上の窓からの光が足もとに溜《た》まる長いホールの中央付近で立ちどまった。

「あいつは補助隊に捕まったんだと思う」ビリーは肩越しに怯《おび》えた顔を向けてきた。

「どうにか戦争を生き延びて、家まで帰ってきたのに……」

「あいつには連中に脅されるようなことがあったのか？」ハーキンは正確に言葉を選

んで言った。

ビリーの口からは溜息ばかりが洩《も》れた。

「ああ、トム。もちろんさ。いままで捕まらなかったのが不思議なくらいだ」

ハーキンは友を見つめながら、その嘆きはドリスコルとともに自身にも向けられているのだろうかと考えた。

「あいつがあの襲撃に関わっていたってことはあると思うか？　だから捕まったんじゃないのか？」

「補助隊《オクシーズ》はそう思ったかしれないが、あいつは関わってない。それが事実だとおれは知ってる。でも、やつらにしてみたら、そんなのはおかまいなしだ。人をひとり捕まえて、それで終わりだ。やつらはここの人間じゃないし、間違いを犯そうと損害をあたえようと関心がない。まえに聞かされたことがある。やつらが疑って撃った野郎がたとえ犯人じゃなくても、どうせほかでやってるんだって、やつらはそううそぶくのさ。アイルランド人はどいつもこいつも不実な連中だとね。でもな、トム。おれもアイルランド人なんだぞ」

「ショーンは無関係だと、おまえには確信があるのか？」とハーキンは質した。「あいつには時間があった」

ビリーはハーキンを初めて見るような顔をした。追い込みすぎたのだろうか。

「つまり、あいつには襲撃者たちと行動する時間があった」

ビリーは首を振った。

「おまえの計算は狂ってる。あいつにはモードを撃つことも、襲撃に参加することもできなかった。まったく不可能だ。おれは銃撃がはじまるまえに、あいつがどこにいたのか知ってるし、そのあとであいつと顔を合わせたんだ」

「あいつはどこにいた？」

ビリーはまたじっと見つめてきたが、その真意を測るのは難しかった。ビリーは首を振った。

「おれはあいつが母親の小屋を出るのを見たし、はいっていくのも見た」

「なぜそれをこのまえ言わなかった？」

「おまえが訊《き》いてきたのは、あいつがいつ屋敷に来たかで、事件のまえにあいつを見たかどうかじゃなかった。とにかく、あいつはモードといっしょに育ったんだ。ずっと家族の一員だった。おれたちを危険な目に遭わせるような真似《まね》をするはずがない。それにあいつは筋を通す男だ。この家にＩＲＡを近づけなかった。銃を掠奪《りゃくだつ》されることはなかったし、そんな話はむこう五十マイル先の屋敷でも聞いたことがない」

ハーキンは、ドリスコルが一族と使用人の間には溝があると認めていたのを思いだしていた。追いつめられたドリスコルは、はたしてどんな行動を取ろうとしただろうか。恐怖の数学——人間が生き延びるためにやれること——は、日々それと背中合わせに暮らす者たちにはごく当たり前に見えている。ビリーはそれを忘れてしまったのだろう。プレンドヴィル家とその一党は、経済的な依存から生じる忠誠心が、多くの試練を乗り越える力とは別物であることを懸命に理解しようとしてきたのだ。

「アバクロンビーに電話したのか?」ハーキンは訊いた。「ショーンがやつの手にあるなら、おまえか父君の口添えであいつを護れるはずだ」

「やってみた。少佐は手がふさがってるとか、そんな話さ。署にはミセス・ドリスコルの従兄弟《いとこ》のケリー巡査部長がいてな。母親の墓に誓ってショーンは拘束してないってことだったが、そんな話は無意味だ。ショーンを捕まえたのは誰あろう補助隊だろうし、連中が見てるのはアバクロンビーだけだ、ティーヴァンが死んで後釜《あとがま》もいないいまとなっては。チャーリーがもしやと軍に当たっているが、それも見込み薄だ」

「きみの叔父貴は?」

「こっちに向かってる」

まるで呼び出されたかのように、廊下の遠い扉が開いてチャーリーが現われた。

「進展は？」ビリーが訊いた。

「大尉《たいい》が言うには、これは警察の管轄《かんかつ》だし、アバクロンビーはたいがい非協力的だからって。やれることはやってみると言ってくれたけど」

「警察の管轄だと？」とビリーは言った。「こいつは全体の問題じゃないのか？ アバクロンビーと一味は反乱勢力に劣らず性質《たち》が悪い」

沈黙が降りた。ビリーはあたりを行ったり来たりした。

「従兄弟のヴェイン少佐は？」とハーキンは訊ねた。「彼には連絡したのか？」

「彼はダブリンにいるわ」

チャーリーは首を振った。

「あいつはどっちみち役に立たない」とビリーが言った。「軍馬の買い付けしかやってない。アバクロンビーみたいな輩《やから》には力がおよばない」

「そうでもないぞ、ビリー」

ハーキンに視線を向けたチャーリーは、口もとに疑問をふくませていた。ハーキンは彼女が出てきた扉を指した。

「ダブリンにいる少佐に電話するんだ、彼の番号を知ってるなら。知らなければダブリン城にあたれ。ヴェインで通じないようなら、ミスター・トムキンズを呼び出す。

むこうにはそれで通じる。彼なら力を貸してくれる」

チャーリーはもう一度怪訝《けげん》な表情を見せると、ハーキンの指示を実行しにいった。

ハーキンはビリーに向きなおった。

「ショーンが行方不明になったことを、母親は知ってるんだな？」

ビリーはうなずいたものの、ヴェインのことは引っかかっているようだった。が、いまはヴェインの別名について説明する時ではない。

「彼女はどこにいる？」

ハーキンはビリーの後から、ダイニングルームの狭い階段を厨房《ちゅうぼう》まで降りていった。厨房は梁の低い細長い一間で、その長さぎりぎりに二台のテーブルが並んでいる。屋敷の外観同様、大部分が使用されないまま、手入れもされていない感じだが、エナメル製のこんろ周辺だけは別で、そこに落ち着いた様子のミセス・ドリスコルが座っていた。着ている黒のドレスは、ぴんと張った白の襟元まで黄麻《ジュート》のボタンが留めてある。その横に執事のマーフィーが、骨張った大きな手にウィスキーのグラスを持って腰かけていた。ウィスキーがマーフィーのものか家政婦のものか、そこははっきりしなかった。ハーキンはマーフィーの赧《あか》らんだ頬と潤《うる》んだ目から、おそらく前者だろうと踏んだ。厨房に来たふたりを見て、ミセス・ドリスコルはつかの間不安を覗かせたが、すぐに平静な顔にもどった。肩をこわばらせ、背筋をまっすぐに伸ばしていた。ハーキンは夫人の視線がこちらを無視するようにビリーへと流れ、それから自分に据えられたことに気づいた。

「ミスター・ハーキン」と夫人は言った。「息子の消息は？」

「いまはまだ。車と運転手が使えるので、直接捜しにいくつもりだ」

ハーキンからの質問を待つつもりなのか、夫人は黙りこんでいた。

「何か役立ちそうなことがあれば話してもらえないか。彼が捕まるような理由があれば」刹那《せつな》に見え隠れした感情を、ハーキンは怒りと受け取った。「どんなことでも。彼に不利になりそうな話なら口外しないから、そこは安心してもらっていい」

夫人は何を話せばいいのか訊ねかけるようにマーフィー、ビリーと順に見つめると、ハーキンに目をもどした。

「ぼくも彼が義勇軍の活動をしてることは知ってるんだ、ミセス・ドリスコル」夫人から言葉を引き出そうとして、ハーキンはつづけた。「過去に脅しを受けたりしたことはあったんだろうか？　王立警察《RIC》などから？　ここで暮らしていただけに、警察には襲撃に加担したと思われているかもしれない」

「ミスター・ハーキン、息子はプレンドヴィル家の方に危害がおよぶようなことはけっしてしません。とりわけミス・ブレンドヴィルには」

ハーキンは手紙の内容と照らしあわせて考えた。

「なぜミス・ブレンドヴィルは特別なんだ？」

ミセス・ドリスコルは吐息をつくと、出来の悪い生徒を教え諭す教師を思わせる口調で言った。

「あの方が、蜂起《ほうき》の際に取った行動があったからです」

年配の女性から睨まれて、ハーキンは自分のほうが取り調べられている気になった。

「彼が襲撃自体に参加していないのは確かなんだね？　夜のあいだ、彼はあなたといっしょにいたのか？」

夫人は視線をハーキンからビリーにやり、そしてまたハーキンにもどした。その顔には侮蔑《ぶべつ》があった。

「息子は、息子を知る人たちから正しく認められていました」夫人の声は用意した演説を読みあげるように淀《よど》みなかった。「息子が他人から何と言われていたかは知りませんけど、よろしければこれ以上、この手の質問に答えるつもりはありません。何か報《し》らせがあれば、わたしは家にいます」

「不躾《ぶしつけ》なことを言うつもりはないんだ……」ハーキンはそう言いかけたが、ミセス・

ドリスコルはすでに席を立ち、厨房を出ていこうとしていた。

ビリーを見ると、長テーブルにもたれた友は目頭を覆っていた。マーフィーはというと、手にしたウィスキーのグラスを長々と呷《あお》り、口を手の甲で拭《ぬぐ》った。

「ひょっこり現われますよ。立派な若者だ。あの男を一目見たら、そう思わざるを得なくなります」

階上で呼び鈴が鳴らされたが、マーフィーは取りあわなかった。

すると上のどこかから、長い悲鳴が聞こえてきた。

37

その悲鳴がやむまえに、ビリーは食堂に至る狭い階段のほうへ駆けだしていた。ハーキンはその後を追い、ふたりして屋敷内を急ぐと、開いたままの玄関扉のところにスリッパをつっかけ、蛾《が》に食われたカーディガンを羽織ったキルコルガン卿の姿があった。かたわらにいたサー・ジョンともども深刻な顔をしていた。目を赤くしてすすり泣くブリジットはサー・ジョンの帽子と傘を持っていたが、その重さに耐えかねたふうだった。突然の風雨が吹きこみ、大理石のタイルに跳ねが上がっていたが、誰も注意を払わなかった。

「ミセス・ドリスコルのところへ行って、ブリジット」暗がりから現われ、事情を察したチャーリーが言った。「サー・ジョンのお世話ならわたしがするから」

こくりとうなずいたブリジットは、出されたチャーリーの手の上にサー・ジョンの所持品を置いた。足早に歩いていくブリジットの嗚咽《おえつ》だけが聞こえた。メイドが去るまで誰も口を開かなかった。

「彼が見つかった」とキルコルガン卿が言った。ショーン・ドリスコルが死んだと付けくわえる必要はなかった。

「どこで？」と訊くビリーの声音からはあらゆる感情が流れ落ちていた。

「長い浜を町へ向かったはずれのあたりだ」

サー・ジョンの凝視をまともに受けて、ハーキンはドリスコルの死との関わりを疑われているのではないかと思った。扉のほうに進みかけたビリーの行く手を父親が阻《はば》んだ。それはハーキンが見たことのないキルコルガン卿の一面だった。ビリーの腕をつかんで脇《わき》に引き寄せ、揺るぎない権威をもって息子に話しかけた。

「おまえは行くんじゃない、ビリー。ショーンのことはミスター・ハーキンにお任せしよう。ここに残れ、ビリー。約束しなさい」

ビリーは父親の断固とした決意におののいていたが、やがてうなずいた。ハーキンは涙に濡れる友の顔を見た。

「わたしがトムと行くわ、ビリー」チャーリーがそう言って兄に腕をまわした。「わたしが面倒をみる。機会はまだあるから」

「それがいちばんだろう、ビリー」キルコルガン卿が言った。「警察や現場にいる連中のことはハーキンに任せて」

ビリーはチャーリーの抱擁に身をゆだねた。それからハーキンを振りかえった。

「ありがとう」ビリーは気を取りなおしてささやいた。「おれは部屋に行く」

ハーキンは肩を落として長い廊下を行く友の後ろ姿を見送った。

「ドリスコルはIRAのメンバーだったらしい」とサー・ジョンが静寂に言葉を放った。「警察で調べたようだ」と言って、ハーキンの反応を測るように見つめてきた。おそらく

「ドリスコルが襲撃に加担していたと、警察では考えているということだ。おそらくはモード殺しもだ」

まわりの視線が集まり、サー・ジョンは居心地が悪そうにした。

「ミセス・ドリスコルはどこ?」気まずい話題を変えようとばかりに、チャーリーが訊いた。「知らせてあげないと」

「私が伝えよう」とサー・ジョンが言ったが、キルコルガン卿がもどかしそうに首を振った。

「私から伝える。おまえはミセス・ドリスコルに近づかないほうがいい」そして弟の困惑した表情に気づくと、声を和らげて言い添えた。「いまのところはだ。報らせを伝えるのは私の役目なのだ」

「彼女は小屋に帰りました」とハーキンは言った。

キルコルガンはうなずくと、それ以上場を乱すことなく家の裏手に歩いていった。その姿を目で追っていたチャーリーがハーキンのほうを向いた。

「コートを取ってくるからいっしょに出ましょう。ヒューゴには、あとで通じるようだったら電話をかけなおさないと。こっちに来るでしょうけど、いまさら意味がないと思うから」

サー・ジョンとふたりになったハーキンは、ふたたび強い凝視にさらされて気詰まりを感じた。

「私はドリスコルを殺していません」ハーキンは言った。

サー・ジョンが見せた硬くよそよそしい笑みは、ハーキンの否定に納得していないことを示唆《しさ》していた。そんな誤った思いこみを持たれるのがわずらわしかった。

「きみの同僚が自ら手を下したということはないのかね？　けっして文句をつけてるわけじゃないが」

「ミスター・バークもやってませんよ」

「ディロン神父のことは耳にはいっているな？」年上の男は声をひそめるようにして言った。

「ディロン神父ですか？」

「首を吊《つ》った……」サー・ジョンは口ごもった。「らしい。昨夜かけさか。いずれにしても十一時のミサのまえに。そして発見された。きみの仲間は、神父とそのまえに話をしたのか？」そこにもまたハーキンの気に入らない当てこすりがあった。「その予定だときみは話していたな」

「いいえ」神父と遭遇したことは事実として語れても、話したかとなるとそこにはふくまれない。「でもドリスコルは話しています。ゆうべの九時に」

この新たな情報を得たサー・ジョンの顔は青ざめていた。

「きみはドリスコルが神父を殺したと考えているのか？」

「その可能性がもっとも高い人物です。でも、動機はわからない」

サー・ジョンは思いを凝らした。

「それが重要なことかね？　われわれは彼がモードを殺した犯人だと知っている。おそらく戦争のせいだろう。兵士は市民生活に順応できないという話を聞いたことがある。ドリスコルはモードを殺したと告解にいき、そこで逆上したんじゃないか？」

年上の男はハーキンの冷たい視線を避けた。

「ドリスコルは聖アンの教区民だったのですか？」ハーキンは言った。

「私は知らない」

ハーキンはいつしか拳《こぶし》を握りしめていた。そこにチャーリーの足音がして、彼は気が紛れたことに感謝した。

「私も同行しよう」とサー・ジョンが言った。「遺体と対面しに」

ハーキンはかぶりを振った。

「それはしないほうが賢明です。当局の人間に、あなたやあなたの行動に立ち入らせる真似はさせたくないので」

それこそ頭脳の歯車が回る音まで聞こえてくるようだった。サー・ジョンはうなずいた。

「かもしれないな」

その場に合流したチャーリーがふたりに目を走らせた。

「準備はよろしくて？」

「いいとも」サー・ジョンは言った。「私はビリーの様子を見にいくことにしよう」

それは光のいたずらだったのかもしれないが、ハーキンは踵《きびす》をめぐらしたサー・ジョンに別の顔を認めた。ごくわずかの間だったが、そこには何をもしのぐ暗示があって、ハーキンははたと考えにふけった。

38

長い浜辺まで徒歩で向かったハーキンとチャーリーは雨に顔を打たれ、ほとんど言葉を交わさなかった。ハーキンは新たな死を重りのように背負いこみ、悲しみを引きずる己れを意識した。初めにモード、ティーヴァン、カートライト。つぎにマット・ブリーン。さらに前日に撃たれた二名の補助隊員。けさになってディロン神父、それに今度はドリスコル。たとえドリスコルがこれらの死のうち、少なくとも何件かに関わっていると判明したとしても、ここでまた命が奪われたことには心を痛めずにいられなかった。それに戦争をする必要性にも——かといって、代案など思い浮かびもしないが——疑問を感じずにはいられない。自分のようなアイルランドの男が、ヨーロッパの小国の独立を守るために戦い、結果勝利を得たところで、自国の独立につながらないのが不思議でならなかった。

「何を考えてるのかしら」

振り向くとチャーリーに見つめられていた。雨に濡《ぬ》れた顔に、まえに気づいたのと同じ好奇心が浮かんでいる。

「それだけの意味があったのかってね」

「どうしてヒューゴのことを知ってるの？」ためらいがちな問いだった。「というか、〝ミスター・トムキンズ〟のことを？　わたしからの電話にすこし驚いていたわ」

「教えたのはぼくだと話したのか？」

チャーリーは気後れしながら答えた。

「彼は知っていたわ。そこがいちばん驚くところかもしれない。あなたがたふたりで秘密を分かちあっているみたいで」

それは事実とかけ離れてはいない。問題は、だとすると、ヴェインがなぜその秘密を伏せていたかだった。

「どうしてヒューゴのことを知ってるの？」チャーリーは質問をくりかえした。

ハーキンは足を止め、チャーリーと面と向かった。

「それが何か関係があるのか？　この壮大な仕組みのなかで？　今晩、ぼくはここを去る」

「だって、あなたは姉の死の責任はショーン・ドリスコルにあると思ってるんでしょう？」

「そうじゃないかと思ってる」

チャーリーは、ハーキンの愚かさ加減に呆《あき》れたといわんばかりに頭を振った。

「ショーンがモードを殺そうとしたって、あなたが考える根拠はどこにあるの？」

ハーキンは深く息をついた。

「あいつは彼女と関係を持っていた。そこに動機があるはずだ」

「モードが？　ショーンと？」チャーリーは虚を衝《つ》かれたようだった。やがて声をあげて笑いだした。うれしそうな笑いではなかった。「彼はモードと関係なんかしてやしないわ、馬鹿《ばか》ね。プレンドヴィルの人違いよ」

今度はハーキンが驚く番だった。それが顔に出たのだろう。チャーリーがまた笑った。

「わたしじゃないわ。本当に知らないの？　こんなに長く友情を築いてきたのに？」

頭が混乱したままチャーリーを見つめるうち、ハーキンは自分が知っていることに思いが至った。ずっと知っていたのに、どこかであやふやにしていたのだ。ビリーには以前から隠し事があると気づいてはいたが、それがふたりの友情に影響することはなかった。ビリーには本人だけが鍵《かぎ》を持つ部屋が別にあるのを知っていて、それをとやかく言うこともなかった。だがいま、ここに来てハーキンは、自らの浅慮による無知はむしろ愚行に近かったのだと悟った。ビリーの秘密に見て見ぬふりをしようとするあまり、ドリスコルの秘密を見逃していた。黙って見守っていたチャーリーはハーキンの思考の道筋を理解していた。

「これで父が、ビリーにジョーンのところへ行かせまいとした理由がわかったでしょう？」

「ああ」ハーキンはそう答えて納得した。この悲しみのなかで、ビリーは我を失うかもしれないのだ。だが、いまもハーキンを苛《さいな》んでくる疑問があった。それどころか、多くの疑問がハーキンを苛んでいた。

「ジョン叔父さんはこのことを知っているのか？」

その質問に考えこむチャーリーの眉間《みけん》に皺《しわ》が寄った。

「知らないってこともあるかもしれないわ。おわかりでしょうけど、みんなで話し合うようなことではないし。でも、わたしたちは知っていた。モードも、わたしも、それに父も……」チャーリーはそこで濡れた髪を掻《か》きあげた。「わたし、父がアーサーの死に打ちひしがれたのは、そのせいじゃないんじゃないかと思うの。ブレンドヴィル家の断絶とかそんなのって――べつに大したことじゃない。ジョンだってまだ子どもをつくれる。まだ年なんかじゃないし、ハンサムで裕福だし。べつにまた結婚すればいいんじゃないかって思うの」

ふたりはあらためて海岸をめざした。

「彼女がドリスコルと会ってないとしたら、誰と付きあっていたんだ？」

チャーリーは意外そうな目を向けてきたが、モードの妊娠は厳然とした事実としてある。ハーキンはいくつかの可能性を秤《はかり》にかけた。

「彼女は学校の友人とパリへ行ったね？　きみは知ってるか？」

「会ったことはないけど。たしか、名前はエミリーだったわ」

「ふたりがフランスへ行ったのはいつ？」

「五月。月末のころ」

ハーキンの記憶が正確なら、武器代の最初の支払いがおこなわれたころである。金をパリへ運んだのはてっきりサー・ジョンだと思いこんでいた。エミリーが実在するかは、いまとなっては知りようがないが、サー・ジョンならこの謎《なぞ》の学友について情報を持っているかもしれない。

「ヒューゴ・ヴェインは？」

「あなたが犯人捜しをしてるんだったら、彼は問題の夜に、ここから百マイル以内にはいなかったはずだけど」

実はもうひとつ可能性があった——それはハーキンがこの数日間に暴《あば》いてきたほぼすべてを覆《くつがえ》しかねないものだった。通りかかった門番小屋は、板が打ちつけてあった窓が修繕され、煙突から煙が立ち昇っていた。石壁の表面にあった銃痕《じゅうこん》も消えかかっていた。あと何週間もすれば、モードが死んだことを示す痕跡もなくなってしまうだろう。

「彼はこっちに向かってる」チャーリーが重要な情報を忘れていたとばかりに言った。

「今晩着くわ」

「ヴェインが？」

「ええ」

門を抜けながら、ハーキンは差し迫ったヴェインの来訪が何をもたらすのかと考えた。しだいに別の思いが頭を占めた。

「〝白衣のレディ〟はどんな姿をしてるんだろう？」

その疑問はずっと頭にあったはずなのだが、海岸が近づいたころになって不意に表に浮かんできた。チャーリーは考えていた。

「わたしは彼女を見たことがないの。家族の死を知らせにくるってことは知っているけど。白い姿で……花束を持っているんじゃないかしら」

「花の種類は？」

「たぶんバラ。白いバラ。なぜそんなことを訊くの？」

「なんとなく」ハーキンの思いは糖蜜《とうみつ》のように煮詰まっていた。「ただモードが死んだ夜に、ビリーが彼女を見た気がすると言ったんだ」

うなずいたチャーリーは、そのうち何かを思いだしたようだった。

「花の匂いがするって聞いたわ」

ハーキンは息を呑《の》んだ。この話が本当なら、またひとりブレンドヴィルの人間が死ぬことになる。

39

断続的に落ちてくる大きな雨粒が滑らかな砂に穴を穿《うが》つ浜を、ふたりはオイルスキンのマントとヘルメットを濡らした警官数名が立つあたりへ歩いていった。人だかりの真ん中にドクター・ヘガティ、その隣りにモイラ・ウィルソンの姿があった。父親がメモを取れるように傘を差しかけるモイラの片眼鏡が、離れた場所からでも光って見える。よじれた恰好《かっこう》で倒れたショーンの周囲には、色の濃い砂が斑点《はんてん》となって散っていた。内陸側の、浜辺より上を走る湾岸道路に男女が出て——雨がもたらした灰色の薄暗がりに、特徴のない黒いシルエットをばらばらに作りだしている。

仲間たちの輪から、ケリー巡査部長が離れてふたりのほうにやってきた。

「これ以上近づいてはいけません、ミス・プレンドヴィル。お宅までミスター・ハーキンに送ってもらっては？ 遺体は町に運んで検視をすることになるので」

礼儀正しく聞いていたチャーリーだが、やおら首を振った。

「ショーンは友人だったの」と言って先へ進んでいった。

ハーキンは、それに気づいたモイラが空いた手でチャーリーを引き寄せるのを見ていた。ケリーもその光景を眺めていたが、ふとハーキンに向きなおった。大柄な警官は強面《こわもて》とは裏腹に、目に絶望に近い表情を覗《のぞ》かせた。

「気をつけろと言っておいたのに。あなたも先日の朝、私がそう話したのを聞いてるでしょう」

「ああ」

「あいつの企《たくら》みは知ってましたよ。失敗に終わるぞって言ってやったんだ。おれはあいつをここから逃がしてやりたかった。アメリカかどこかへ。ここにはなにもなかったのに、あいつは母親を棄《す》てなかった。ここを出てくれと母親からも泣きつかれてたのに」ケリーは声を詰まらせた。「私には息子はいませんが。娘たちだけで」

「あいつの父親なら、きみが息子を気遣ってくれたことに感謝するだろうな」

ケリーの厳しい視線を浴びて、ハーキンは自分があらぬ事を口走ったのかと不安になったが、巡査部長は緊張を解いてうなずいた。

「でしょうね」

「あいつの身に何が起きたんだ？」

「何が起きたって、それはアバクロンビー少佐ですよ。歯は一本も残ってない、手足の指も全部折られてる」

「アバクロンビーのしわざで間違いないのか？」

「彼の手下どものやり口だってことは、見ればわかる」

雨のなか、ふたりはその場に立ちつくした。ハーキンは担架を運んでくる警官二名を目にした。

「おれはあいつとフランスで戦った」ハーキンはとにかく話をつづけることにした。「あいつとビリー・プレンドヴィルと同じ大隊で、最悪のなかをくぐり抜けてきた。いいやつだった」

「最高だった」

巡査部長の顔に憤《いきどお》りがあった。ハーキンは賭《か》けに出た。

「ゆうべのことはきみか？」と訊いた。「ミセス・ウィルソンのところに来たアバクロンビーを引き止めたのは？」

巡査部長はうなずいた。

「彼はあんたをここから追い出したがってる——あんたがミス・プレンドヴィル殺しの捜査を邪魔してると思いこんでる。ティーヴァン警部補が現状を話して聞かせて、それなりに抑制を利《き》かせようとしていたのに、アバクロンビーはティーヴァンが弱腰で、反乱は力ずくで鎮圧するしかないと考えた。彼はこの国のことをまるでわかっちゃいない。私はティーヴァンから、警視総監に宛《あ》てて不満を書いたと聞きましたよ。でもその彼も死んで、いまはアバクロンビーのやりたい放題を止める手立てもない。ゆうべは私の話を聞いてくれたが――それもどうなっていたか」

「やつの目的は何だ？」

「警告でしょう」

「こっちがモード・プレンドヴィルの死に首を突っ込んでいると、ただそれだけのことで？」

ケリーはうなずいた。ハーキンは、いまは毛布で覆《おお》われているショーン・ドリスコルの死体にもう一度目をやった。全身に身顫《みぶる》いが走った。もしも昨夜の時点で、義勇軍の一員とアバクロンビーに知られていたら、自分もドリスコルと並んで砂浜に横たわっていたにちがいない。

「おれがミセス・ウィルソンの家にいるのを、どうして知った？」

「アバクロンビーは、われわれは受け取った情報に基づいて行動していると言ってました。それ以上はわからない。私たちも現場に着くまで行先を知らされなかった」

ハーキンは思案した。ドリスコルが拷問《ごうもん》されたとすれば、少佐がこちらの居場所を知っていたことの説明はつく。だがドリスコルがアバクロンビーに、ハーキンはウィルソン宅にいると話したのなら、ハーキンが総司令部から派遣されたＩＲＡの情報将校であることも洩らさないだろうか。その手の情報を白状すれば、ドリスコルは命を救われていたかもしれないのだ。そしてハーキンの命は絶たれる。

「けさ、町でディロン神父が死体で発見されたらしい」

「その件で何をご存じで？」巡査部長の声に警戒心が宿った。ハーキンはさらにリスクを冒すことにした。

「ショーンが昨夜、神父と会う予定だったのは知ってるし、おそらくふたりは会ったはずだ。ディロンは警察の匿名《とくめい》の情報提供者から得た情報を、マット・ブリーンとＩＲＡに伝えていて、ブリーンの死後は、ドリスコルがその提供者との関係を再構築しようとしていた」

ケリー巡査部長はしばらく黙りこんだ。さすがに詰めすぎたかとハーキンが思っていると、巡査部長は目を合わせてきた。彼は一語一語に意味をこめるように、ゆっくり言葉を口にした。

「アバクロンビー少佐によると、ディロン神父は自殺をはかったと」

「でも、きみはそれを信じていない？」

「あんたの友人は？」

「誰だ？」

「あの大男ですよ。きのうはあのあたりをうろついていたし、けさは教会の表に車が駐《と》まっていたと報告があった。その特徴が彼の車と一致する。私は真っ先に彼を疑った」

「なぜ？」

「なぜって、ディロン神父がアバクロンビー少佐の下で働いていたからですよ。私はあなたの友人が情報提供者の神父を殺したんじゃないかと思った」

ハーキンはケリー巡査部長が明かした意想外の事実を、とりわけ襲撃へとつながった情報源がアバクロンビーによって操作されていた可能性について考えた。そして努めて平静をよそおい、「だが、いまはちがうのか？」とことさらに強調して言った。

「神父は誰かに殺されたんでしょう。あれは自殺じゃない。自殺なら見ればわかる。殺したのはあなたの友人ですか？」

「ちがう」とハーキンはようやく口にしながら、ケリーがバークのことをＩＲＡと見破ったなら、自分の正体も露見しているはずだと思った。「なにしろ、あいつはディロンとアバクロンビーのことを知らなかったんだからな」

「でしょうね」ケリーは険しい顔つきになった。「ということは、ショーンを殺した犯人がディロン神父も殺したのか。で、このありさまだ。なんの落ち度か、神父とショーン・ドリスコルみたいな男が殺された」

「ディロンはなぜアバクロンビーの手先になった？」

「弱みを握られていたんです」

「弱みというと？」

「侍者の少年ですよ。ティーヴァン警部補なら事を穏便にすませたんでしょうが。ディロンは教会から懲罰を受けてもおかしくなかった。そこでアバクロンビーが名案を思いついた」

「きみがそのことを知った経緯は？」

「ディロン神父から聞きました。神父は私に助けを求めてきた。遅すぎた」

それで手帳にあったイニシャルK・Rの説明がつく。ディロンのメッセージの裏にアバクロンビーがいたとすれば、アバクロンビーは神父がドリスコルと会うことも知っていたにちがいない。ハーキンは、ケリーばかりか自身に語りかけるように言った。

「ショーンの話では、襲撃計画の詳細はディロン神父が伝えてきたそうだ」

ふたりは顔を見合わせた。あるいは、ケリーの表情はさらに険しさを増していたかもしれない。

「まさか?」

「ティーヴァン警部補は、提出した報告書の中身についてきみに話したのか? 警視総監宛の書類だ。アバクロンビーに関しての」

ケリー巡査部長は唇を引き結んだ。ハーキンにも顎《あご》の筋肉の動きが見えた。

「提出されたかは知りません。警部補はそのまえに、少佐に話をするのが筋だと思ったんです。申し開きの機会をあたえようとして」

「機会をあたえようとしたというのは、いつのことなんだ?」

ケリーは顔をそらした。答えたくないといった様子だった。もしかすると、アバクロンビーが自身にたいする襲撃を、ジェイムズ・ティーヴァン警部補に向けさせた真相には向きあいたくなかったのかもしれない。

「たしか、話し合いは襲撃があった晩におこなわれるはずでした。サー・ジョン宅でカードの夕べが開かれた日に。でも実際にふたりの話し合いがあったのか、報告書がどうなったのかは、私は知りません。知ってるのは浜辺を歩いてくるあの男だけだ」

ハーキンが振りかえると、砂上をやってくるアバクロンビーの姿があった。トレンチコートを腰回りできつく締め、濡れたタモシャンター帽を右肩のほうに傾けてかぶっている。引き連れた補助隊員たちの顔は、暗色のトレンチコートの上で青白く見えた。口に煙草《たばこ》をくわえた少佐は機嫌がよさそうだった。

「おう、ケリーか？　おれに報告は？」

ケリーは彫像さながらの無表情だった。

「死んだ男はショーン・ドリスコル、〈キルコルガン・ハウス〉の使用人です。拷問されて数発撃たれてます」

アバクロンビーはハーキンの反応を見定めるように目を流した。

「殺害されたのを示唆するものは？」

ケリーは私服警官のもとへ歩み寄り、板を手にしてもどってきた。そこにペンキで〈人殺し、襲撃者、テロリスト〉と書かれていた。

アバクロンビーはケリーから受け取ったその板を眺めると、部下たちに示した。するとひとり、ふたりは顔をしかめたが、他の連中は内輪のジョークでも目にしたように笑った。

「ミス・プレンドヴィルを殺した犯人は、おまえの鼻先をうろちょろしてたらしいな、ハーキン。で、一部の忠実な市民が自ら手を下したと。これでおまえもまっすぐダブリンに帰れるぞ。書類だか何だか知らないが、おまえや保険会社が必要なものは手にはいったわけだ」アバクロンビーは身を乗り出すと、人差し指でハーキンの胸を突いた。「おれはな、ドイツ人を撃ったことがある。そいつはおれが規則に従ってないとおかんむりだったが、だからって状況は変わらなかった。そいつは死に、おれは死ななかった。おれの言いたいことはわかるか？」

ハーキンが視線をはずさずにいると、アバクロンビーはおもむろに微笑してケリーを見た。

「しけた顔をするな、巡査部長。アイルランド人っていうのは能天気な連中だと思ってたが、またそんな犬に飯を食われたみたいな面《つら》をしやがって。裏切り者は死んだ。だから笑え、ケリー。うれしくないのか？」

ケリーは無言だったが、不自然なほど落ち着きはらった巡査部長のまなざしには鋼《はがね》の閃《ひらめ》きがあった。少佐もそれを見抜いたようで、不愉快そうに笑い声をあげた。

「まったく、しらける野郎だ」少佐は部下たちのほうを向いた。「行くぞ、ここに用はない。この件は有能なケリー巡査部長に任せとけばいい」

ハーキンは、少佐が部下たちを乗せてきた二台のクロスリー・テンダーへ引きかえしていくのを見つめた。肩で風を切るようなアバクロンビーの歩きには、すべてが娯楽といわんばかりの気振《けぶ》りがあった。死んだ男――おそらくは自分が殺した男――にはつゆほどの興味も示さず、ドクター・ヘガティやチャーリー・プレンドヴィルに声をかけることもなかった。ハーキンはケリーと目配せを交わした。

「一応、現場には顔を出したってことだ」と巡査部長は言った。

ハーキンの心の内が通じたらしく、巡査部長は門番小屋のほうに顎をしゃくった。

「ティーヴァンたちが殺されたとき、彼は姿を見せなかった」

「しかし、報告が上がった段階では出てきたんだろう?」

「あの晩は私用か何かで非番だったんですよ。補助隊がわれわれと別行動を取るのはよくあることなんで」

「だったら、緊急の用件があったんじゃないか?」ハーキンはきわどい線をたどっていることを自覚していた。「カードゲームを中座するような用事が?」

「かもしれないが、私はそこは聞いてません。翌朝になって村の大規模な捜索と手入れなんかをやったものの、彼は襲撃の現場には来なかったし、ティーヴァン警部補の奥さんに会うことも、プレンドヴィル家を訪ねることさえしなかった。なにひとつ」

そこでモイラが歩いてくるのを目にして、「ミセス・ウィルソン。失礼します」

ケリー巡査部長はヘルメットに手をやって敬礼すると、ドクター・ヘガティのほうへ歩いていった。

「アバクロンビーに何を言われたの？」かたわらに立ったモイラは、ハーキンの視線を追って浜辺を見やった。

「とくになにも」ハーキンは少佐に気をくばりながら首を振った。少佐は部下とともにクロスリー・テンダーの脇に立っていた。「不思議なのは、彼がゆうべの件を持ち出してこなかったことでね。なにもなかったみたいに」

「彼は人殺しよ」

「そうだ。きみも気をつけないと、モイラ」

「わたしは平気、トム・ハーキン。わたしたち、あなたのことを心配してるの」

ハーキン本人も、ほかに気を取られていなければ不安に駆られたかもしれない。彼はアバクロンビーが不意に足を止め、それからクロスリーの運転台に乗りこむのを見守った。ようやく自分が待っていた目的を悟った。

「ちょっと失礼していいか？」モイラの返事は待たなかった。

ハーキンは急ぎ足で浜辺を歩き、たったいま去ったアバクロンビーのテンダーのタイヤ痕が残る場所まで行った。

探しているものが見つかるまで、さして時間はかからなかった。

40

ハーキンが浜辺にもどるころには、毛布に覆《おお》われたドリスコルの遺体は担架に載せられ、ケリー巡査部長に付き添われた二名の警官の手で待機するトラックに運ばれていった。すれちがいざまにケリーから会釈《えしゃく》を受け、ハーキンはそれに応《こた》えた。腕組みをしたモイラが片眼鏡を光らせて待っていた。

「あれは何の真似《まね》?」モイラは鋭い口調で言うと、アバクロンビーがテンダーに乗りこんだ場所を顎で指した。

どう答えたものかと思いながら、ハーキンは片手を差し出し、そこに握っていたものを見せた。

「とても興味深いものだ」

モイラが訝《いぶか》しそうに吊りあげた眉《まゆ》が、珍しく片眼鏡の上に覗いた。

「いますぐ説明してくれるなら許さないでもないけど。ディロン神父のことは聞いてるでしょう？　けさ、彼を訪ねたの？」

「ああ。でも、言葉を交わせる状態じゃなかった」

ハーキンは神父の家で発見したものと、その後イーガンと会ったことについて簡潔に話した。

「それで、あなたの捜査の行方は？」

「けさの時点では、ショーン・ドリスコルが襲撃を仕組み、それに乗じてモードを殺し、さらに証拠を消すためにディロンを殺したという見立てだった。ところがそのあとから、殺人の時刻にビリーとドリスコルがいっしょだったことと、ドリスコルが襲撃の首謀者ではなかったことがわかった。で、いまは右も左もわからない」

モイラが深刻な表情を向けてきた。

「あともうひとつ」ハーキンは言葉を継いだ。「はっきりしたのは、ドリスコルはモードと、こっちが疑ってたような関係にはなかったってことだ。きみは何て言った？〝惹《ひ》かれあうものはなさそうな気がする〟だったか。結局あいつは哀れにも殺されて、ぼくはいま自分の愚かさを思い知ってる」

モイラの顔にやましさのようなものが見えた。

「彼にもプライバシーはあったわ」

「信じてくれ、きみを非難してるんじゃない。もしもぼくがこの役回りにふさわしい人間だったら、いま明らかになってるような事実にはとっくに気づいてるはずだ。それがこっちに来て数日、右往左往するばかりでとんだ笑いものさ」

「ストレスのかかる状況は避けろと言ったはずだが」近づいてきたドクター・ヘガティが、詮索《せんさく》するような目でふたりを見て言った。医師の背後にあたる路上から、ショーン・ドリスコルの遺体を載せた警察トラックのエンジン音が響いてきた。

「ケリー巡査部長の話では、ドリスコルは相当ひどい状態だとか」

「そうなんだ。柩《ひつぎ》をあけたら町では騒ぎになるだろう。お母さんにお伝えねがえますか、ミス・プレンドヴィル？　この数日で、もう厭《いや》になるほどのことが起きた」

その場にくわわったチャーリーがうなずいた。道沿いに出来た野次馬の列は、ドリスコルの遺体が運び去られると散り散りになっていった。岸に打ち寄せる波も高くなり、あと三十分もすれば、砂を濡らしたドリスコルの血も洗い流されていくだろう。

「騒ぎは起きるに決まってるわ」とモイラは言ったが、父親に睨《にら》まれて両手を差しあげた。

「忙しい一日でしたね、先生」ハーキンは話題を変えた。

「ディロン神父のことを言ってるのか」

「ええ。自死だとか」

「私もそう聞いてる」

「確証はないんですか？」

ドクター・ヘガティは黙っていた。代わって娘が口を開いた。

「父は検視をしてないの。アバクロンビー少佐が戒厳令は有効で、この困難な状況下では、解剖をおこなうのは警察が定めた殺人事件だけだと宣言したのよ」

ハーキンは眉間の皺が深くなるのを感じた。

「それは合法なのか？」

「合法だろうがなかろうが、私にできることはほとんどない」ヘガティは明らかに憤慨していた。「誰かに手紙を書いたところで、その受取人が手紙の内容について、最初に照会することになる相手はおそらくアバクロンビーだ。それでめでたしで終わるとは思えない」

「お父さん、ミスター・ハーキンはお父さんを怒らせようとしてるんじゃないわ」

「私の怒りはミスター・ハーキンに向けたものじゃない、たとえ彼が私の医学的アドバイスを無視したとしてもな。私が腹を立てているのは、ここ一帯で起きた殺人事件の半数を扱う、あの思い上がりもはなはだしい卑劣漢だ」

「ディロン神父の遺体はいまどこに?」とハーキンは訊《き》いた。

「もう葬儀屋の手に渡った」

「そこでこっそり検視はできませんか?」

ヘガティは目を丸くした。

「そこまでする強い理由はあるかね?」

「たぶん」ハーキンは慎重に言った。

ドクター・ヘガティはハーキンの意思に納得したらしく、ゆっくりうなずいた。

「しかし、理由は話せない?」

「話さないほうがいいでしょう」

しばし考えこんでいたヘガティは、なんらかの結論に達したようだった。

「これはモード・プレンドヴィルの死と関わってくるのかね?」

「ショーン・ドリスコルの死とも関連しているかもしれない」

「わかった。葬儀屋のケヴィン・カニンガムは友人だ。出かけた帰りによく立ち寄ったりする仲でね。むろんこれは純粋に社交上の訪問ということになる。仮に遺体を診《み》られたとしても、ごく簡単な検視にならざるを得ないだろうが、それでいいかね? 簡単な検視でも、必要なことはすべてわかる場合も多い」

「あなたの意見を聞くのが楽しみです」

「よろしい。モイラ、ロッジまで乗せていこうか？」

「わたしはキルコルガンまで歩いていくわ。ミセス・ドリスコルのことが気がかりだから」

ヘガティはすこし間を取ったように溜息《ためいき》をついた。肩を落とした姿が年老いて見えた。

「私も見舞いにいくが、まずは検視だ。丁重に扱うからと伝えてくれ」

キルコルガンの左右の門柱の上から睨みを利かしてくる、蔦《つた》の絡《から》んだ鷲《わし》の下を通り過ぎるころには雨脚もいくらか弱まっていた。夕間暮れに道沿いの木陰も蒼然《そうぜん》としている。誰もが口数が少なかった。モイラとチャーリーもハーキン同様、冷たく濡れそぼっていた。そのうえ、ドリスコルの死とその結末があった。先に見える屋敷は暗い。灯りはなく、この時刻になって灯《とも》される感じすらなかった。

玄関でチャーリーが蠟燭《ろうそく》を探すあいだ、ハーキンとモイラは足もとにひろがる水溜《みずた》まりに立ち、奥の物音に耳をすました。玄関では火が燃えておらず、マーフィーやブリジットのいる気配もない。

「今夜は召使いたちに、ちょっとした仕事も頼めそうにないわ」とチャーリーが言った。「トム、その濡れた服を脱いだら、応接室と食堂の火を起こしてくださる？」

「もちろんだ」

「そのあいだに、わたしは食事を用意できるかやってみる。モイラ、あなたは夕食までいらっしゃる？」

ハーキンは暗がりのなかでモイラに見つめられている気がしたが、よくわからなかった。

「そうしたいのはやまやまだけど。ご婦人方のお世話をしなくちゃならないし、ミスター・バークも泊まってるから。ミセス・ドリスコルに会ったら帰るわ」

「せめて乾いた服をお出しするけど？」

モイラは蠟引きのケープの裾《すそ》を持ちあげ、下に着ていたドレスの濡れ具合をあらためた。

「そうしてもらえるとありがたいけど」

「電話を借りてもいいかな？」ハーキンはチャーリーに訊《たず》ねた。「ミスター・バークに連絡したいんだ。ミセス・ウィルソンの話で思いだした」

「もちろん。父の書斎にあるけど、長いホールの突き当たりにある電話室を使ったほうがいいかもしれない」

「それだったら」とモイラが言った。「わたしもメアリーに、ちゃんとやるように言っておこうかしら。ミスター・ハーキンは、わたしが電話の場所までお連れするわ」

モイラの案内で向かったのは廊下のはずれにある階段脇《かいだんわき》の一室で、そこは浴室と衣裳《いしょう》部屋を足して二で割ったような部屋だった。片側の壁に長い流しが、反対側に空の洋服掛けと電話機が置かれていた。ちらつく燭光《しょっこう》が流しの上に架けられ、年代を経て染《し》みが出た金縁の大鏡に、濡れて蒼《あお》ざめたふたりを浮かびあがらせた。それは見知らぬ他人のような姿だった。ハーキンが向きあうとモイラは唇に指をあて、階段を昇るチャーリーが踊り場に差しかかるまで聞き耳を立てていた。その間にモイラは片眼鏡を取り、やがてチャーリーの足音が聞こえなくなると、ハーキンの腕のなかにはいっていった。キスはしなかったが、ふたりはおたがいをきつく抱きしめた。ハーキンはどちらもふるえていることに驚いた。

「あなたの温《ぬく》もりが必要なの、ミスター・ハーキン」モイラはささやきかけた。

「すべてきみのものさ、ミセス・ウィルソン」

「ショーン・ドリスコルが殺されたって聞いて不安だった。あなたも殺されるんじゃないかって」

ハーキンには返す言葉がなかった。

「電話をしないと」

「そうだな、きみもメアリーと話さないと」

「メアリー？　あの娘はわたしがもどるまできちんとやれるから。わたしはあなたに抱かれたかっただけ」

ハーキンはそのまましばらくモイラを抱いていた。ふたつの影がひとつに溶けていくようだった。

41

バークとの会話は簡潔で当を得ていた。

「ドリスコルのことは聞いたか？」

「聞いた。出発か？」

「いや」

回線に短い沈黙が流れた。

「残る理由はないぞ」バークの声にはかすかな棘《とげ》があった。「やつのことは片づいた。調査は終了だ」

「それがまだでね。だから、一時間ほどしたらこっちに来てくれないか。おれから説明する」

「裏門で落ち合うのか？」

「いや、表門だ。そこに話を聞きたい男がいる」

「じゃあ一時間したら」

　バークが電話を切り、ハーキンは回線の雑音を耳にしてから受話器をフックにもどした。その場でやはりバークの言うとおり、ここを出るべきなのかと考えた。だが、浜辺を闊歩《かっぽ》するヴェインと、肘掛《ひじか》け椅子《いす》に腰をおろしたモードの姿が頭に浮かんできた。

　廊下に出てたたずんだ。広大な廊下を照らす明かりといえば、手にしている一本の蠟燭だけだった。屋敷内は異様に静まりかえって、外では風、海、雨の音がたしかにしていたが、別世界から聞こえてくる感じがする。廊下の端のほうで、小さな生き物が大理石の床に爪《つめ》を鳴らした。たぶんビリーは、それにチャーリーやモイラも階上にいるのだろう。だとしたら、彼らは闇《やみ》と静謐《せいひつ》に呑まれてしまっている。

　足音を響かせて階段に向かう途中、壁から奇妙な影が迫ってきた。ときには揺れる燭光が剝《む》き出しの牙《きば》やガラスの目を捉《とら》えて、息が乱れてくるのがわかった。階段をゆっくり昇っていくと、足もとの古い木が軋《きし》んだ。頭上にある回廊の窓の輪郭もつかめない。思い浮かぶのは〝白衣のレディ〟とモードのこと――食堂のテーブルに座っていたアーサーと墓前にいた死んだ兵士たちのこと――いまにも逃げだそうとする自分がいた。

だが、どこに逃げる？　ダブリンか？　ダブリンでも幽霊は付きまとってくる。

モードの寝室の前で呼吸をととのえ、胸を上下させることに意識を集中した。把手《とって》を回すと金属が擦れる低い音がした。室内にはなにもないと言い聞かせた――あるのは自分の服と今夜眠るベッドだけ――たとえ何かと向きあうはめになっても、それが恐怖ならかまわない。モイラの温もりの記憶をたぐり寄せて扉を押し、室内にはいってみると異状はなく、ただ屋敷全体に染みこんでいた喪失感だけが流れていた。

蠟燭を化粧台に置いてから、ベッドに衣服をひろげる作業で気を鎮《しず》めた。濡れたものを脱ぎ、タオルで身体《からだ》を拭《ふ》いていると湿った肌に部屋の冷気を感じた。今夜は火を起こしてもらえるのかと考えてから、それをやるのは自分の役目だと思いだした。乾いたシャツの硬い感触を味わいながらすばやく着換え、曇った鏡を覗きこんだ。頬骨のあたりがこけ、目が落ちくぼんでいる。この歪《ゆが》んだ像は現実なのか、それとも思い過ごしか。いずれにしても明日で終わる。もしかすると今夜で。ハーキンはモードの小型拳銃《けんじゅう》を上着のポケットにもどすと、ショーン・ドリスコルが倒れ、黒い砂が血で染まった浜辺を思い起こした。自分もあそこに横たわっていたかもしれない。ドリスコルの代わりに、あるいはドリスコルと並んで。そうなる可能性はいまもある。

ダベンポートデスクに目を落とした。手紙はショーン・ドリスコルが綴《つづ》ったものではなかった。では誰が書いたのか。

化粧台からデスクの鍵を取った。今回は罪悪感があまりなかった。プレンドヴィル家のことでは、もはや礼儀を重んじる段階は過ぎたという気がしていた。迷わずいちばん下の鍵をあけ、引出しを抜いた。

何かしっくりこないと感じたのは、手紙が隠してあった隙間《すきま》をふさいでいた小さな板がなくなっていたせいだった。秘密の仕切りに手を入れ、隙間の底を探った。

だが手紙はどこにもなかった。

42

扉をノックしてもビリーの返事はなかったが、昔のビリーを知るハーキンは部屋にはいった。ビリーは暗いなか、ベッド脇の肘掛け椅子に腰かけていた。うつむいたままだった。

「気分は？」

「普通だ」その虚《うつ》ろな声はビリーが、ふたりがたがいによく知る崖《がけ》っぷちにいることを語っていた。

「ショーンのことは気の毒だった」

顔を上げたビリーを見たとたん、ハーキンは自分の口吻《こうふん》で、彼らの関係を知っていることが伝わってしまったのだと知った。が、それでよかったとも思った。

「おまえはいつでもおれの友だ、ビリー。おれは人に言いふらすことはしない。そこは考えが変わらない。それはわかってほしい」

ビリーは無言でいたが、やがて溜息をついた。

「そうさ、おれはあいつを愛してた。あいつもおれを愛してた。おれを追ってフランスまで来やがった。それが愛じゃないなら、おれにはなんだかわからない。初めは友情だった。子どものころからつづいてきた、とても近しい友人どうしさ。それが、あれを生き延びてこっちにもどってきたら、おたがい自分に正直でいないことに意味を見出《みいだ》せなくなっていた。そこはおまえに理解してもらおうとは思わない」

「理解できるさ。あいつは立派な男だった。勇敢で忠実で、節操があった」

「そのとおりだ」

ハーキンは沈黙を長引かせるようにベッドに腰をおろし、くつろごうとした。とにかく、ここに来たのは質問をぶつけるためだった。

「モードが殺された夜、おまえは彼といっしょだったんだな」

「ああ。あの幽霊を見たときもあいつといっしょにいた」

ハーキンは身を乗り出した。蠟燭の灯に照らされた友の顔はひどく窶《やつ》れていた。ハーキンの視線を受けとめようとはしなかった。

「あいつを疑ってすまなかった。アバクロンビーにはこの落とし前をつけさせる」

「殺す気か？」ビリーは声にならない声で言った。

「わからない。でも、そういうことになるかもしれない。殺しもときには必要だ」

また沈黙がつづいた。

「どんなだった？」

「何が？」

「ショーンだ、浜辺で。どんなだった？」

ハーキンは深く息を吸うと、これはまえに何度もした会話だと思いだした。別の場所での、別の男についての。

「連中はあいつが義勇兵で、そしておそらくは地元大隊の情報将校であることも知った。連中はあいつを拷問した。口を割らせようとあらゆることをやったにちがいない。だがあいつはしゃべらなかったし、ここでおれから話すこともない。あいつがやられたことを、おれだったら耐え抜けたかどうか」

「ありがとう」ビリーはようやく口にした。「おれはおまえが関わってるんじゃないかと思ってた。おたがい隠し事をしてたんじゃないかって」

「夕食には降りてくるのか？」

「ああ。父と話さないと、ちょうどいい機会だ」

ハーキンは歩み寄ってビリーの肩に手を置いた。

「ダブリンに空いてる部屋がある。小さな家かもしれんが電気は通ってる」

ビリーはべそをかいたような顔で笑った。

「それに道を五十ヤードも歩くと路面電車が走ってて、好きなところにまっすぐ行ける。いつでも来て、いたいだけいればいい」

「それもいいな」

「最後にひとつ質問だ」

「どうぞ」

「きょうの午後、おれたちが海岸へ行ったあと、叔父貴は会いにきたのか？」

「いいや。ありがたいことにな」

ハーキンは、またも明らかなことを見逃していた自分に呆《あき》れてうなずいた。

「それじゃあ、あとで。もしおれが食事の席に遅れたりしたら、みなさんには先にはじめてくださるようお詫《わ》びしてくれないか。食事には出るが、足止めを食うかもしれない」

チャーリーに頼まれていた火を起こし、安定して炎が燃えるのを確かめると、私道を門番小屋に向かった。雨はやんでいたが、海風が運んできた湿気と寒さがたちまち服の下まではいりこんできた。ハーキンは、自分が誤った罪悪感を抱えているのではないかと思った――アバクロンビーはドリスコルの正体を、ハーキンがダブリンからやってくる以前に、月単位といわずとも何週間もまえから知っていただろう。ディロン神父の死についてはより直接の責任を感じるが、神父が情報提供者であり、少なくとも三人の死に間接的に関与していたと思えば、背負っていくのはその一部だ。

林のどこかで憂《うれ》いを帯びたフクロウの啼《な》き声がして、ハーキンはそこに自身の不安を聞き取った。この先のことに胸騒ぎをおぼえた。

小枝が弾《はじ》ける音につづいて、道路脇の茂みからダブリン訛《なま》りの声が聞こえた。

「なんとも無防備だな。ケツを掻《か》きながらでも撃てるぞ」

「なら、おまえの護衛があれば好都合だ」

「そっちに護衛をつける気があるんだったらな」バークは私道に姿を見せるとつづけた。「いいか、明日あんたをダブリンに連れ帰れって命令が来たら、おれはその命令に喜んで従うからな」

「あしたにはここを出るって約束する。命令があろうがなかろうが。でも、まずは未解決の問題を片づける」

「未解決？　つまり、あんたはショーン・ドリスコルが犯人じゃないって言う気か」

「ああ、あいつは犯人じゃない」

ハーキンはバークと別れたあとに判明した事実を、ビリーとドリスコルの関係を省いてすべて語った。それが終わると長い静寂が訪れた。

「くそめ」

「要約するとそうなる」

「くそっ、くそっ、くそっ」

ハーキンは、それ以上付け足す意味はないと思った。

「おれの考えがわかるか？」するとバークが口を開いた。

「ダブリンに帰るべきだって？」

「まさしくそれだ」

「とにかく、門番に会いにいこう」

バークの沈黙はいつ暴発するか知れない嵐《あらし》の沈黙だったが、彼は門番小屋の脇にある玄関扉をノックするハーキンを背後で見守った。短い間ののち、内扉が開く音がして、横の窓に燭火が見えた。

「どなた？」神経質になっているのがわかる声がした。

「こちらはトーマス・ハーキン、プレンドヴィル家の友人で、屋敷に泊まってる。勤務している保険会社の代理として、ミス・プレンドヴィルの死に関して調査にきたんだ」

扉がわずかにあいて、か細い白髪を生やした老人が顔を覗《のぞ》かせた。老人はハーキンとバークを見較《みくら》べた。

「こちらは?」

「ミスター・バーク。同僚だ」

パトリック・ウォルシュは考えこんだすえにうなずいた。

「どうぞ、なかへ」

小さな居間は、大梁《おおはり》から吊《つ》るされた灯油ランプで柔らかな黄色に照らされていた。周囲を見ると、暖炉には石炭が赤々と燃えて、置かれた家具は上質のものでもすっかりくたびれている。もともと屋敷で使っていたものなのだろうか。

「長居はしないので」ハーキンは切り出した。「襲撃のあった夜のことで二、三質問を。話してくれたことは警察にも、誰にも言わないので安心してくれ」

「お座りになりませんか?」

ハーキンは古びた革の肘掛け椅子に腰をおろした。腕木の部分がひび割れ、詰め物が見えている。彼は立ったままのバークを見あげた。

「ミスター・バーク？　座ったら楽だぞ」

　バークは異論を口にしそうな顔をしたが、重みでしなりそうな古びたホールチェアに腰かけた。

「ミセス・ウォルシュは？」

「町の妹のところに行ってます」とウォルシュは答えた。「明日にはもどります。殺人があって気が動顚《どうてん》してしまって」

「あの夜のことを話してくれないか？　部隊がまえもってここを占拠したことはわかってるんだ」

「はい。そうしておかないと、警察との折り合いが悪くなるからと言われました」

「で、実際はどうだった？　警察の取り調べは受けたのか？」

　ウォルシュは質問に面食らったように考えこんだ。

「それがまったく。閣下が、私らが縛りあげられていたとお話しされると、ケリー巡査部長から、平気だったかと訊かれましたけど」と曖昧《あいまい》な調子で答えた。

「襲撃のことは訊いてこなかったんだな？」

「部隊がどっちの方向に去ったか知りたがってましたけど、私らにはわかりません。むこうのほう車が来て、銃撃があって、ミス・プレンドヴィルと他の方が亡《な》くなって。むこうのほうがよほど事情を知ってましたよ」

　ハーキンはうなずいた。「待ち伏せの銃撃そのものがあった約五分後に、一発の銃声がしたそうだが。そのあたりの話をしてもらえないか？」

　椅子に掛けなおした老人の目は潤《うる》んでいた。

「思いだしたくありません。だって、私らはミス・プレンドヴィルのことを赤ちゃんのころから知ってるんだから。部隊のなかにもそんな連中がいますよ」ウォルシュは何かを言いたそうにハーキンに目をくれた。

「ここだけの話にすると約束する」

「じつは」老人はほっとした様子だった。「車にお嬢さまが乗ってると知って、連中は慌《あわ》てたんですよ。お嬢さまは、地元ではもう大変有名な方ですから。でも気絶しているだけだとわかって、指揮官が毛布を掛けてやれと命じました。あとで屋敷の人間が出てきて介抱するだろうってことで。それから、武器はないかトランクと車内を探させて、それが終わると、部隊は指揮官の命令で移動することになった」

「そして現場を離れていった？」

「銃撃があって連中が立ち去るまで、せいぜい一、二分のことでした」

「それで？」

「その、女房と私はミス・プレンドヴィルのお世話をしにいくつもりで、縛《いまし》めを解きにかかったんだが」

「うまくいかなかった？」

「いや、それはなんとか」ウォルシュは呼び起こした過去に気乗りがしないという顔を見せた。「やっと手が自由になったと思ったら、そこに男がやってきて」

ウォルシュは口をつぐんだ。ハーキンが前のめりになると、ウォルシュは上目がちにその視線を受けとめた。

「その男のことを聞かせてくれ、ミスター・ウォルシュ。何か憶《おぼ》えてることは？」

「そいつは反対側から——義勇軍が来たのとは別の方角から来ました。この裏手から。余裕たっぷりに、明かりを手に車に近づいたんです」

「松明《たいまつ》？」

「かもしれませんが。そのときはよくわからなかった。とにかく怖かったんで」

「男は何をした？」

「風がなかったんで、そいつのたてる音は全部聞こえてくるような調子でした。急いではなかった。たしかトランクをあけて、ドアをあけて、それから息も荒く死体を動かすような音がして。人間とは思えなかった」

老人は話すあいだにも年老いていくようだった。彼が言葉に詰まった隙に、ハーキンは肩越しにバークの反応を探った。大男は意外にもウォルシュの恐怖を真に受けたらしく、瞠《みは》った目を黄色の灯に光らせていた。顔色も白い。ハーキンは門番に向きなおった。

「何か気付けでも必要かな、ミスター・ウォルシュ？」

「いや、大丈夫です。ちょっと思いだしただけで」

「その男は車内を捜索していたんだな？」

「たぶん。そのあと、小さな音がして灯が消えたんで、男が私らの物音を聞いてこっちに来るんじゃないかと思ったんです。灯がまたともるまで、もう神に誓って息をひそめてました。そしたら擦る音がして炎が上がったんで、そいつは煙草をつけたんだと思って、そこでやっと人間なんだとわかった」そこから長い間が空き、ウォルシュはつと目もとを拭《ぬぐ》った。「そのあと、そいつはお嬢さまを撃ったんです」

またも沈黙が横たわり、ハーキンはバークまで目を潤ませていることに驚いた。

「男がたてた物音について憶えていることは？　頭に引っかかってることとか？」

記憶をたどっていたウォルシュは、やがてうなずいた。

「あれは乗馬靴を履いてましたよ。動くたびに軋むような音をさせた。私は屋敷で馬丁をやってましたから。あの音はすぐにわかるんで」

「よければもうひとつ。男の足取りに変わったところはなかったか？　足を引きずっていたとか、踵《かかと》に鉄を打っていたとか？　そんなことは？」

「ありません。乗馬靴を履いてたってだけで」

ハーキンはウォルシュから聞いた話を考えあわせた。

「あの晩、早い時刻に車は通っただろうか？〈バリナン・ハウス〉の方角から？」

ウォルシュはその質問に考えこんだ。

「いいえ。それは確かです。あっちの方角から来たのは、ティーヴァン警部補の車が最初だった」

43

ハーキンとバークは浜辺に歩いた。暗かったが、岸に寄せる波の白さが見分けられるほどの光はあった。湾のむこうの低い丘陵を背にして、ひとつきりの灯が見える。こんなに離れた距離からでも明るく見えるものとは何だろうか。

「どうして殺し屋の歩き方を訊いた？」

「ドリスコルは足が悪かった」とハーキンは言った。

「そいつのことはもう除外したんだと思ってた」

「確認しても罰は当たるまい。ウォルシュに靴の軋みが聞こえるんだったら、足を引きずってるのにも気づくんじゃないかと思ってな」

「で、何がわかった？」

「ひとつ筋書きが出来た」

「話せよ」

「薄っぺらなやつだが」

「薄っぺら？」

「自信がないってことさ」

「薄っぺらの意味ぐらいわかってる」

ハーキンは考えを整理していった。

「ケリーの言うとおり、ディロンがアバクロンビーに取りこまれていたんだとしたら、アバクロンビーは自分への襲撃を自分で仕組んだことになる。それだけ聞くと妙な話だが、これもケリーからの情報で、じつはティーヴァンは死の直前、アバクロンビーの行動に関する報告書を書いていた――そしてその報告書は行方不明になった。内容はおそらくアバクロンビーのキャリアを終わらせ、やつを刑務所送りにするようなものだったはずだ。アバクロンビーは、ティーヴァンがサー・ジョンのカードの夕べに出席するのを知り、報告書について話し合いをしよう、ついてはサー・ジョン宅でと持ちかけたんだろう。モイラ・ウィルソンが、夕方の早い時間にふたりが連れ立って表に出ていき、その後はどちらも腹を立てていたと話してる。たぶんアバクロンビーは、話し合いがうまくいかなかった場合には、ティーヴァンが代わってカートライトを車で送ることになると見越して、自分は中座する手はずにしていた。首尾よくいった場合には、町の補助隊と警察と兵士をかき集めてイーガンを待ち伏せする気でいた。襲撃を襲撃するってわけだ」

「しかし首尾よくはいかず、やつはこっちの人間が待ち伏せしてるのを知ったうえで、ティーヴァンとカートライトを罠《わな》にはめたのか?」

「それなら、きれいなやり方でティーヴァンを排除できる。モードのことがなければ、捜査もはいらなかったはずだ。部隊の人間が逮捕されたところで、襲撃につながる情報源を知る者はいない。唯一《ゆいいつ》のつなぎ役だったマット・ブリーンは、その二日後に殺された。ディロン神父が殺害されるに至って、つながりは完全に断たれた」

「だが、ケリーなら知ってる」

「アバクロンビーは、ディロンがケリーに事情を話したことに気づいてないんじゃないか。あの巡査部長がいまも生きてるってことは」

「だったらカートライトは? アバクロンビーの相棒じゃなかったのか?」

「ふたりは同じ大隊にいたが、カートライトがここに来たのはアバクロンビーじゃなく、ビリー・ブレンドヴィルに会うためだった。アバクロンビーがこっちにいたのはたぶん偶然だろう」

「つまり、アバクロンビーは電話で呼び出され、自分の車で〈バリナン・ハウス〉を出たが、ウォルシュの話では門番小屋を通過した車は一台もいなかった。やつは車をどこかに駐《と》めて、歩いてお楽しみの見物に来たってわけか？」

ハーキンはその可能性を考慮した。

「あり得るな。きょうの午後、おれが裏門からはいったときには人気がなかった。やつが車で来たとしたら、目につくことはまずないし、どこか別の場所に置いてくるってこともあるだろう。おれの思うとおりなら、やつは襲撃の現場に居合わせて、ティーヴァンが殺されたのを確認したら報告書を手に入れる気でいた。何かを探してたというウォルシュが聞いた物音は、アバクロンビーが報告書を見つけようとしていたんだろう」

「なら、なぜやつはモード・プレンドヴィルを殺した？」

「わからない。なぜ彼女が車に乗っていたかもわからない。わからないことはたくさんある。しかしモードが輸入に関わっていて、そのことが当局にも知られていたなら、それは殺される理由になる。まったく別の話かもしれないが」

「で、あんたはどうしたいんだ？」

「サー・ジョン・プレンドヴィルと話をしたい。だが、まずはミセス・ドリスコルだ。もうすこししたら、〈バリナン・ハウス〉まで送ってもらえるか？」

しばしの沈黙ののち、呻《うめ》き声があがった。

「どうかしたのか？」ハーキンは訊いた。

「ブルーのダイムラーに乗るのはサー・ジョンだけだ」

「だから？」

「ショーン・ドリスコルが失踪《しっそう》した夜、おれは町でブルーのダイムラーを見かけた。アバクロンビーがミセス・ウィルソンのロッジに来た夜だ。サー・ジョンはあんたがそこにいることを知っていた。なぜってあんたの手紙を渡したときに、おれが話したからさ」

44

ハーキンは門のそばに駐めた車にバークを残し、キルコルガンに歩いてもどると、いまは灯がいくつか窓を染めている屋敷をまわりこんだ。壁が取りまわす庭園の脇を抜け、ミセス・ドリスコルの家に至る玉石の小径《こみち》を進んだ。暗闇のどこかで、さっきと同じフクロウが啼いた。この場所には何かが起きそうな雰囲気があった。ハーキンは攻撃が開始される夜明けまえの薄明の下、前線に流れていた静けさと男たちの顔にみなぎった緊張を、そして遠くに飛行機のエンジン音が響く以外、鳥のさえずりもなにも聞こえなかったことを思いだしていた。目にする男たちの多くが、もはや死を悟った表情をしていた。ここでは同じ予感がするのだ。

ミセス・ドリスコルが住む煉瓦造《れんがづく》りの二階家には、低い壁と胸丈の生け垣に囲まれた小さな庭があり、その手入れの行き届いたさまは、百ヤードと離れていない屋敷の落魄《らくはく》した散らかりようとは雲泥《うんでい》の差があった。窓はカーテンがきっちり引かれていたが、四隅が明るく縁取られている。ハーキンは扉の外に立ち、あらためて耳をすました。ここは風がそよともしない。聞こえるのは自分の息遣いと、屋内でつづく低声《こごえ》の会話だけである。彼は揭げた拳《こぶし》を冷たい板に当て、それから二度ノックした。二度のノックとも銃声を思わせる音がした。

扉を開いたのは、帽子にコートを着たモイラ・ウィルソンだった。モイラは上げた手のひらでハーキンの頰にふれた。ひとしきりハーキンの顔をまさぐった。ここに立って……死に付きまとわれたおれはどんなふうに映っているのか。ハーキンは気になった。

「帰るところだった。彼女はあなたを待ってるわ」

「待ってる？」意外だった。

「あなたには訊きたいことがあるだろうし、それに答える覚悟はできているそうよ。あした会えるかしら？」

「ああ」それが嘘《うそ》にならないことを祈っていた。

「気をつけてね、ミスター・ハーキン」モイラは笑顔を見せると、もう一度ハーキンの顔をさわった。

「きみもだ、ミセス・ウィルソン」

家にはいると、ミセス・ドリスコルが小さなコンロのかたわらに、ブリジットと並んで腰をおろしていた。高い襟元から磨かれた黒い靴のあたりまである、黒のドレスをまとっている。顔の白さが対照的だった。ハーキンを認めると、ミセス・ドリスコルはブリジットの膝《ひざ》に手を置いた。

「お屋敷へ行って、ご用事がないかみてちょうだい、ブリジット。ミスター・ハーキンとすこしお話があるから」

ブリジットが出ていくと、ハーキンはこの瞬間、家主とふたりだけになったのだと思った。暖かい室内に帽子とトレンチコートを脱ぎ、扉の脇にあるフックに掛けた。

「ミセス・ドリスコル、先ほどのことで、あらためて謝りたいんだ」

夫人はハーキンのことを凝視した。目を赤くしていたが穏やかな面持ちで、ひとり息子の死の報に接しても落ち着いていた。ブリジットが座っていた椅子を示した。

「ミスター・ハーキン、お座りください」

ハーキンが座ってから、ふたりはおたがいを探りあった。

「ミセス・ウィルソンから、あなたがぼくを待ってると聞いてね」会話のきっかけにとハーキンが切り出すと、夫人は気力を振り絞ろうとするかのように深呼吸をした。

「いまとなっては、息子がミス・プレンドヴィルの死と無関係であることはご承知でしょうけど。ほかにも息子のことで気づいたことがあるんでしょうね」

「ああ」ハーキンはつとめて感情を出さないように言った。

ミセス・ドリスコルはコンロの火床で燃える炎に見入った。外と屋敷の寒さにさらされてきただけに、ハーキンにはその熱がありがたかった。

「息子はビリーさまといっしょでした。わたしとじゃなく」

「わかってる」

「もちろん、あのときはそうは言えなかったし、それであなたの調査に問題が起きるとも思わなかった。でも、間違っていたようね」

「あの夜のことで、こちらを惑わそうとしたのはあなただけじゃない。みんながそれぞれ、別の思惑でそうした。それが度を越した者もいる」

「モードお嬢さまの死にキルコルガンの者が関わってるわけがないって、そんなのあたりまえだと思っていたけど、それがキルコルガンの人間じゃないあなたにもわかったの？」

「たぶん」

ミセス・ドリスコルは溜息《ためいき》をついた。

「わたしは息子を戦争にいかせたくなかった。彼は変わってしまったわ」

何を言うべきか、ハーキンは迷っていた。適当なことをつぶやこうにも、口にすればすべてが変わってしまいそうだった。が、ハーキンが言葉を紡《つむ》ぐまえにミセス・ドリスコルがしゃべりだしていた。

「あの子は帰ってくるべきじゃなかった」と彼女は低い声で言った。「ロンドンかアメリカに行けばよかったのよ。ここじゃないどこかに。ビリー・プレンドヴィルも」

「こんなことになって残念だ」ハーキンは己れの言葉足らずを痛感した。

ミセス・ドリスコルは首を振り、一度、二度と口を開きかけたが声を出せずにいた。ハーキンと目を合わせなかった。ハーキンは椅子に座りなおした。

「ぼくが、ショーンが関わっているんじゃないかと疑った理由のひとつが、モードの部屋で手紙を見つけたことだった——親密な手紙だ。ショーンと名乗る人物からの。それであなたの息子さんじゃないかと思った」

夫人はゆっくりうなずいた。

「もしかして、ショーンの手書きのものを持っていないだろうか。その手紙の差出人がショーンでないことはわかってるんだが、いずれそれを証明する必要が出てくるかもしれない」

夫人は立ちあがり、小さな簞笥《たんす》の引出しをあけた。そこから書類を取り出して眺め、選んだ一通の手紙を持ってきた。その筆跡がモード宛《あて》の手紙と異なることはすぐにわかった。

「これをあしたまで預からせてもらえるだろうか?」

夫人はうなずいた。用心する感じはなかった。

「こちらの理解では、あなたとミスター・ドリスコルの結婚はごく短いものだった」

ハーキンは、ドリスコルの父親について話したときのケリーの態度を思いかえし、これで正しい方向に向かっているだろうかと考えた。逡巡《しゅんじゅん》していた夫人が視線をそらすのを見て、うっすら抱いていた疑念が間違っていなかったことを覚《さと》った。

「さっき、サー・ジョンとショーンがなんとなく似ていることに気づいたんだ。そのときはなんとも思わなかったんだが」

目を上げたミセス・ドリスコルは平静を取りもどしているように見えた。

「思いついたんだ」ハーキンは慎重に言葉を選びながら言った。「ショーンの名は誰かに由来するんじゃないだろうかって。別人のショーンが——またはイギリス式に名づければジョンが——モードに手紙を送った本人じゃないのかってね。なんだか妙な話だが、その〝ショーン〟というのは、この男が私的に使う名前なんじゃないだろうか」

ミセス・ドリスコルはまたうなずいた。ハーキンの問いかけに動じることなく、少なくともそんなそぶりは見せなかった。膝のあたりに目をやりながら、椅子のなかですこし背筋を伸ばした。

「息子の名前はサー・ジョン・プレンドヴィルにちなんで、そう、わたしがアイルランド式に名づけたの。彼が私的に使ってる名前だから。サー・ジョンが息子の父親だからよ」彼女は穏やかなまなざしをハーキンに向けた。その顔には恥じらいどころか、一切の感情が見えなかった。「これはわたしの大きな秘密でした。妊娠がわかると、両親はわたしをダブリンの従姉妹《いとこ》のところに行かせた。他人に疑われないように、わたしはショーンの誕生を隠したわ。ショーンの外見は主にわたしの家族に似ていたから、プレンドヴィル家の人たちは、息子が自分たちの血族であるとは知らなかった。閣下だけは疑っていた気がするけど」

「ビリーは知らなかった」

夫人は顔をそむけた。

「それが大きな間違いだった。わたしは手遅れになるまで目をつぶっていた。たとえ早くに気づいたとしても、ショーンには話したかどうかわからない。ずっとつきつづけてきた嘘が、真実よりも本当になりかけていた」

「ミスター・ドリスコルはいないのか」

「いません」

「それで、サー・ジョンも当然知らない」

夫人は苦い笑い声をあげた。

「ええ。彼は自分のことしか見えない。昔からそうだった。わたしを奪ったことも憶えてないいんじゃないかしら」

「モードのことは？　手紙は恋文のようだったが、目にしたのは一方から来たものばかりで、中身を読んだのは一通だけだ。もうサー・ジョンが回収してしまったらしいから、詳しくはわからない」

夫人は眉間《みけん》に深い皺《しわ》をつくった。

「ふたりの間には秘密があったわ」

言われてみれば、銃の輸入のこともある。

「秘密があったと、あなたが思う理由は？」

「おふたりが話してるのをときどき見かけた――とても深刻な感じで、盗み聞きされないように気をくばっていたから。わたしは政治のことだとばかり思っていたけど、あまり深くは考えなかった」

「たぶんそうだったんだろう。しかしサー・ジョンがそれ以上のことを求めた？」

ミセス・ドリスコルは考えこんだ。口が嫌悪《けんお》を示すように歪んでいった。

「かもしれない。あの人ならやりかねないわ。それにモードお嬢さまはこの数年、ちょっと弱ってらして、その機に乗じたんでしょう。自分の姪《めい》だというのに。偽善はお手のものなの。ショーンが入隊したのはあの人のせいよ。しょっちゅう新聞に出て、演説をぶって。アイルランドはフランスの戦場でいかに自治を獲得するかだなんて。もちろん、ご自分は行かないわ。家のことが心配でこもったまま」

そこはかつての雇い主についてハーキンが抱いていた印象と合致した。ハーキンは火がついた怒りがおさまるのを待った。

「古い記憶を呼び覚ましてすまなかった」と気を落ち着けてから言った。

夫人は無言で肩をすぼめてみせた。

「これからどうするつもりだい？」ハーキンは小さな部屋を見まわした。帰るはずの息子がいなければ、もう空っぽなのだろうか。

「モイラ・ウィルソンが、その気なら働きにくればって言ってくれました。そうしようかなと思って。プレンドヴィル家はご自分たちでやっていける」

「残念だった」ハーキンは心の底からそう言った。

45

〈バリナン・ハウス〉は黒い海を背に光輝を放っていた。一階の窓全部に灯がともり、上階も何カ所か明かりが見える。バークが車を駐めた、建物正面に半円にひろがる砂利敷きの敷地まで光が洩《も》れていた。浪費に近い感じがする。

「電気の驚異だな」バークが車の窓を下ろし、地面に唾《つば》を吐いた。ハーキンは深く息を吸って覚悟を決めた。

「このあと、おれはキルコルガンにもどらなくちゃならない。だが長くはかからない」

バークはしかめ面《つら》でうなずいた。

「おれはタクシードライバーだ。待ち時間の料金をあんたに請求する。場合によったら、他の誰かにな」

「ヴィンセント？」ハーキンは声を落として言った。

バークが胡乱《うろん》な目を向けてきた。

「何だ？」

「おまえがここにいてくれて、おれは喜んでる。見守ってくれてることを喜んでる。心からな」

一瞬、戸惑いを見せたバークだが、いかにもうれしそうにして頬笑んだ。

「行け、行ってあの野郎をねじ伏せろ」

ハーキンはそのとおりやるつもりでいた。なぜか心は冷静だった。不自然なほど落ち着いていた。行動計画は出来ていて、今夜は運が向くかもわからないが、もう決断はくだした。あとはどこまで実行できるかにかかっている。

しかし、この落ち着きが朝まで保つだろうか。

ハーキンは扉の脇《わき》にある真鍮《しんちゅう》のボタンを押し、電気のブザーを聞きながら、ポケットにモードの小型オートマティックの感触を探った。驚いたことに、応対に出てきたのはサー・ジョン・プレンドヴィル本人だった。年上の男は困惑したような顔をした。ハーキンの訪問を歓迎する様子はなかった。

「トム」サー・ジョンは用心するように言った。「私に何か用かね？」

「ちょっとお話があって」ハーキンはそこにわずかな脅しをふくませた。

サー・ジョンはうなずくと書斎に案内しながら、召使いたちは延期になった町のダンスに出かけているのだと言った。部屋の様子はこのまえ訪ねたときと変わらなかったが、室内の一方を占めるパートナーズデスクに、封緘《ふうかん》された封書数通と書きかけの手紙が載っていた。ハーキンは近づいて眺めた。モードの書き物机にあったものではなかったけれども、筆跡はまったく同じだった。トレンチコートは脱がなかった。長引くとは思えなかった。

「新たな報《し》らせでもあるのか？」

サー・ジョンは不満そうな声をあげた。ハーキンが正対すると、普段の自信たっぷりの物腰は影をひそめていた。この数日で輝きが失われていた。年上の男の顔つきに、恐れに近いものがあるのを見てハーキンは内心悦に入った。この訪問の目的は、もっぱらサー・ジョンの心の平安を乱すことにあった。

「お掛けになったらどうです？」ハーキンはそう言うと、デスクに寄りかかって腕組みした。

サー・ジョンはとりあえず気を取りなおしたようだった。自宅で指図されたことに驚いたのだ。ハーキンから近い椅子《いす》へ行き、初めからそうするつもりだったとばかりに腰をおろした。

「私の調査がほぼ終結したと聞けば、あなたもお喜びでしょう。私は明朝、キルコルガンを離れます」

サー・ジョンは重々しくうなずいた。安堵《あんど》しているのなら、うまく隠しおおせている。

「そうか。わざわざ知らせてくれたことに礼を言う。きみの上司には、問題が解決して満足していると伝えよう」

ハーキンは沈黙を引っぱりながら、サー・ジョンの視線をひときわ強く受けとめた。すると年上の男のほうが目をそらした。

「私には問題が解決したという自信がないんですがね」ハーキンは唸《うな》るように声を低くして言った。

サー・ジョンはここで途方に暮れた顔を見せた。

「わからないな。きみはショーン・ドリスコルがモードを殺したことを立証して、そのドリスコルは死んだ。ほかにも解決してるだろう?」

「それはいろいろと」ハーキンは言葉を引き延ばすように言った。「実際、そんななかで私が確信してるのは、ショーン・ドリスコルはモードを殺していないってことです。それに、ドリスコルは襲撃の手配にも関わっていない」

サー・ジョンは口を開き、そして閉じた。

「しかし手紙があって……」と、ようやく言った。「モードの妊娠。あの晩の出来事。ディロン神父殺し。疑いようのない気がするが」

ハーキンは自身の笑みに、男にたいする蔑《さげす》みがにじみ出るのを抑えようとはしなかった。

「いいや」またも引き延ばすように口にした。「なら手紙からはじめましょうか？　あなたは――ちなみにアイルランド式に寄せれば、あなたもショーンということになるが――手紙はドリスコルが書いたとおっしゃるが、それがそうではなかった。だからこそ、あなたはきょう、モードの寝室に隠されていたものを持ち去ったんでしょう。あなたはビリーを慰めにいくとおっしゃったが、現実にはビリーを慰めてはいない」

ハーキンはサー・ジョンの迷いを見て取った。嘘をつこうとしたすえに、最後は認めることにした。

「あれはモードの名声を守るためだった。当然のことだと思うが」

「モードの名声？　それともあなたの、ですか？　手紙の差出人がショーン・ドリスコルじゃなく、あなただとすると、それが公けになればあなたの名声を高めることにはならないでしょう。か弱い娪をあんなふうに利用するとは、かつて尊敬した男にたいする私の嫌悪は深まるばかりだ」

激昂《げっこう》してみせるサー・ジョンには物悲しさがまとわりついていた。

「馬鹿《ばか》を言うな。私はあいつの叔父だ。あいつのことは子どもの時分から知ってる。あんな内容の手紙を送るはずがなかろう」

ハーキンは身を乗り出し、いま一度サー・ジョンの視線を受けとめるとデスクの上から書きかけの手紙を取って掲げた。

「これがあなたの自筆ですか？」

それを手にしてうなずくサー・ジョンは蒼《あお》ざめていた。ハーキンはミセス・ドリスコルから預かった手紙を内ポケットから抜き出し、サー・ジョンの面前にさらした。

「これがショーン・ドリスコルの筆跡です。モードが受け取った手紙の筆跡とは似ても似つかない。翻《ひるがえ》って、あなたの筆跡とは完全に一致する」

「きみの記憶はいい加減だ。手紙はあの男の筆跡で書かれていた」

ハーキンは微笑した。サー・ジョンの額に汗の膜が浮き、かすかに開いた口に嚙《か》みしめた黄色い歯が覗いた。それはサー・ジョンが浮かべそうな困惑気味の笑みというより、唸る犬の面相を思わせた。

「較《くら》べてみますか？」

ハーキンは答えようとするサー・ジョンを制した。

「そうか、でも、もう燃やしてしまったんでしょう？　キルコルガンから大急ぎでもどって。それか裁判所でそう話すつもりか」ハーキンはサー・ジョンの口真似《くちまね》をした。「〝叙勲された退役軍人であり、私が最高の敬意を払う人物であるミスター・ハーキンは、長期におよぶ兵役において心理的緊張を強いられてきた。これによって、この件に関する彼の記憶に欠損が生じたと疑わざるを得ない〟」

「トム」サー・ジョンは深刻な声で言った。「私はあの手紙を書いていない。きみがどう思おうが、あれはショーン・ドリスコルが書いた。本当だ。私は書いてないのだから、書いてないと否定するのは当然だ」

「だったら、つぎの証拠を出しましょうか」

ハーキンはモードのオートマティックを出した。サー・ジョンは目を剝《む》くようにして小型拳銃《けんじゅう》の銃身を見つめた。ハーキンは銃を手のひらに載せた。

「この美品に見憶えがありますか？　フランス製の四連発の小型拳銃で、二五口径の銃弾を発射する。偶然にも、モードの頭蓋《ずがい》に残っていた弾と一致してます」

「きみが何を言いたいのかわからないが、私はこの銃を初めて見た」

「それはおかしい。私はこれをモードのデスクの、あなたが書いた手紙の横にあったのを見つけた。モードが手紙といっしょにしていたのは、どちらも同じ人物から渡されたものだからじゃないかと思うんですが。これがフランス製であることはお話ししましたね。しかも、製造されたのは去年ですよ。これはアイルランドでは間違いなく手にはいらない——昨今は。だがあなたは去年の五月、輸入に関する下交渉でパリにいた。で、これはもちろんまったくの偶然だが、モードもパリに滞在していた。ちがいますか?」

サー・ジョンがモードと同時期にパリにいたというのは、当てずっぽうにも等しかったが、サー・ジョンが怯《ひる》むのを見てすべて裏づけられた。いまさら非難をかわそうにも遅かった。

「きみの話にはついていけないが、とにかく戯言《たわごと》もいいところだ」

わざわざ答えるまでもなかった。

「あなたの恋文とふたりのパリ行き。それにあなたが必死で世間に洩らすまいとするモードの妊娠。あなたは子どもの父親がドリスコルだと言い張るつもりらしいが、それはあり得ないと言い切れる理由はいくつかある。なかでもいちばん重要なのは、ドリスコルが同性愛者だということだ」

ハーキンはまたも冷笑を浮かべてみせた。うろたえるサー・ジョンを目にするのは格別だった。

「生まれなかったモードの子の父をドリスコルとする根拠は、あいつが消えた手紙の差出人であることだったわけでしょう。手紙を書いたのがあなたであるなら、当然この話にはまったく別の見方が出てくる」

サー・ジョンの顔はこれ以上ないほどに血の気を失っていたが、ハーキンの追及がここまでなら逃げ切れると信じているらしく、なんとか気力を奮い立たせた。

「きみがこの正気とは思えない主張にこだわるようなら、私からきみの上司に連絡するしかないな」

「そう、あなたは輸入のことがあって、ご自分がいかにも大事な存在であるとお考えなんでしょう」ハーキンは冴《さ》えないジョークを思いついてしまったとばかりに、うんざりした口調で言った。「ですがわれわれは、武器の輸入が当局に感づかれているのではないかという強い疑念を持っている。そうなるとどうでしょう、サー・ジョン？　あなたはとても難しい立場に立たされる。あなたはアバクロンビー少佐と親しい関係にある。そのアバクロンビーは、念のために言っておくと、この一帯で好き勝手に人を殺してまわり、そのうちの一件がショーン・ドリスコルだった。これがあなたにとって大変都合のいい殺人だと考える者が出てくるかもしれない」

物静かに語りだしたサー・ジョンの言葉の端々には、氷の欠片《かけら》が刺さっていた。ハーキンも、それなりに説得力はあると認めざるを得なかった。

「きみの上司は、私がアバクロンビーと接触しているのを承知している。以前から、私が熱心な英国支持者であるとの体面を保つことがきわめて重要とされてきた。輸入のことを当局が気づいているとの指摘だが、これはきみの妄想の産物じゃないのかね。要は、私がショーン・ドリスコルの殺しに関わったなどというのは馬鹿げているし、じつに無礼な話だ。撤回を要求する」

ハーキンは穏やかにサー・ジョンを見つめると肩をすくめた。

「おそらくボスからは、アバクロンビーとの接触をつづけるように提案もあったでしょう……」そこで一息入れたハーキンは、つぎの情報は間然するところなく伝えなくてはならないと意識した。「しかし、その男に関するティーヴァンの報告書を読めば、まともな精神を持つ人間なら、彼には近づくまいと考えるはずです」

サー・ジョンは思わず口走った。

「何の報告書だって?」

「ティーヴァンは王立警察《RIC》の総監宛に、アバクロンビーの数多くの犯罪行為を暴《あば》く報告書を書いた。その写しがモードのデスクにありました。保管用にと、ティーヴァンから手渡されたんでしょう」

サー・ジョンは濡《ぬ》れ衣《ぎぬ》を晴らすという役柄を忘れてしまったらしい。もはや怒りの色はどこにもなかった。

「で、きみはその報告書を持っているのか？」

「キルコルガンにあります。朝になったら、それをダブリンへ持っていきます。ボスの役に立つでしょう」

サー・ジョンはその可能性に思いをめぐらしていた。ハーキンは疑いがきざすのを目にした。

「その報告書のことを、きみはこれまで一度も口にしなかった。その可笑《おか》しな拳銃のこともだ」

「その必要がありますか？　私はモードの死に関してのみ、あなたに関わるよう命令されていた」

にわかに取り乱しかけたサー・ジョンだったが、すぐにそこから脱け出した。自身の役柄を思いだした様子にハーキンは安心した。

「すべてはたんなる憶測と偶然にすぎない。じつにくだらないし、失礼千万だ。報告書は私と無関係だ」

ハーキンはあたかも同意するかのごとくうなずいた。

「もうひとつ偶然があるんですが？」と、考えなおしたように言った。「昨夜、ショーン・ドリスコルが失踪して、ディロン神父が殺された時間に、町であなたの車が目撃されている。もしドリスコルに手紙のことを訊《たず》ねたら、己れの無実を証明して本当の差出人を教えてくれたはずなのに、手紙が見つかったとたん、彼はなぜか殺された。同じくディロン神父も、こちらが圧力をかければ、襲撃につながる情報を洩らした提供者の正体を明かしていたかもしれない。そのふたりがふたりとも、われわれから事情を聞くとあなたに伝えた直後、手の届かないところへ押しやられたのは不可解だ。いずれにしても、つぎの行動を決めるのはボスということになりますが」

サー・ジョンは何かを言おうとしていたが、ハーキンは席を立ってコートのボタンを留めた。

「お邪魔しました、サー・ジョン。見送りにはおよばない、出口はわかってます」

ハーキンはドアを振りかえった。ふと湧《わ》きあがってきた無念の思いを押しとどめた。

「まだお知らせしておくことがあった。ショーン・ドリスコルはあなたの息子です。ミスター・ドリスコルは存在しなかった。ショーンの母親もあなたの毒牙《どくが》にかかったか弱い女性で、あなたに疑われないように息子の誕生日を隠していた。その情報が公けになったら、人々はどう思うでしょうね。こんな状況下で」

唖然《あぜん》とするサー・ジョンを目にしても、ハーキンに喜びはなかった——むしろ罪の意識をおぼえた。踵《きびす》を返し、がらんとした屋内に靴音を響かせながら足早に歩いていった。

バークが車で待っていた。

「それで?」と、エンジンをかけながら言った。

「いまにわかる」ハーキンはようやく肩の力を抜いた。「たぶんな」

キルコルガンに向けて半マイルほど行ったあたりで、バークは車をバックで小径に入れた。道路からは目が届かず、逆に車の往来をすぐに確認できる場所である。

「ここなら一晩じゅう待ってられるぞ」

「そんなにかからないと思う」

彼らは気安い沈黙のなかで煙草《たばこ》を喫した。はたして十分後、バリナンの方角から疾走する自動車の音が聞こえてきた。その直後、ヘッドライトの光芒《こうぼう》がふたりの隠れる場所を通り過ぎていった。

「よくわからなかった」バークが言った。「やつだったか?」

「間違いない」

ふたりは煙草を消し、バークはハーキンとともにキルコルガンをめざした。

46

結果的に、ハーキンは夕食の時間に間に合った。それでも屋敷にはいるなり、待ちわびていたチャーリーに急《せ》かされた。

「誰かにワインの栓を抜いてもらわないと。あなたはやり方を知ってるでしょう?」

チャーリーは受け取ったトレンチコートを扉脇のフックに掛けた。

「たぶん憶《おぼ》えてる」

チャーリーは帽子をかぶったままのハーキンを見ると、それを取ってサイドテーブルに置いた。長い暗い廊下の先にあるダイニングルームのほうを顎《あご》で指した。

「さあ、早く」と、灯油ランプを持った手を振ってハーキンを急き立てた。ふたりの歩みは電話のベルにさえぎられた。チャーリーがハーキンを振り向いた。

「出てくださる?」

「もちろん」ハーキンは答えると、暗闇《くらやみ》のなかを小さな電話室へ行った。受話器を取りあげてから、何と応《こた》えていいのか迷った。

「〈キルコルガン・ハウス〉」躊躇《ちゅうちょ》したすえに言った。

「ハーキンか?」ドクター・ヘガティの声は嗄《しわが》れていた。

「ええ」

「きみのにらんだとおりだ。詳しく知りたければこちらに来てくれ。この話は電話ではできない」

「なるほど、わかりました」それ以上告げるまえに、医師は電話を切っていた。

ハーキンは扉の下から洩れてくる光をたよりに食堂へ向かった。長テーブルの一隅に五人分の席が設けられ、残りは空いていた。十分後、ワインが抜栓され、暖炉の火が燃えてから、ハーキン、チャーリー、ビリー、そしてキルコルガン卿《きょう》の四人だけが席に着いた。

　室内の明かりといえば、四人が座るテーブルの端にまばらに立てられた蠟燭《ろうそく》と、軽食らしきものが配されたサイドテーブル上のランプ二基。火を起こしたにもかかわらず、いつもの肌寒さは居座りつづけ、ハーキンはもう一枚ベストを重ねればよかったと後悔をおぼえた。ときどき身顫《みぶる》いが出たが、それは温度のせいばかりではなかった。なにしろ思いがけない出来事が連続して起き、絶え間のない死と恐怖に感情が揺さぶられる一日だった。むろん、おびただしい事実が露見して混乱したということもある。ハーキンはつかの間、その勢いから身を退こうとしていた。全身に疲労の波が流れこんできたせいかもしれない。皿をかたかた鳴らしたナイフとフォークをテーブルに下ろし、気分がおさまるまで深呼吸をくりかえした。目を上げるとほかの三人に見られていた。彼は笑みを浮かべた。

「ちょっと寒気がして。大したことはありません」

料理はチャーリーが間に合わせで用意したもので、皿には冷たいハム、皮つきのまま茹《ゆ》でたジャガイモ、それに殻つきの茹で卵が載っていた。ハーキンはこれよりはるかにひどい食事をしたことがあるし、ワインのほうはとびきりの逸品だった。一九〇〇年のシャトー・ラトゥールには初めて飲む極上の味わいがあった。

「セラーでケースごとあったのを見つけたの」チャーリーはそう言うと、同情まじりに付け足した。「マーフィーは気づいてなかったみたい」

「マーフィーはどうした?」キルコルガン卿が厨房《ちゅうぼう》につづく階段を見やった。サイドテーブルから自分の手で盛りつけるという新鮮な経験にいまなお感じ入っているようだった。

「彼は……」先をどうつづけるか悩んでいたチャーリーだが、ようやくふさわしい言葉を思いついた。「動けなくなってしまって」

「なんと」キルコルガン卿が放った重苦しい空気は、ごく短い笑いで破られた。「ではブリジットは？」

「やっぱり動けなくて」チャーリーはふと考えて言い添えた。「彼女の場合は、主に悲しみのせいで」

「そうか」

キルコルガンの声は低く、その目に苦悶《くもん》の色がよぎった。話題を変えようというのか、彼はテーブルを見まわした。

「さて、ハーキン？　きみの調査は終了したかね？」と切り出してから、ハーキンの調査対象が誰なのかを思いだしたらしい。仄暗《ほのぐら》いなかでも、言わずもがなのことを口にしたという悔恨がはっきり見えた。

だが、ハーキンにはほとんど聞こえていなかった。蠟燭とランプだけで照らされた室内が歪《ゆが》んでいた。まわりに座る生きたプレンドヴィルの人間の顔と、壁に並んだ絵画から見おろす死んだプレンドヴィルの人間の顔が一気に押し寄せてくる感じがした。そんなふうに包囲されたという感覚が引き金となり、入口付近で砲弾が炸裂《さくれつ》した防空壕《ぼうくう》《ごう》にはいったときの記憶がまざまざとよみがえってきた。手にした松明《たいまつ》を地下空間にかざすと、空の弾薬箱を囲んで座りこみ、テーブル代わりの空の木製リールに置いた携帯食器と顔をふれあわんばかりに背を丸める男たちがいた。壕内のあらゆるものが薄くチョークの粉をかぶり、身じろぎしない兵士たちはさながら石膏像《せっこうぞう》のようだ。松明の光が生き物のごとく動き、壁際《かべぎわ》に並ぶ寝棚から食事する者を見つめる兵士たちを照らした。そんなひとりは笑顔のまま、開いた口に欠けた黒い歯を覗《のぞ》かせている。兵士たちはみな死んでいた。爆発による衝撃波で殺された。腐敗臭が鼻についても、じつに生きているように見えた。

そのあまりに鮮烈なイメージに、ハーキンは思わず頭をのけぞらせ、息をきつく吸いこんだ。気が遠くなりかけた。

「大丈夫か?」と声がした。誰の声かわからなかった。

「なんともありません」なんだか休憩している気分だった。あらためて、生きたプレンドヴィルの人々の顔を見まわした――燭光《しょっこう》を浴び、深い影を宿したオレンジ色の半月。「すみません。別のことを考えてました。お訊ねは何ですか?」

キルコルガンは口の端を下げて見つめてきた。

「きみの調べはすんだのかと訊《き》いたんだが、とくに大事なことではない」

キルコルガン卿と目を合わせるうちに、頭がすこしずつ追いついてきた。

「ええ」まだ息苦しさが残っていた。

「そうですね。明日には決着します。それか今夜にも」

プレンドヴィルの人々がその真意を確かめなかったのは、配慮が過ぎたということかもしれないし、ハーキンが何を言いだすか不安であったのかもしれない。

「たいへん結構」キルコルガン卿がだしぬけに、この話は終わりとばかりに言った。

「お父さん」ビリーが沈黙をついて言った。「しばらくダブリンへ行こうかと思うんだ。独り立ちできるまで、トムが家に泊めてくれると言ってるし。変えることが自分のためになりそうな気がする」

ハーキンはチャーリーの目が父親を捉《とら》え、それからこちらを向くのを見ていた。チャーリーの表情には、抑えきれない絶望のようなものがあった。家にひとり取り残されるという思いがあったのだろう。キルコルガン卿は息子から娘に目を転じ、そしてまた息子を見ると鼻を鳴らした。

「われわれはみなここを離れる」と淡々と言った。「少なくとも当分は」

蠟燭の火明かりの下、子どもたちの反応はうかがい知れなかった。キルコルガン卿は意に介さず、皿の冷たいハムに目を落とした。

「政府から、この家を借りたいという新たな申し出が来たのだ。以前より素晴らしい条件でな。一年で受け取る額は、土地から何から一切合切を売りはらうより多い。それだって現状で買おうという人間が出てくれればの話だからな。しかも、傷《いた》みなどが出たら元どおり修復するという保証もつけてくれるという」

この話を聞いた子どもたちから抗議の声があがることはなかった。それどころか、反応がほとんどなかった。

「ジョン叔父さまなら買ってくださるかも」チャーリーが思いを口にした。「そうしたらいいんじゃないかって、まえから考えてらしたから」

「いまはどうだろう」キルコルガン卿は言った。「モードは死んだし、IRAは国の方々でこんな屋敷を焼き打ちしている。さすがに無茶な話だ。あれに分別があれば、バリナンのほうも戸締まりをするぞ。そうじゃないかね、ハーキン?」

ハーキンは無難な答えを探した。

「どうでしょうか」

キルコルガン卿はハーキンに確固とした意見がないことに驚いたようだった。

「実際、いくらジョンに金があっても、ここを元のようにして維持していくのは無理だろう。たとえそれが可能でも、いまは内乱の世で昔のようにはいくまい。いずれダブリンに新しい政府が立つだろうし、そうなったらどうなることか。こうした家がはたして将来の役に立つのかどうか、私にはわからない。新政府が多大な努力を払ってまでこれらを——私たちを、保護するだろうか。そんなわけはあるまい」

これを、声を大にして言ったことで肩の荷が下りたようだった。キルコルガン卿は笑顔を見せた。

「とにかく、きのう賃貸契約にサインをした。あと一カ月の辛抱で、屋敷とそれにかかわる問題はむこう三年、他人に任せることになり、私個人としてはそれでほっとしている」

それからおよそ一分ほど、テーブルまわりで静寂がつづいた。ハーキンはそれを破るのが誰で、何を言うのかと待っていた。するとビリーがフォークで皿を叩《たた》いた。

「卵の茹で方が足りなかったな、チャーリー」と言って、皿にひろがった黄身を指した。チャーリーは兄のほうを見てうっすら頰笑んだ。

「ベストは尽くしたわ。それで精一杯よ」

その後の沈黙を破ったのは、私道をやってくる自動車のエンジン音だった。全員が耳を凝らしていると、近づいてきた車が停まった。しばらくして車のドアがしまる音が聞こえた。また長い間が空き、誰もが無言のうちに玄関の呼び鈴が錆《さ》びついた音を響かせた。応対に出ようとする者はいなかった。そうするうちに車が走り去った。

「自分ではいってくるだろう」キルコルガン卿が独り言のように言った。「だいたいがそうだ。恥ずかしいことだが。私はつねづねマーフィーに、できれば素面《しらふ》で取り次いでもらうのが体裁がいいと思っているが。このごろはマーフィーも機会を逸することが多い。ぼんやりしてな」

「補助隊をマーフィーに任せることはできないわ」チャーリーが声を落として言った。

「ミセス・ドリスコルにも」

「ブリジットにも」とビリーが言った。

「ブリジットはとくにね」チャーリーは肯《うべな》った。

玄関扉を開《あ》け閉《た》てする音につづいて、長い回廊を歩く足音が聞こえた。男の足音だった。己れの地位というものを自負した揺るぎない足取りである。この不意の訪問についていて口を開く者はいなかったが、ハーキンはその男が抜けてくるはずの扉に、全員の目が注がれているのに気づいていた。男の到着はハーキンが望んでいたものだったが、いざ本人が現われるとなると、不安のあまり身顫いが走った。

油を差していない蝶番《ちょうつがい》が甲高い音を発して扉が開き、ヒューゴ・ヴェインがはいってきた。その姿は部屋の遠い端まで行きわたる闇に呑《の》まれていたが、わずかな光を受けた双眸《そうぼう》がどことなく面白がっているようにも見えた。

「遅れて失礼。汽車が遅延してね。食事が残っているといいんだが——いまなら馬でもいただけそうだ」

47

三十分後、小さな居間でヴェインとふたりきりになるのは、ハーキンにとって意外でもなんでもなかった。ふたりが腰をおろした肘掛《ひじか》け椅子の前に低いテーブルがあり、そこで灯油ランプがともっている。暖炉の火は消え、室温は南極探検のいい予行演習になりそうだ。自分の吐く息が眼前で、白い雲のようにたゆたうのが見える。ヴェインがこの対峙《たいじ》をじつにさりげなく用意したので、ふたりが席をはずしたことをプレンドヴィルの人間が気づいたかどうかも怪しい。いや、そんなはずはない。プレンドヴィル家の者たちはヴェインが何者かを知っているし、たとえハーキンのことを知らなくても、彼らは訝《いぶか》しむはずだ。ふたりの間の細かなやりとりにまで、おそらく神経を尖《とが》らせている。さいわい、こんな場に即した礼儀作法というものがある。敷地内で客どうしの撃ち合いが起きたら顰蹙《ひんしゅく》を買うだろうか。だったら海岸ならば許されるのか。

低いテーブルをはさんでヴェインと見つめあううち、少佐もきっかけを探っているのではと思えてきた。ハーキンは大きく息を吸ったが、先に口を開いたのは少佐のほうだった。

「さて、ハーキン」ヴェインはこの場においてもくつろいで見えた。「きみは私の正体を知り、私はきみの正体を知っている」

「あなたは警察の一団を連れてくるんじゃないかと思ってた」

ヴェインは微笑した。

「そうしようかとも思ったが、考えてみれば、われわれにはモードを殺した犯人を裁きにかけるという共通の関心がある。きみは彼女が同志たちの手にかかったのではないとの証拠を見つけたらしいな」

ハーキンはほっとした。ヴェインのモードにたいする思慕が、あるいは協力に結びつくのではないかという賭《か》けがどうやら的中したようだった。「そう思われる根拠は？」

「でなければ、きみはここにはいまい」

鋭い指摘だった。

「そうです」

「だろうと思った。ここではあまりに多くのことが起きている気がする。引っ掻《か》きまわしてるのはきみか？」

「かもしれない」ハーキンは同意した。

「正直だな」

「馬鹿なこともずいぶんしましたが」

「私は己れの欠点に気づくのが賢さの証《あか》しだと思ってる」

ランプのおかげで、部屋の壁はおぼろでもヴェインのことは見えた。そんな魔法の下に、悲憤が流れていたのは良い兆《きざ》しだった。

「誰がモードを殺したのか、私の見立てを話しましょうか？」

前に乗り出したヴェインの顔はさながら石造りのようで、瞳《ひとみ》は漆黒のオパールを思わせた。

「何よりそれを聞かせてもらいたい」

部屋の壁が、期待のあまり迫ってくる気がした。それこそ屋敷の幽霊が集まって耳をすましている感じだった。ハーキンは戦慄《せんりつ》した。

話の最中に、ヴェインの視線がハーキンからはずれることはなかった。ハーキンが語ったのは殺人があった夜、ショーン・ドリスコルは現場におらず、アバクロンビー少の動きをＩＲＡには伝えていなかったこと。その役を果たしたのはアバクロンビー少佐に操られた神父で、少佐への襲撃を仕組ませたうえで――アバクロンビーがティーヴァンとカートライト、そしてモードを巻きこむように仕向けた。ティーヴァンはアバクロンビーの行動に関する報告書を書きあげていて、これをめぐり、当事者ふたりはサー・ジョン・プレンドヴィル宅で開かれたカードの夕べの場で話し合いを持つことになった。遊撃隊は生きていたモードを現場に残していき、門番が乗馬靴を履いた男が車を捜索する物音を聞いた。

ヴェインは、ハーキンが二本の吸い殻を差し出しても驚きを見せなかった。うち一本はアバクロンビーが訪れていないとされる襲撃現場に落ちていたもので、もう一本は海岸でアバクロンビーが棄《す》てたものだった。その煙草がトルコ産のブレンドで、ボンド・ストリートの老舗《しにせ》煙草商が〈ペラ〉の名で販売しているのを、ハーキンは五年まえに休暇をすごしたロンドンで偶然見知っていた。この地方の少佐が吸うものとしてはじつに珍しいブランドなのだ。さらにハーキンはモード宛《あて》の手紙と新品のフランス製オートマティックのこと、それにモードと、おそらくはサー・ジョンが最近パリに出かけていたことを話した。また昨夜、アバクロンビーがモイラ・ウィルソンのロッジにやってきたこと――サー・ジョンはハーキンがロッジに泊まっていたのを知る数少ないひとりで――しかも同日の早い時刻に、サー・ジョンの車が町で目撃されていた。最後にハーキンは、その後に起きたショーン・ドリスコルの失踪《しっそう》と殺人、ディロン神父の偽装自殺について語った。

ヴェインのまなざしに感情が出ることはなく、終わりまでただひたすらに集中していた。

「つまりだ」ハーキンの話が終わると、ヴェインは言った。「きみはアバクロンビーがモードを殺したと考えてるのか」

「もちろん、可能性はもうひとつある」

「サー・ジョンか？」

「いずれにしても、彼は何らかのかたちで関わっているでしょう――ふたりにはつながりがあった」

ハーキンはヴェインに、夕刻に訪ねたサー・ジョンが、会った直後に町の方角へ車を走らせたことを告げた。

「さすが、サー・ジョンだ」とヴェインは言った。「それですべて説明がつく。しかし、なぜモードを殺す？　殺したいという動機は？」

「彼女は身ごもっていた。それが明らかになれば、彼の名声は地に墜《お》ちる」

「それはちがう。モードが妊娠していたのは知ってる。父親は私ということになる。

発表はしていなかったが、私たちは結婚するつもりだった。彼女の事情を思うと、おとなしくやるのが無難な気がしてね。たしかにサー・ジョンは愛人で、手紙の差出人も彼なんだろう。モードから話を聞かされてうれしくはなかったが、私は彼女を愛していて責めることはできなかった。関係は彼女の体調がすぐれなかったころにはじまり、私たちが出会ったころには彼女のほうからケリをつけていた。サー・ジョンのほうはともかく、モードにとっては過去のことだった」

ヴェインは大きく息をつき、ポケットからシガレットケースを出した。それを差し出してきた手の指がかすかにふるえていた。

「〈プレイヤーズ・ネイヴィ・カット〉だ。ボンド・ストリートの煙草商が巻いたトルコ製のブレンドじゃないぞ」

「どうも」

「そうすると、嫉妬《しっと》も動機のうちか」ヴェインは煙草の煙越しに言った。「気になるのはモイラ・ウィルソンが話していた、モードとジョンが言い争っていたという書類のことだ」ハーキンは、ヴェインが書類の存在を知っているとほのめかすのもふくめ、言葉を慎重に選んでいることに気づいた。「その内容について心当たりはないのか？」

ここは自らの信義にそむくしかなかった。すでにそむいているという気もしたが。

ていいんですね？」

「モードが政治の問題でサー・ジョンと関わっていたことを、あなたはご存じと考え

ヴェインは返答に時間をかけた。

「モードの友人どうしということで、ここだけの話にしてもらおう。いまから私が話すことは、きみの仲間たちには――たとえ一部の詳細が知れていても他言無用だ。同様に、私はきみがくれた情報を外には洩《も》らさない。諜報《ちょうほう》の面でわれわれが共謀していると思われたら、どちらも困るだろう。モードの件で情報を共有するだけでも充分にまずい」

ハーキンはゆっくりうなずいた。

「おたがい同意したということで」

「よし」ヴェインは口の端から紫煙をくゆらせた。「サー・ジョンがきみの組織のために手配しているという武器輸入の話なら……ああ、それは知ってる」

「モードには話した？」

「ああ。彼女はたいへん危険な立場に立たされた。双方の板挟みになって」

「モードがサー・ジョンと対立していたという可能性は？」

苦痛めいた表情が瞬時に見え隠れした。やがて少佐はうなずいた。

「それは大いにあると思う。去年の五月、サー・ジョンがモードを連れてパリへ行ったと、きみが疑うのも当然だ」ヴェインはためらいがちにつづけた。「この情報は私もごく最近になって知った。きみにもわかるだろうが、一部の限られた人間に制限されていた。旅に出たのは、彼らふたりだけじゃなかった。名の知れた反乱分子にたいしては、われわれはたとえ彼らが活発に動いていなくても監視を怠らない。その結果、サー・ジョンとモードがアメリカの武器商人と会っていたことを突きとめた——ご想像のとおり、これはわれわれにとっての懸案事項だ。さらにサー・ジョンとモードが……何と言えばいいか……親密な関係にあったことも判明した。証拠を突きつけられたサー・ジョンはわが軍門に降《くだ》り、武器の輸入はわれわれがＩＲＡに打撃をあたえるための手段となったわけだ。サー・ジョンの置かれた境遇を踏まえて、私はモードにそのことを伝えた。彼女をこの窮状から救うためだ。ところが、彼女はそれに耐えられなかったらしい」

その情報はハーキンも部分的に推測していたが、多くは初めて知ることだった。ハーキンは頭を整理して答えた。

「ひとつわからないのは……暴露を恐れたサー・ジョンが、なぜ私のような人間を呼んでモード殺しを調べさせたのか。合点がいかない」

「いい質問だ。彼がきみたちの陣営に軋轢《あつれき》を起こそうとした可能性はあるが、私は彼が、モードを殺したのは連隊だと本気で信じていたんじゃないかと思う」

「襲撃を目論《もくろ》んだのがアバクロンビーなら、モードがサー・ジョンと言い争ったという書類を探すのは、ティーヴァンの報告書同様に簡単だった」

「ただしアバクロンビーは、モードが車に同乗していることを知らなかったはずだ」

ハーキンは、可能性と蓋然性《がいぜんせい》のもつれた糸をほどこうとした。

「モードがその場に居合わせたのは意外だったかもしれないが、彼女が輸入のことでIRAに警告すると思ったら、殺すには恰好《かっこう》の機会だった。しかしサー・ジョンがモードの死を望んでいたとも思えない。となると、アバクロンビーは自分がやったとは口にしないでしょう」

「かもしれない。真実を話せるのはアバクロンビーだけだ。で、話は今晩のことにもどるが。アバクロンビーはどう動くと思う?」

ハーキンは肩をすくめた。

「今夜、報告書を取りかえしにきて私を殺すでしょう。少なくとも殺そうとする」

「IRAの情報将校というきみの立場を考えれば、私は彼を止めるべきじゃないだろうな」

「それはそちらの決めることです」ハーキンは上着のポケットに忍ばせた小型拳銃に手を伸ばそうかと考えた。

「アバクロンビーはきみが反乱分子だと知っているのか？」

ハーキンは眉間《みけん》の皺《しわ》が深くなるのを自覚した。

「そこが不思議なんだが。知らないと思います。というか、きょうの午後には知らなかったと思うし、こうして私が息をしてるってことは、ゆうべの時点では間違いなく知らなかった」

「サー・ジョンが彼に話してないと思う根拠は何だ？」

「わかりません。サー・ジョンが議員だったころに秘書をしていたからでしょうか。私も疑問に思ってます」

ヴェインはまた煙を吐き出した。

「ひとつはっきりさせよう。きみが見つけた小型拳銃は殺人と関係がない。あれは私がモードに渡したものだ。似たような銃で彼女が殺されたとしても、それは偶然以外のなにものでもない」

つづく沈黙のなかで、長い回廊から電話のベルが聞こえてきた。ふたりは視線を交わした。

「よくわからないな」ヴェインは言った。「アバクロンビーが思うとおりの敵なのかどうか。むこうの言い分を聞いてみるべきだ」

ハーキンは肘掛け椅子《いす》に座るヴェインを残して部屋を出ると、客間から姿を現わしたチャーリー・プレンドヴィルに、電話は自分にかかってきたのだと告げた。受話器を取ってからのやりとりは簡潔で粗野なものだったが、交換を通していただけに乱暴な部分は抑えられていた。

「ハーキンか？」

アバクロンビーの歯切れのいい口調だった。

「そうだが」

「いまサー・ジョン・プレンドヴィルと〈バリナン・ハウス〉にいる。いっしょに寝酒をやらないか？　ミセス・ウィルソンも同席してる。みんな、おまえを歓迎するぞ。ここのとこ、彼女はおまえに懐《なつ》いてるみたいじゃないか」

ハーキンは最初口を開けずにいた。だが、ようやく出た声は自分の思いを超えてはるかに冷静だった。

「いいだろう。これから歩いていく」

「素晴らしい。一時間以上は遅れないでくれ、さもないとわれわれも気分を害するからな。あと、サー・ジョンと話していた書類を持ってくるんだ。それでこっちは大助かりだ」

48

廊下に出たハーキンの顔には懸念《けねん》が見えていたにちがいない。灯油ランプを手にしたヴェインが様子をうかがってきた。

「良くないニュースだったようだな」とヴェインはつぶやいた。

「あの男がサー・ジョンとバリナンにいます。モイラ・ウィルソンもいっしょだ」

ヴェインはこの情報に思いを致し、顔をしかめた。

「彼女に危害がおよぶようなことを、サー・ジョンが認めると思うか？」

「サー・ジョンがアバクロンビーをコントロールできると思いますか？」

ヴェインの表情がさらに厳しくなった。ふたりの声は、まるで屋敷全体が立ち聞きしようと息をひそめているとばかりに抑えられていた。

「いや、しかしアバクロンビーに何ができる？　彼女は将校の未亡人で、プレンドヴィル家の友人だ」

「彼女の首に英国の密告者という看板を掛けて、道路脇《どうろわき》に放り出すか。あるいは、ただ行方不明になるだけか。王立警察《RIC》が捜査に乗り出すにしても、ここではいま、新しい警部補が着任するまではアバクロンビーがRICだ。そんな体制が出来るころには、捜査が必要な十を超える報復と襲撃が起きて、もう彼女のことなど忘れられてしまうでしょう」

「こっちで警察か軍を呼べば、部下が彼を諫《いさ》めるだろう」

ふたりは暗い顔で見つめあっていたが、そのうちハーキンの頭にある計画がきざした。

「むこうはたぶん、あなたがここにいることを知らないでしょう」

ハーキンはランプの光を受けたヴェインの表情を探った。相変わらず底意の知れない感じだが、ただちに行動を起こす必要性については、さすがに同じ結論に達しているはずだった。

「ではヴェイン少佐、私は〈バリナン・ハウス〉へ行き、直接問題に対処します。そこで訊きますが、あなたはどうするつもりなのか？」

疑問を慮《おもんぱか》るヴェインの薄い唇に笑みの曲線がつくられた。

「私は普段から、機会があれば夕食後の散歩に出ることにしていてね」

ヴェインが部屋にコートを取りにいくあいだ、ハーキンは玄関に向けてゆっくり足を進めた。そこで待ち受けていたのは、燭光に顔を浮かびあがらせたチャーリー・ブレンドヴィルだった。瞳が暗く影に沈んでいた。

「電話は誰だったの？」チャーリーはその問いを低く切迫した声音で口にした。しかも競走のスタート地点に立つランナーさながらに身構えている。

ハーキンは抑圧されたアドレナリンが体内をめぐるのを感じ、チャーリーも同じ印象を受けたのではないかと思った。

「べつに大した用事じゃない。これからヴェインと海岸まで、寝るまえの散歩に行ってくるよ」

小さめの階段を降りてくるヴェインの足音がして、チャーリーの疑《うたぐ》るような目がそちらを向いた。

「何があったの？」チャーリーの声が大きくなったようだった。「悪いこと？」

「ちがう」とハーキンは答えた。「じきにもどるから」

客間の戸口にキルコルガン卿が姿を見せた。室内の薄明かりにシルエットが伸びた。発した言葉は穏やかながら断固としたものだった。

「こちらに来るんだ、チャーリー。客人たちを散歩に行かせてやりなさい」

父親の背後に見えたビリーは両手をポケットに入れ、口に煙草をくわえていた。暗がりのなかでも、友がこの場を凝然と見つめているのがわかる。

「放っておけよ、チャーリー」ビリーが言うと、戒めであることは明らかだった。ハーキンはビリーを巻きこまずによかったと思いながらも、ふと友の無関心ぶりに驚き以上のものを感じた。なにしろ、これはすべてプレンドヴィル家の問題なのだ。脇に退いたチャーリーの横を過ぎるとき、彼女の暗い瞳が焦点を結んだ。そこに恐れが覗いたが、チャーリーは自分の身を案じていたのではない。

おそらくハーキンのことを気遣っていた。

「大丈夫だから」ハーキンは安心させるつもりで言った。だが、うまくは伝わらなかった。

表に出ると空は晴れ、西に三日月が出ていた。宙にうねる天の川が、先ほどまでの雨に濡れた庭の草木を銀色に輝かせている。奇妙なほどの静けさが砂利を踏みしめる靴音に裂かれた。

「武器は？」ハーキンはヴェインに訊ねた。

「たまたま持ち合わせてる」ヴェインはコートの前を開き、ショルダーホルスターに吊《つ》ったオートマティックを見せた。

ハーキンが木立に向けて手を振ると、張り出した枝の下から見馴《みな》れた人影が現われ、草の上を歩いてきた。

「きみの仲間のミスター・バークだな？」

「そのとおり。彼の車で行けば、アバクロンビーの算段より先に着く。その分は優位に立てるかもしれない」

彼らが歩みだすと、近づいたヴィンセント・バークが訝しげな表情を浮かべた。

「注意したほうがいいか？」バークはヴェインを指して言った。

「普段の夜ならな」とハーキンは言った。「でも今夜はいい。自分の道具は持ったのか、ヴィンセント？」

「いつも持ってる」

「計画が変更になった」とハーキンは言った。

無灯火で走り、最後は惰力走行で進むと、バリナンとは反対にあたるキルコルガン側の高台に車を駐《と》めた。計画といっても大層なものではないが、短い道中の間に話はまとまった。車を駐めたら、すかさずヴェインとバークは草原を突っ切り、海岸のほうから邸宅に接近する。ハーキンは相手が予測するとおりに、道路側からひとり向かっていく。と、そこでバークが二の足を踏んだ。

「できるだけ時間をかけてくれ」とバークはささやいた。「海沿いを行くのに手間取るかもしれない。なるべく急ぐけどな」

「むこうがいきなり撃ってこないことを、おれは願ってる。まずはおしゃべりだろう。やつはとにかく書類のありかを知りたがるはずだ。撃つのはそれからだ」

バークは目を丸くした。

「だから道草を食うなよ」ハーキンは言った。「それと、彼から目を離すな」

バークは少佐を目で追うと、地面に唾《つば》を吐いた。

「よくよく見張っておく」

「じゃあ、あとで」

ハーキンは、ハリエニシダが叢生《そうせい》する低い崖《がけ》の縁に向け足早に移動していく男ふたりを見送った。その後ろ姿がまもなく見えなくなった。ハーキンは時計をあらためた。ふたりには配置に着くまで十分の猶予《ゆうよ》をあたえたうえで行動するつもりでいた。その場で天を仰ぐと、雨上がりの澄み切った夜に満天の星が瞬《また》いている。いまから丘を越えて、あるいは死に赴こうとしていると思うと、広大無辺の宇宙のなかにちっぽけな自分がいることが不思議と慰めになった。ごく普通の生活、すなわち戦争まえに描いていた人生では、己れの肉体的存在や脆《もろ》さといったものを強く意識することなどなかったかもしれない。この期《ご》に及んで五感が最後の瞬間まで、つかめるものならつかもうとしているふうだった。

もしも神の意思によって明日の朝まで生き延びたら、これからは静かな興奮だけの人生を送ると誓った。

駆けめぐる思いは、キルコルガンの方角から聞こえてきた音に断ち切られた。ハーキンはそちらを向いて耳をすましたが、その音がくりかえされることはなかった。頭のなかで音を再現しようとすると、それは低く不規則な太鼓の響きで、わずか数秒ほどで消えた。いまの状況に昂《たか》ぶったがゆえの空耳という気がしないでもない。モイラ・ウィルソンのロッジのほうを眺めながら、ご婦人方がモイラの帰りを待って起きているのかとも思った。やがてモイラの肌の温《ぬく》もりを思いだし、涙がひと筋こぼれ落ちた。ハーキンはそれ以上なにも考えず、小丘の頂きに足を踏み出した。

バリナンの明かりは変わらず煌々《こうこう》として、湾を背景にした遠洋定期船を思わせる。ハーキンは平静でいる自分に驚いていた。目的地までの短い距離に、最後の煙草《たばこ》を道連れにすると決めたときにも、なぜか指はふるえていなかった。胸ポケットから、幸せな時代にモードがくれたシガレットケースを取り出し、二本あった煙草を抜いた。ケースの内側の、最近は見ることもなかった銘に視線を落とした。

いつも、あなたとともに。M・P

ハーキンはこの数日の出来事を振りかえり、それが本当なら――自分を殺そうという男が待ち受ける家に、モードもいっしょに歩いているのだろうかと思った。そうだったらいい。

ケースを元どおりにしまって煙草の一本に火をつけた。すぐに煙を吸いこんでいた。その場に立ち、町から帰った召使いたちが水を差してくれないかと考えたが、彼らがもどるにはまだ時間が早い。ハーキンは溜息《ためいき》をついた。悔いが残るのは、アバクロンビー少佐がモイラを利用するとは予測できなかったことだった。

サー・ジョンの青いダイムラー以外、他に車は見えない――これは良い兆候だろう。車があるとすれば、アバクロンビーが本人ばかりか、ティーヴァンの報告書と関わりある部下たちを引き連れてきたとも考えられる。ハーキンは慌《あわ》てることなく、一階の窓から様子をうかがってくる人影を意識しながら、ゆったりした足取りで玄関ポーチに歩いていった。キルコルガンの方角から、太鼓の音が今度は近づいて聞こえた気がしたが足は止めなかった。人影がアバクロンビーのものとわかると、にわかに電気のような衝撃が全身に走った。むこうと顔を合わせるときには、せめて落ち着きはらって見せなくてはならない。呼吸は浅いが乱れていない。歩調も乱れることなく左、右と前進をつづけている。なんとなく吐き気がしたが、抑えられないほどではなかった。玄関まで来て、一本めの吸いさしで二本めの煙草をつけると、大きく吸いこんでからベルを押した。

アバクロンビーが扉を楯《たて》のようにして注意深く開いた。コルトのオートマティックらしき銃でハーキンを狙《ねら》っていた。

「ミスター・ハーキン、よく来てくれた」少佐はハーキンの背後を目で探った。「しかもひとりらしい。大いに満足だ。おたがい、自分たちのことを世間に知られたくはないだろう？」

「そいつはあんまり愛国的じゃないな」ハーキンはコルトに顎《あご》をしゃくった。「あんたは帝国のものしか買わない人間だと思ってたんだが」

アバクロンビーは微笑すると扉をさらに開き、ハーキンを招き入れた。

「土壇場《どたんば》のユーモアか。なにしろコルトは優秀な武器で、優秀であることこそ重宝されてしかるべきだ。とにかく大事なのは、こいつが近距離で大きな損害をあたえるってことだ。たぶん、おれたちの間で納得のいく話がまとまらなかったときには、その意味もわかるだろう。はいって壁に向かって立て」

ハーキンが言われたとおりにして両手を挙げると、アバクロンビーはすばやく、そして念入りに身体《からだ》をチェックしていき、なにも言わずにモードの小型拳銃《けんじゅう》をポケットに入れた。

「さあ」後ろに下がったアバクロンビーが書斎のほうに手を振った。「みなさん、お待ちかねだ」

サー・ジョンの書斎に足を踏み入れるのは、この数日で三度めだった。これで最後にしたいと願いながら、どこの部屋でも最後になりかねないという思いが頭をかすめた。部屋の様子は変わっていない。今回ちがったのは、顔面蒼白《そうはく》のサー・ジョン・プレンドヴィルが、クロムめっきをされたリヴォルヴァーをまるで黴菌《ばいきん》がついたもののように持ち、以前ハーキンが立った机の脇にいたことと、正面に置かれた背の堅い木製の椅子にモイラが座っていたことである。入室したハーキンを見たサー・ジョンは、こんなはめになるとは信じられないといった面持ちでぐずぐずと首を振った。

「大丈夫か？」ハーキンが訊《たず》ねると、モイラはさっと笑顔を返してきた。

「わたしは平気。椅子の座り心地は最高とはいえないけど。別のところの誘拐犯なら、もっと人質に気を遣うでしょうね」モイラは軽蔑《けいべつ》もあらわにサー・ジョンに目をやった。「サー・ジョンはすっかり怯《おび》えきっているけど、そのぶん、わたしは気分がいい」

「サー・ジョン・プレンドヴィル」ハーキンは言った。「自治の闘士であり、アイルランド義勇軍の創設者のひとり……そして英国のスパイ」

サー・ジョンは無言だったが、またも顔色を失ったように見えた。

「彼は上等なスパイだ」とアバクロンビーが楽しげに言った。「従順というのは、諜報の観点からすると有益な特質でな」

ハーキンの意識はモイラに向けられていた。モイラは合図を求めるようにじっと見つめてくる。片眼鏡をしていないことが、何にもまして不安を掻き立てた。仲間のために時間を稼ぐには、この会話をできるだけ長くつづけなくてはならない。

「自分の姪《めい》を殺してしまうほど従順だってことか」

「私はモードを殺していない」と言ったサー・ジョンの声はかすれていた。「あの娘の死には一切関わっていない」

ハーキンが向きなおると、アバクロンビーは話の展開を楽しんでいるようだった。

「直接的にはってことだな」少佐はそう言って肩をすくめた。「直接の責任はおれにある。とはいえ、われわれのために働いていることが彼女に知れたと聞かされたら、いずれこっちが動かなきゃならないことぐらいわかるだろう」

ハーキンは片方の眉《まゆ》を吊りあげた。

「あんたがディロン神父を介して襲撃を仕組んだのか？」

アバクロンビーは感じ入ったように笑みを浮かべた。「おみごと。おまえもけっこうな世話焼きだな。もともとは反乱分子を待ち伏せする計画だったが、途中で気が変わった」

「どうして？」ハーキンは少佐がティーヴァンの処刑に、古い同志のカートライトまで巻きこんだことがいまだに信じられずにいた。

「悪いか？　ティーヴァンは弱腰で、地元の反乱勢力との戦いを何かと邪魔立てしてきた。やつを排除するのは、その邪魔をなくすってことだ。カートライトのことは不《ふ》憫《びん》に思うが、戦争の指揮官には人命を犠牲にする決断も必要じゃないか。モード・プレンドヴィルは予想外のおまけだった。まさか自動車に乗るとは知らなかったよ」

「すると、ティーヴァンが書いた報告書とは無関係だったのか？」ハーキンは半信半疑だった。

「それもあった」アバクロンビーは認めて、ばつが悪そうな笑みで取りつくろった。

「おまえは読んだんだから、それを人手に渡したくないと思う理由はわかるだろう。

おれのやり方は……何て言う？……口当たりはよくないかもしれないが、効き目はある。火は火で戦い、銃は銃で戦い、恐怖は恐怖で戦う。戦争は適法かどうかを言い争う場じゃない、たとえ警視総監がこの点に全面的に賛同してくれなくてもだ」

「あんたはこの戦争に勝つつもりでいるのか？」

アバクロンビーは考えこむと肩をすくめた。

「負ける気がないのは間違いないな。たしかにおまえが疑ったように、当初の目的は車からティーヴァンの報告書を回収することだった。あの晩、やつから見せられていた書類を、やつが身につけてなかったのには驚いた。そしたらミス・プレンドヴィルのイブニングバッグのなかにあった。それで混乱したが、別の写しがあるとおまえが明かしたことでようやく合点がいった。やつは彼女と共謀して報告書を明るみに出そうとしていたんだと」

「だから彼女を殺すしかないと思ったのか？」

怒りのあまり、ハーキンのこめかみには血管が脈打っていた。モイラが戒めのまなざしを向けてきた。

「ミス・プレンドヴィルが車に乗ってるとは思いもしなかった。端《はな》からここに泊まるもんだと考えていたからな。ところが、この愚か者が——」アバクロンビーはサー・

ジョンのほうに素気なく首を傾けた――「われわれが時間と労力をかけてめぐらした武器輸入の計略を、このまま大成功するって段階で引っくりかえす機会を彼女にあたえた。おれは報告書を探しながら、彼女が目を覚ましたらどうするかを考えてた。で、むこうがおれに気づいたから撃った」肩をすくめたアバクロンビーのしぐさに、かすかな悔恨が見えたようだった。「あれは不運だったが、おれはその罪を背にして生きていく」

ハーキンはサー・ジョンに視線を移した。

「あなたたちはあの晩、そのことで揉《も》めていたのか?」

サー・ジョンはハーキンの情報源に思い至ったのか、モイラのことを睨《にら》んだ。ハーキンはというと、ヴェインとバークが予定どおり到着するという一縷《いちる》の望みを抱いて外の気配に耳を凝らしていた。

「話を立ち聞きしたのよ」とモイラが挑むような調子で言った。「何の話かわかってたら、そこで割ってはいって、あなたの顔に唾を吐きかけてやったわ」

その場で吐きそうな顔をしたサー・ジョンが気を取りなおす間に、ハーキンはサー・ジョンとアバクロンビーにモイラを生かしておくつもりがなく、もし彼女を死なせたら、それは自分のせいだと悟っていた。

「あの娘は私とアバクロンビーの関係を問い詰めてきた。私の机に、少佐からの私信を見つけたのだ。あんなものは取っておくべきではなかった。あの娘を厄介事に引きこむつもりなど、私にはなかった。協力することに同意したのは私の事情だった。脅迫されていたんだ。致し方なかった」

「あなたの名声を守るために？　そちらからそそのかしておいて、モードの評判のことは考えなかったんですか？」

モイラがハーキンを見た。ショックを受けているのがありありとわかった。ハーキンがうなずいてみせると、モイラはサー・ジョンのほうを向いた。

「そうじゃない」サー・ジョンは必死といった口ぶりだった。「私たちが親密になったのは、アーサーが死にかかっていたころだ。ひとつがきっかけとなって、いろんなことが起きた。私が守りたかったのはあの娘の名声だ、私のじゃない」

モイラは憤然として首を振ると、痛みとも憤《いきどお》りともつかない呻《うめ》きを洩らした。

「あなたはどん底に落ちていたモードを誘惑して、結局彼女は死に、あなたは生きている」とハーキンは言った。「そして私まで巻きこんだ」

ハーキンの侮蔑は本物だったが、その一方で相手の注意を完全に惹《ひ》きつけておきたいと思っていた。家の裏手の扉が開くかすかな音が聞こえた気がしたのだ。見つめかえしてくるサー・ジョンは、肉体的苦痛に襲われたような表情をしていた。

「彼がやったとは知らなかった」と、持っている拳銃でアバクロンビーを指した。

「私はイーガンの部隊がモードを殺したと思って、連中を罰したかった。きみが送られてくることも知らなかったし、彼にはきみのことを話していない。少なくともいままでは」

「あなたは私の命よりも、ご自分の名声を選んだ」

アバクロンビーが可笑《おか》しくもなさそうな笑いを浮かべた。

「あいつがおれにすがってきたのは、おまえがミス・プレンドヴィル宛の手紙を見つけたからだ。おれとしてはべつに、言われるままドリスコルを始末するのはやぶさかじゃなかったし、神父のほうは、ミス・プレンドヴィルが死んで妙に突っ張ってきたから、こっちも片づけたらいいと思っていた。万が一を考えてな。おれが練ったのはドリスコルが神父を殺し、自殺に見せかけようと下手な細工をしたという筋立てだったが、おまえが余計な真似《まね》をして手帳を手に入れたから、ドリスコルは無関係だってことがばれる。だから、自殺を偽装して通した」

「で、彼はいつおれのことをしゃべった?」

「おまえがIRAの情報将校だってことをか? 今夜だよ。警官が実行した殺人を、

IRAが捜査するとは皮肉なもんだな。とんだお笑いぐさだ。おれからすると」

サー・ジョンの陰気な顔がすべてを物語っていた。ハーキンはじっと耳を凝らした。仲間は邸内にいるとほぼ確信していた。扉の下から冷気が忍びこんでくる。アバクロンビーが会話に飽きてきた感じがあり、できるだけ引き延ばさなくてはならない。

「ティーヴァンの報告書は、ミセス・ウィルソンを解放したら渡す。彼女はこの件について他言することはない」

「あなたはどうなるの？」とモイラが訊《き》いた。

「少佐とは満足のいく取り決めができると思う」

アバクロンビーはにやりとした。「もちろんだ。サー・ジョンがもっと早くおまえのことを話してくれたら、こんな長ったらしい話をせずにすんだし、ミセス・ウィルソンを引きこむこともなかった。おれはドリスコルとディロンと、それにミス・プレンドヴィルを殺したかもしれないが、こっちから行動を起こしたのは、どれもサー・ジョンの弱さが招いた結果だ。ご本人は認めたがらないだろうが、それが事実だ。彼がやったこと、やらなかったことがすべてを惹き起こした。本人の取り乱した顔を拝めるのがせめてもの慰みだな」

「なにも話さないと約束してくれるね、モイラ？　いいか、アバクロンビー、彼女が何を話そうと誰も信じやしない」もはや話し合いの時間は尽きかけていた。ハーキンはアバクロンビーに襲いかかろうとした。成功する見込みはなかったが、それでも少佐の気を多少なりとそらすことはできる。

アバクロンビーはハーキンの胸を銃で狙った。

「報告書はどこだ？」

「キルコルガンだ。思うところがあって持ってこなかった」

「報告書の写しなどないとしか思えないな。噂《うわさ》の切れっぱしでもつかんで、鎌《かま》を掛けようとしたんじゃないのか？」おそらくハーキンの表情に真実を見たのだろう。アバクロンビーの笑顔が固まった。「失敗だったな、ハーキン」

「彼らを傷つけないと約束しただろう」とサー・ジョンが懸命になって訴えかけた。「トムは家族の友人だ。ミセス・ウィルソンも」

高笑いするアバクロンビーの陰で、ハーキンは扉の把手《とって》がすこしずつ回されていくのを意識していた。

「報告書はたしかに存在する。封緘《ふうかん》した封筒に入れて、おれがもどらなかった場合にはキルコルガン卿《きょう》が開封することになってる」ハーキンはモイラが脚を引き、わずかに前のめりになるのに気づいた。

「信じない」
サー・ジョンが一歩前に出た。「これは約束がちがう」
サー・ジョンが銃をアバクロンビーに向けると、アバクロンビーはポケットから、先ほどハーキンから取りあげたものより大きめの黒い小型オートマティックを抜いて
年上の男に狙いをつけた。
「言うことを聞け……」とサー・ジョンは言ったが、すでに往年の権威は消え失《う》せて
いた。
アバクロンビーは、目までは届かない鮫《さめ》の笑みを浮かべて年上の男を睨んだ。
「この先の顚末《てんまつ》をお話ししようか、サー・ジョン?」
「何だと?」
「ハーキンはミセス・ウィルソンとふたり、まずはあんたがショーン・ドリスコルを
裏切ったことを問い詰めにきた。ふたりは不幸にしてあんたを撃った。そこでおれが
現場に到着して、格闘のうえふたりを殺した。こいつはおれがモード・プレンドヴィ
ルを殺した拳銃だ。あんたの体内に同じ種類の銃弾が見つかる。銃は死んだミセス・
ウィルソンの手に握られていて、彼女とモード・プレンドヴィル殺しを結びつける。
おれはミセス・ウィルソンが長年の反乱分子で、モード・プレンドヴィルの裏切りを

懲《こ》らしめようとしていたことを明かす書面を見つけるという寸法だ。まだいくつか始末しなきゃならないことはあるが、これでおおむね体裁は保てるだろう」

閉じた空間に耳を聾《ろう》するほどの銃声が轟《とどろ》き、サー・ジョンは声もなくアバクロンビーを見つめた。それから小さな穴が穿《うが》たれた胸に視線を落とすと、すぐにもう一個の穴が開いた。アバクロンビーはすかさずハーキンに注意を向けてコルトを発射した。

すでに動きだしていたハーキンは書斎の扉が大きく開かれ、銃を構えた人物が現われるのを目の隅に捉《とら》えていた。耳もとをかすめた弾丸の熱を感じながら、アバクロンビーに向かっていこうとすると、モイラも同じ思いで椅子を跳び出していた。アバクロンビーが、今度はサー・ジョンを撃った小型拳銃をふたたび撃った。胸に痛みが炸裂《さくれつ》するのを感じたハーキンは後ろざまに倒れ、気づくと飾り天井を見あげていた。

やがてなにも見えなくなった。

49

「意識がもどったわ」

「もう大丈夫だろう」

はるか彼方《かなた》から聞こえてくるような声だったが、話している者たちはもっと近くにいるはずだとハーキンは思った。胸には痛みをともなう巨大な重みがのしかかっている。誰かが手をきつく握りしめてきて、その力強くてほっそりした指の感触がわかった。目をあけると、心配そうに覗《のぞ》きこんでくるヴィンセント・バークの大きな顔と、そのかたわらにいるモイラが見えた。手を握っていたのはモイラだったらしい。

「大丈夫じゃなさそうだ」ハーキンはつぶやいた。

「そりゃそうだ。胸を撃たれたんだからな」

「そういうことか」

「知りたいのはいい報《し》らせか、悪い報らせか?」

「いい報らせは？」

「あんたは無事だ。かすり傷だ」

ハーキンはバークの言葉を理解しようとした。アバクロンビーの小型拳銃で狙われたことを思いだした。

「でも、おれは胸を撃たれた」

ハーキンはモイラの視線を探した。彼女の瞳《ひとみ》には恐怖が残っていたが、喜びのようなものも見えた。モイラが握る手に力をこめてきた。

「そこに悪い報らせもあってね」とバークが言った。「あんたは新しいシガレットケースが必要になった」

「なんてこった」ハーキンは声を絞り出した。「あれには愛着があったんだ」

「ほう、いまじゃ弾丸に好かれてるぞ」

バークが示したモードのケースは、中央がひしゃげて灰色の塊りと化していた。ハーキンはそこに記された銘を思い起こした。きっと、モードはいっしょにいてくれたのだろう。

「なかの煙草は吸えなくなってるだろうな」ハーキンは込みあげる感情を押し隠すように言った。バークは笑顔で応じた。

「ありがとう」ハーキンは言った。

「何が?」

「間に合ってくれて」

「それなんだが」とバークは言った。「おれたちは間に合わなかった」

ハーキンはモイラの隣りに立っていた男に視線を移した。ビリー・ブレンドヴィルが蒼《あお》ざめた顔で見おろしていた。

「おれは父の書斎で電話を聞いてた。あとからおまえを追いかけようと思った。そうしてよかったよ。モイラが、とどめを刺そうとしたやつの体勢をくずしたこともだ」

「おしとやかな振る舞いとは言えないけど」モイラが笑顔をつくろって言った。「げんこつで殴りかかったりするまえに、ビリーが撃ってくれたからよかったわ」

ハーキンはふたりを見較《みくら》べた。どちらも凶事にショックを受けている。それも無理はなかった。「ありがとう」そんな簡単な言葉ですむとも思わなかったが、それ以上は出てこなかった。

「道路のほうからはわからないだろうが、崖沿いに行くのはたやすいこっちゃない」とバークが言った。「浜に下りて、そこからまた登らなくちゃならなかった。ようやく家の裏手まで来たときに銃撃がはじまった」

「で、アバクロンビーは？」

「死んだ」ビリーが平板な口調で言ったが、すでにハーキンの視線をはずれていた。

「家から出ないとな」ヴェインの声が聞こえたが、姿は見えなかった。「ミスター・バーク、自動車を持ってこられるか？　ミスター・ハーキンがあそこまで歩けるとは思えない」

ハーキンは一歩も歩ける気がしなかった。バークがうなずくのが見えた。大男は視界から消えた。

「死んでしまったのかと思った」とモイラが言った。

「やつがコルトを撃ったら死んでいた。サー・ジョンは？」

モイラが背後をうかがう様子に、年上の男にまだ息があるのを察したハーキンは、身体を横に向けようとしたとたん激痛をおぼえた。

「起こしてくれないか？」

ひざまずいたヴェインとモイラの手も借りて、ハーキンはどうにか立ちあがると部屋を見まわした。アバクロンビーは張りぐるみの肘掛《ひじか》け椅子の脇にひろがる血溜《ちだ》まりのなか、伸ばした腕の先に小型拳銃をつかんだまま倒れていた。ハーキンは死んだ男の手から銃を引きはがそうと身体をかがめたが、ヴェインに肘を取られた。

「放っておけ。これですべて筋が立つ。ふたりは言い争い、撃ち合って相討ちになったんだ」

サー・ジョンは机の横で倒れ、口から血の泡を吹いていた。死んではいないが長くは保《も》ちそうもなかった。ビリーが膝《ひざ》をつき、両手で年長の男の左手をつかんだ。ハーキンが近づくと、見あげてきたサー・ジョンの目からはすでに生気が失われようとしていた。黄ばんだ顔の皮膚が頭蓋《ずがい》に張り詰めていた。

「こんなことになってすまない」年老いた男はかろうじて口にした。

生から死への移ろいはあっという間だった。サー・ジョン・プレンドヴィルはつぎの瞬間には事切れて、あとに骸《むくろ》だけが残された。しばらくののち、ビリーが叔父の手を胸に置いて立ちあがった。

ハーキンは何かを言いたかった。が、言うべきことなどなかった。

家の外でバークを待つあいだ、ハーキンはモイラに支えられていた。車が丘を越えてくるころ、東の地平がオレンジに染まるのを認めて、ハーキンは夜明けまでまだ九時間もあるのに、いったいどういうことかと思いあぐねた。その答えは、車の窓から身を乗り出してビリーに呼びかけるヴィンセント・バークによってもたらされた。

「お気の毒だが、ミスター・プレンドヴィル」バークは深刻な面持ちだった。「キルコルガンが燃えてる」

50

燃える屋敷に駆けつけたころには火の勢いも強く、運べるものを運び出すぐらいしかできなかった。ハーキンは肋骨《ろっこつ》が軋《きし》るのを感じながら、できるだけのことを手伝った。キルコルガン卿が長いホールを行き来し、持ち出すものと残すものを的確に指図していた。動かせる家具類は動かす。書籍は一度に棚ごと集めて外に出しておく。プレンドヴィル家の最近の肖像画は持ち出し、古いものは残す。火元の厨房《ちゅうぼう》からたちまち燃えひろがった火の手は屋敷の奥へと進み、すでに上階の一部を炎に包んでいたが、家の正面にはまださほどの被害がおよんでいなかった。町からもどったサー・ジョンの召使いたちが、マーフィー以下に加勢していた。やがて中央の長いホールが栄華の日々を彷彿《ほうふつ》させるように明るく照らされ、剝製《はくせい》の動物や槍《やり》と剣が奇妙な闇《やみ》から浮かびあがった。

救い出されたものは建物から五十ヤード離れたあたりに集められ、火明かりに照らされていた。ハーキンはビリーがパット・ウォルシュに手を貸し、モードの全身を描いた肖像画を運び出すのを見た。長卓に立てかけられたモードは、焼け落ちようとするキルコルガンを見つめていた。

ハーキンは慌ただしく交わされる会話から、ビリーがバリナンへ向かってまもなく部隊が到来したことを耳にはさんだ。イーガンはキルコルガン卿にたいし、うわべには申しわけなさそうに、モード・プレンドヴィルがいようといまいと屋敷を補助隊の兵舎にすることは許容できないと告げた。そこへすっかり放火に手馴れた義勇兵たちが、厨房まわりと一階にジェリー缶からガソリンを撒《ま》くと、無事家財を持ち出せるようにと幸運を祈って去っていったという。

オレンジの光の下、プレンドヴィル家の人々は呆然《ぼうぜん》としながらも、何度も屋敷に駆けこんでは写真や銀器のほか、自分たちにとって価値あるものを片っぱしから持ち出していた。警察が到着し、鎮火をはかろうと話し合いが持たれたが、それも火勢によって上階の窓ガラスの一枚が吹き飛び、シャワーとなって降り注いだことで打ち切られた。そうこうするうちに熱と渦巻く炎で屋内に立ち入れなくなり、人々は声を失って遠巻きに立ちつくした。ついにはすべての窓が破裂し、火柱を立てた屋根が轟音《ごうおん》を発して内側に崩落した。

ハーキンは見守る人々の輪の後方にバークと並んで立っていた。髪を焦《こ》がし、煤《すす》で顔を真っ黒にしたバークが袖《そで》に咳《せ》きこんでいると、ヴェインが近づいてきた。

「諸君」

「これがあなたの言う、われわれの行き着く先ですか?」

「これでよかったと私は思ってる。どちらにしても、死体は発見される。きみがここからすみやかに立ち去ればなおいい。詳しい現場検証がおこなわれたら、尋問されるかもしれない」

ハーキンは離れた場所からビリーが見つめているのに気づいた。ハーキンがその視線を受けとめると、ビリーはうなずいて踵《きびす》をめぐらした。

「車に合流する、ヴィンセント」

大男はこくりとうなずき、歩いていった。ハーキンはヴェインに向きなおった。

「今夜のことでは礼を言います。たぶんしばらくはあなたと顔を合わせることもないでしょう。楽しい状況では」

「たぶんな」

モイラを探すのにすこし手間取った。モイラも皆と同じく、火事と格闘した跡を負っていた。

「おれたちは出発する」モイラの口の端がぐっと下がるのがわかった。

「つまり、さよならを言いにきたの？」

「よければいっしょに来ないかと誘いにきた」

エピローグ

汽笛が長々と鳴り響き、ヴィンセント・バークが時計を確かめた。

「あまり時間がない」バークはポケットから大きめの封筒を抜き出し、ハーキンに手渡した。「ボスはあんたが自立していけるだけのものを持たせたがった」

ハーキンは封筒の蓋《ふた》の隅を持ちあげ、中身を覗くと目を丸くした。アメリカの紙幣の部厚い束と、小型の封筒の束がはいっていた。

「現金が不足してるんじゃなかったのか」

「ま、たぶんソファの裏にでも隠しといたんだろう」

バークはハーキンがポケットに入れようとした封筒に顎をやった。

「そこに紹介状も何枚かはいってる。あんたを助けてくれる人たちだ。たいていはニューヨークかボストンだが、他の土地のもある。面倒をみてもらえるさ。事が落ち着いたら……」

「もどる」

「どうだろう。あんたは人並み以上のことをやった」

バークはハーキンの手を取って握りしめた。

「そのうち、むこうで落ち合うか」

「大歓迎だ」

「その間、あんたの家は見張っておくから――ビリー・ブレンドヴィルに壊されないようにな」

「ありがとう、ヴィンセント。何もかも感謝する」

ふたりは船の手すりにもたれ、船体と埠頭《ふとう》の隙間《すきま》が開いていくのを見つめた。頭上に汽笛の長三声が流れ、それに応じて集まった見送り客が手を振り、歓声をあげた。けたたましい機関音にまぎれてその声は届かなかったが、彼らの口が開くのは見える。別れに付き物の幸福感、淋《さび》しさ、その他さまざまな感情が行き交っている。端のほうにはヴィンセント・バークの姿もあった。バークは最後に手を挙げると、乗ってきた車のほうへ歩いていった。ハーキンの肘と、まだ包帯が巻かれている胸の間にそっと手が滑りこんできて二の腕をつかんだ。

「これは、ミスター・スミス」モイラが寄り添ってきた。

「これは、ミセス・スミス」

モイラは膝を折って会釈《えしゃく》してみせた。

「スミスって」と笑顔で言った。「まるで白紙の名前ね。わたしたちにぴったり。これからふたりの物語をそこに綴《つづ》っていくのね」

ハーキンはうなずくと顔をしかめ、造船所のむこうのベルファストと霧に覆《おお》われた丘陵を眺めた。ところどころ、テラスハウスの並ぶ通りから黒煙が上がっている。夜間に暴動が起きていたのだ。

「ここが恋しくなるかな?」そうはならないだろうと思いつつ、ハーキンは口にした。

こんなふうにはならない。きっと状況が変わる。

「ならないと思う」モイラはハーキンの頬にふれた。「わたしたちの新しい人生が不幸になったら、あなたはそう感じるかもしれないけど、そんなことにはならないと思うわ。気がすんだら来て、これからのわたしたちがどうなるか教えてあげるから」

歯を覗かせたモイラは、ハーキンに見られているのを意識しながら、込みあったデッキを左右に揺られながら歩いていった。

モイラの後ろ姿が昇降口に消えると、ハーキンは埠頭に集まった見送り客に視線をもどした。何を、誰を探すでもなく、ただ見落としたものがあるという気だけがしていた。しだいにかすんでいく——もう背を向けようとしている者もいる——そんな彼らの顔に目を走らせていった。やがて長い倉庫の暗がりに、ハーキンは影にすぎない彼女を見た。彼女がいないことは、いるはずがないことはわかっていたのに、やはり彼女はいた。モード・プレンドヴィル。彼女が頰笑んでいた。ハーキンはそこにいるはずのモードが灰色の朝の闇に溶けこみ、姿がはっきりしなくなるまで見つめた。

そして街と大地に別れを告げ、船室に向かっていった。

著者あとがき

この小説はフィクションであり、楽しんでいただくことを、そしておそらくは来し方を知っていただくことを意図して書いた作品だ。アイルランド独立戦争を研究する方々は、この小説に登場する人物と歴史上の著名な人物の間に類似点があることに気づかれるかもしれないが、そうした類似はまったくの偶然というわけではないものの、登場人物たちはあくまで架空の産物である。同様に、本作中の出来事は、現実にはここに記したようには起きていないし、場所についてもおおむね創作である。

本書はこれまでの私の全作品と同じく、わが編集者ソフィ・オームの後押しと熱い思いと鋭い示唆《しさ》によるところが大きく、深く感謝するものである。またキアラ・コリガン、ジェナ・ペッツ、ニック・スターン、ビル・マッシー、スティーヴ・オゴーマン、ジョン・アップルトンほか、〈ボニアー・ブックス〉の面々にお礼を申しあげる。私のために努力を惜しまなかった、わがエージェントのオリ・マンソンと彼のアシスタント、フローレンス・リースにも感謝したい。

解説

細谷正充

近年、海外ミステリーを原書で読む人が増えているが、やはり多くの人は翻訳頼りである。翻訳された本によって初めて、こんな面白い作家がいたのか、こんな良質な作品があったのかと驚くことも少なくない。その最新の実例が、W・C・ライアンの『真冬の訪問者』である。

本邦初紹介となるW・C・ライアンは、ロンドン生まれのアイルランド人。弁護士等の職を経て、フルタイムの作家になった。ウィリアム・ライアン名義の作品も含めて、二〇二四年現在、長篇を六作上梓《じょうし》。その中には、一九三〇年代のロシアを舞台にした「モスクワ・ノワール」シリーズも含まれている。他の作品も、すべて二十世紀前半を舞台にしており、歴史ミステリー作家といっていいだろう。ただし作者のFacebookの自己紹介を見ると〝six historical novels〟と記されている。自分が書いている物語は歴史小説であるという意識が強いようだ。

本書は、一九二一年のアイルランドを舞台にした歴史ミステリーである。主人公は、ＩＲＡの情報将校。一時期は、冒険小説や謀略小説によく登場したＩＲＡだが、最近は見かけなくなった。これも時代の趨勢《すうせい》であろうか。

ＩＲＡ（アイルランド共和軍）とは、アイルランドの独立を目的として、内乱やテロ活動を行った武装組織のことだ。そもそもの発端は、一八〇一年にイギリスが、アイルランドを併呑《へいどん》したことにある。しかし、カトリック住民への抑圧など、イギリスの統治にさまざまな不満が強まり、十九世紀後半になると民族主義運動が盛んになる。武装蜂起《ほうき》も始まった。一九一六年にはダブリンで、アイルランド共和国樹立を目的とした〝イースター蜂起〟が起こる。一九一九年にも武装蜂起があり、アイルランド独立戦争が勃発《ぼっぱつ》。こうした歴史の流れの中で、アイルランド義勇軍がアイルランド共和軍となり、長き戦いを続けることになるのである。

さらにいえば、一九二一年にイギリスとアイルランドの間で英愛条約が締結される。カトリックの多い南アイルランド二十六州は北部六州を分離し、アイルランド自由国としてイギリスの自治領となった。一方、プロテスタントの多い北部六州はイギリスの直轄《ちょっかつ》統治に留まった。しかし、これで平和が訪れることはなく、南北アイルランドで内乱が続くのである。

と、この調子で書いていると紙幅が尽きるので、フィクションの方に目を向けよう。昔からIRAの出てくる小説や映画は少なからずあるが、ひとつのエポックとなったのがジャック・ヒギンズの冒険小説であろう。たとえば『死にゆく者への祈り』では、ある悲劇によりIRAを抜け、お尋ね者になったマーチン・ファロンを、人間味豊かに描いていた。また、第二次世界大戦秘史ともいうべき冒険小説の傑作『鷲《わし》は舞い降りた』では、主人公のドイツ軍人の協力者として、IRAの闘士、リーアム・デヴリンが活躍。これがメチャクチャ格好いい。作者にとってもお気に入りのキャラクターだったらしく、その後も『テロリストに薔薇《ばら》を』『黒の狙撃者《そげきしゃ》』など、幾つかの作品に登場している。

もちろんIRAを敵にした作品もある。特に、IRAから分裂して生まれたIRA暫定派《ざんていは》がイギリス本土で行った、一連の爆弾テロは許されざる行為であり、それは小説にも影響を与えた。一例を挙げよう。一九八八年に刊行された、サラ・マイケルズの『警部サマービルの戦争』だ。日本では新潮文庫から、一九九一年に刊行された。北アイルランド武装警察の機動隊長であるバーニー・サマービルは、IRA側のテロリストの手違いで、妻と幼いふたりの子供を爆殺されてしまう。これに激怒したサマービルは、復讐《ふくしゅう》の鬼となり、激しい戦いを繰り広げながら敵を追い詰めていくという内容だ。このようにＩＲＡが敵として扱われることが増えたのだ。

しかしそれも過去のこと。世界の戦争・紛争・テロリズムも大きく変化し、エンターテインメント作品の題材としてのＩＲＡは、やや古くなったというイメージがある。だが本書を読んで、認識を改めた。ＩＲＡが重要な意味を持っていた、過去を舞台にすればよかったのだ。この手があったかと、感心してしまった。

アイルランドの田舎にある壮麗な邸宅〈キルコルガン・ハウス〉にやって来た車が、ＩＲＡの一団に銃撃された。元英国軍人のハリー・カートライトと、ＲＩＣ（王立アイルランド警察）地方署の警部補ジェイムズ・ティーヴァンが死亡。一緒に乗っていた、モード・プレンドヴィルは、意識こそないものの、命に別状はなかった。モードは、〈キルコルガン・ハウス〉の主《あるじ》のキルコルガン卿《きょう》の娘で、イースター蜂起で戦った独立戦争の英雄である。ＩＲＡにとってモードの存在は予定外であり、助かったことにほっとして現場を去った。しかしその後に現れた何者かによって、モードが撃ち殺される。だが、ＲＩＣはろくに捜査することなく、モードはＩＲＡに殺害されたと結論づけた。

この事件を独自に捜査するため、ダブリンから派遣されたのが、保険会社損害査定人のトム・ハーキンだ。ただし査定人は表の顔。その実態は、ＩＲＡの情報将校である。かつてモードのフィアンセだったハーキンは、絶対に真実を突き止めようとする。一方、ハーキンの上司は、モードの叔父サー・ジョンがIRAのために密《ひそ》かに輸入しようとしている、トンプソン銃二百挺《ちょう》の確認を重要視していた。

かつて王立ダブリン・フュージリア連隊所属の大尉《たいい》として、第一次世界大戦に従軍したハーキン。そのときの過酷な体験により、幻視に悩まされることがある。ところが戦場で死んだと思っていた戦友、ショーン・ドリスコルが生きていた。彼は今、家政婦の母と共に、〈キルコルガン・ハウス〉の使用人として働いている。そのドリスコルからハーキンは、モードが亡《な》くなる前、白衣のレディが現れたことを聞かされる。白衣のレディは、キルコルガンの一族が亡くなるときに現れるという、亡霊のごとき存在らしい。その地に旧知の人物は多いが、かならずしも歓迎されていない状況でハーキンは、関係者の話を聞きながら、モードを殺した犯人に迫っていく。

英愛条約が締結された一九二一年のアイルランドが舞台であり、主人公がIRAの情報将校ということで、かなり構えて読み始めた。しかし本書の手触りは、典型的なハードボイルドだ。ハーキンの捜査手法は聞き込み中心で、丹念に関係者を当たっていくというもの。徐々に事実の輪郭が明らかになっていく前半の展開は、面白く読めるとはいえ、ゆっくりしたテンポである。だが中盤である事実が明らかになり、さらに新たな殺人が起こると、ストーリーが加速していく。すべての真実が暴《あば》かれるラストまで、じっくりと物語の世界に浸れるのだ。

そうした物語の面白さを支えているのが、時代と舞台である。ハーキンが暮らすダブリンでは、英国による夜間外出禁止令が出ており、外出許可証を持っていても、時間外に外を歩いていれば殺される危険がある。アイルランドの多くの場所が内乱状態にあり、彼が赴いた土地ではＩＲＡとＲＩＣ補助隊の抗争が絶えず、報復合戦の様相を呈している。ＲＩＣ指揮官のアバクロンビー少佐は高圧的であり、アイルランド人の命を虫けらのように扱っている。さまざまな局面で緊張を強いられるハーキンに、常に行動の選択肢に殺人があるのも、その立場故《ゆえ》だろう。物語の途中で、協力者としてヴィンセント・バークが送られてくるが、自分が逮捕されそうになったら射殺しろとボスからいわれているのではないかと疑っている。

また、ハーキンはカトリックであり、周囲がプロテスタントのため、空気がギクシャクすることもあった。信用できる人もいるが、ほとんど四面楚歌《そか》状態。それを分かりながら、諦《あきら》めることなく捜査を進める、ハーキンの姿に魅了されるのである。

さらに〝白衣のレディ〟という、ゴシック的な要素を入れている点も見逃せない。白衣のレディというと、ウィルキー・コリンズの『白衣の女』を思い出すが、あちらは生身の人間。それよりも、アイルランドの港町キンセールに残る、星型要塞チャールズ・フォートに現れるという有名な幽霊〝ホワイト・レディ〟を意識しているのだろうか。実際のところは分からないが、物語の着地点を見ると、白衣のレディを出した理由も察せられる。本書はアイルランドの歴史の物語であると同時に、キルコルガン家の物語にもなっているのである。

なお本書には、モードの妹のシャーロット（チャーリー）と、釣り宿を営む未亡人のモイラ・ウィルソンという、ふたりの魅力的な女性も登場する。いや、亡くなったモードも入れれば三人か。現実かハーキンの幻想か分からないが、モードの使っていた香水の匂《にお》いをまとった女の影も出てくるのだから。男同士の血なまぐさい戦いが描かれる一方で、彼女たちとハーキンの関係も、読みどころになっているのだ。

ところで、この解説のためにいろいろ調べていたら、ネットにアップされている作者のインタビューを見つけた。第四長篇の *The Constant Soldier* の話が中心だが、最後の「歴史小説家は過去の研究に何を追加できると思いますか」という質問に、「私たちは事実の裏側に迫ることができる――フィクションはノンフィクションでは再現できない方法で、感情や雰囲気を再現できると思います。（中略）歴史の隠された部分に私たちを連れていきます」と答えている。虚構によって現実を抉《えぐ》り出すのは、物語の持つ大いなる力だ。作者は、これにより歴史に迫ろうとしているのではないか。そして、それをより効果的に表現するために、現実と人間に向き合うミステリーというスタイルを起用しているのかもしれない。その確認も含め、今後もW・C・ライアンの歴史ミステリーが翻訳されることを期待しているのである。

（令和六年十一月、文芸評論家）

W・C・ライアン著作リスト

【長篇小説】

The Holy Thief#（2010）
The Bloody Meadow#（2011）※米題 *The Darkening Field*
The Twelfth Department #（2013）
The Constant Soldier *（2016）
A House of Ghosts（2018）
The Winter Guest（2022）※本書

（*はウィリアム・ライアン名義、#は同名義の〈モスクワ・ノワール〉シリーズ）

本書は本邦初訳の新潮文庫オリジナル作品です。

L・ホワイト
矢口　誠訳
気狂いピエロ
運命の女にとり憑かれ転落していく一人の男の妄執を描いた傑作犯罪ノワール。あまりに有名なゴダール監督映画の原作、本邦初訳。

D・E・ウェストレイク
木村二郎訳
ギャンブラーが多すぎる
ギャンブル好きのタクシー運転手が殺人の容疑者に。ギャングにまで追われながら美女とともに奔走する犯人探し――巨匠幻の逸品。

P・ベンジャミン
田口俊樹訳
スクイズ・プレー
探偵マックスに調査を依頼したのは脅迫された元大リーガー。オースターが別名義で発表したデビュー作にして私立探偵小説の名篇。

W・グレアム
三角和代訳
罪の壁
善悪のモラル、恋愛、サスペンス、さまざまな要素を孕み展開する重厚な人間ドラマ。第1回英国推理作家協会最優秀長篇賞受賞作！

D・ヒッチェンズ
矢口　誠訳
はなればなれに
前科者の青年二人が孤独な少女と出会ったとき、底なしの闇が彼らを待ち受けていた――。ゴダール映画原作となった傑作青春犯罪小説。

D・R・ポロック
熊谷千寿訳
悪魔はいつもそこに
狂信的だった亡父の記憶に苦しむ青年の運命は、邪《よこしま》な者たちに歪められ、暴力の連鎖へ巻き込まれていく……文学ノワールの完成形！

R・トーマス
松本剛史訳
愚者の街（上・下）
腐敗した街をさらに腐敗させろ——突拍子もない都市再興計画を引き受けた元諜報員。手練手管の騙し合いを描いた巨匠の最高傑作！

R・トーマス
松本剛史訳
狂った宴
楽園を舞台にした放埒な選挙戦は、美女に酒に金にと制御不能な様相を呈していく……。政治的カオスが過熱する悪党どもの騙し合い。

H・マッコイ
田口俊樹訳
屍衣《しい》にポケットはない
ただ真実のみを追い求める記者魂——。疾駆する人間像を活写した、ケイン、チャンドラーと並ぶ伝説の作家の名作が、ここに甦る！

E・アンダースン
矢口　誠訳
夜の人々
脱獄した強盗犯の若者とその恋人の、ひりつくような愛と逃亡の物語。R・チャンドラーが激賞した作家によるノワール小説の名品。

M・ラフ
浜野アキオ訳
魂に秩序を
〝26歳で生まれたぼく〟は、はたして自分を虐待していた継父を殺したのだろうか？　多重人格障害を題材に描かれた物語の万華鏡！

玖《ジウ》月《ユエ》晞《シー》
泉　京鹿訳
少年の君
優等生と不良少年。二人の孤独な魂が惹かれ合うなか、不穏な殺人事件が発生する。中国でベストセラーを記録した慟哭の純愛小説。

C・R・ハワード
高山祥子訳
ナッシング・マン

連続殺人犯逮捕への執念で綴られた一冊の本が、犯人をあぶり出す！ 作中作と凶悪犯の視点から描かれる、圧巻の報復サスペンス。

C・オフット
山本光伸訳
キリング・ヒル

窪地で発見された女の遺体。捜査を阻んだのは田舎町特有の歪な人間関係だった。硬質な文体で織り上げられた罪と罰のミステリー。

C・ニエル
田中裕子訳
悪なき殺人

吹雪の夜、フランス山間の町で失踪した女性をめぐる悲恋の連鎖は、ラスト1行で思わぬ結末を迎える——。圧巻の心理サスペンス。

M・ロウレイロ
宮﨑真紀訳
生贄の門

息子の命を救うため小村に移り住んだ女性捜査官を待ち受ける恐るべき儀式犯罪。〈スパニッシュ・ホラー〉の傑作、ついに日本上陸。

J・バブリッツ
宮脇裕子訳
わたしの名前を消さないで

殺された少女と発見者の女性。交わりえないはずの二人の孤独な日々を死んだ少女の視点から描く、深遠なサスペンス・ストーリー。

S・ボルトン
川副智子訳
身代りの女

母娘3人を死に至らしめた優等生6人。ひとり罪をかぶったメーガンが、20年後、5人の前に現れる……。予測不能のサスペンス。

T・ハリス
高見浩訳

羊たちの沈黙（上・下）

FBI訓練生クラリスは、連続女性誘拐殺人犯を特定すべく稀代の連続殺人犯レクター博士に助言を請う。歴史に輝く〝悪の金字塔〟。

T・ハリス
高見浩訳

ハンニバル（上・下）

怪物は「沈黙」を破る……。血みどろの逃亡劇から7年。FBI特別捜査官となったクラリスとレクター博士の運命が凄絶に交錯する！

T・ハリス
高見浩訳

ハンニバル・ライジング（上・下）

稀代の怪物はいかにして誕生したのか――。第二次大戦の東部戦線からフランスを舞台に展開する、若きハンニバルの壮絶な愛と復讐。

フリーマントル
稲葉明雄訳

消されかけた男

KGBの大物カレーニン将軍が、西側に亡命を希望しているという情報が英国情報部に入った！ ニュータイプのエスピオナージュ。

E・レナード
村上春樹訳

オンブレ

「男《オンブレ》」の異名を持つ荒野の男ジョン・ラッセル。駅馬車強盗との息詰まる死闘を描いた傑作西部《ウェスタン》小説を、村上春樹が痛快に翻訳！

B・シュリンク
松永美穂訳

朗読者

毎日出版文化賞特別賞受賞

15歳の僕と36歳のハンナ。人知れず始まった愛には、終わったはずの戦争が影を落としていた。世界中を感動させた大ベストセラー。

S・キング 永井 淳訳

キャリー

狂信的な母を持つ風変りな娘――周囲の残酷な悪意に対抗するキャリーの精神は、やがてバランスを崩して……。超心理学の恐怖小説。

S・キング 山田順子訳

スタンド・バイ・ミー
―恐怖の四季 秋冬編―

死体を探しに森に入った四人の少年たちの、苦難と恐怖に満ちた二日間の体験を描いた感動編「スタンド・バイ・ミー」。他1編収録。

S・キング 浅倉久志訳

ゴールデンボーイ
―恐怖の四季 春夏編―

ナチ戦犯の老人が昔犯した罪に心を奪われた少年は、その詳細を聞くうちに、しだいに明るさを失い、悪夢に悩まされるようになった。

S・キング 白石 朗他訳

第四解剖室

私は死んでいない。だが解剖用大鋏は迫ってくる……切り刻まれる恐怖を描く表題作ほかO・ヘンリ賞受賞作を収録した多彩な短篇集。

S・キング 浅倉久志他訳

幸運の25セント硬貨

ホテルの部屋に置かれていた25セント硬貨。それが幸運を招くとは……意外な結末ばかりの全七篇。全米百万部突破の傑作短篇集！

K・グリムウッド 杉山高之訳

リプレイ
世界幻想文学大賞受賞

ジェフは43歳で死んだ。気がつくと彼は18歳――人生をもう一度やり直せたら、という窮極の夢を実現した男の、意外な、意外な人生。

真《ま》冬《ふゆ》の訪《ほう》問《もん》者《しゃ》

新潮文庫　ラ－22－1

Published 2025 in Japan
by Shinchosha Company

令和七年二月一日発行

訳者　土《つち》屋《や》晃《あきら》

発行者　佐藤隆信

発行所　株式会社 新潮社

郵便番号 一六二―八七一一
東京都新宿区矢来町七一
電話 編集部(〇三)三二六六―五四四〇
読者係(〇三)三二六六―五一一一
https://www.shinchosha.co.jp

価格はカバーに表示してあります。

乱丁・落丁本は、ご面倒ですが小社読者係宛ご送付ください。送料小社負担にてお取替えいたします。

印刷・株式会社光邦　製本・株式会社大進堂

ISBN978-4-10-240721-9 C0197